KB267176

러/판
어드벤처

리/판 어드벤처 15
장민규 판타지 장편 소설

초판 1쇄 찍은 날 § 2004년 1월 31일
초판 1쇄 펴낸 날 § 2004년 2월 11일

지은이 § 장민규
펴낸이 § 서경석

편집장 § 문혜영
편집책임 § 유경화
편집 § 장상수 · 권민정
마케팅 § 정필 · 강양원 · 이선구 · 김규진 · 홍현경

펴낸곳 § 도서출판 청어람
등록번호 § 제1081-1-89호
등록일자 § 1999. 5. 31
어람번호 § 제1-0448호

주소 § 경기도 부천시 원미구 심곡1동 350-1 남성B/D 3F (우) 420-011
전화 § 032-656-4452 팩스 § 032-656-4453
E-mail § eoram99@chollian.net

ⓒ 장민규, 2003

값 8,000원

ISBN 89-5505-972-8 04810
ISBN 89-5505-778-4 (SET)

장민규 판타지 장편 소설

럭/판 어드벤처

눈 내리는 밤에

5

완결

도서출판 청어람

❺ 눈 내리는 밤에

제1장 전투(上) / 7

제2장 전투(下) / 63

제3장 버그 마듀라 / 96

제4장 배후 / 130

제5장 면접 / 163

제6장 낙심 / 179

제7장 몰래 / 202

제8장 오해 / 216

제9장 눈 내리는 밤에 / 243

외전1 소더러 A라는 별칭 / 253

외전2 용의자 / 264

제Ⅲ장 전투(上)

엠티안의 앞바다에 부양 함선이 나타난 것은 벌건 대낮이었다. 동쪽의 태양을 등지고 나타난 부양 함선들은, 항만을 지나쳐 50m의 저공 비행으로 엠티안의 한복판까지 날아갔다. 하늘을 가득 메우고 있는 그것은 엠티안을 뒤덮을 정도로 커다란 그늘을 만들어내고 있었다. 아무리 항구 도시 엠티안이지만 항만을 지나쳐 배를 정박시키는 것은 불법이다. 그것도 이런 엄청난 숫자의 단체 정박은. 자칫 배가 오작동을 일으켜 내려앉는다면 끔찍한 피해를 일으킬 수 있기 때문이다.

유저들은 그 부양 함선들의 위험성도 뒤로한 채, 먼저 의아함이 앞섰다.

"웬 부양 함선들이 이런 곳에 떠 있어? 그것도 이런 엄청난 숫자가……."

"길드전이라도 하려나?"

"그래도 그렇지. 가니아 대륙의 모든 부양 함선을 합쳐야 할걸? 저 거와 길드전을 하려면?"

부양 함선의 정확한 숫자는 202척. 엠티안을 놓고 길드전을 벌인다면 엠티안은 폐허가 되고도 남을 숫자다. 부양 함선전에 쓰이는 부양 함선은 많아야 20척 정도인데 이 정도의 숫자가 동원된 적은 전무했다. 과거에 연합 길드와 막강 길드의 길드전 때도 저 정도는 아니었다.

몇 유저가 부양 함선의 깃발을 알아보곤 소리쳤다.

"앗! 저거 일본의 부양 함선들 아니야?"

"그런 것 같은데?"

"17대 길드가 왜 여기에……."

흰 바탕에 그려진 엇갈린 칼의 모양. 분명 17대 길드의 깃발이다. 그리고 저 부양 함선이 17대 길드의 것이란 걸 알았을 때, 갑자기 검은 그림자들이 배 아래로 떨어졌다. 소수가 아닌, 엄청난 수의 그림자들. 그것들이 마치 하늘에서 떨어지는 검은 비마냥 우수수 떨어지니, 엠티안의 유저들은 경악할 수밖에 없었다.

"뭐야, 이것들은?!"

"유저냐!"

건물 지붕, 바닥, 어느 곳 할 거 없이 떨어지는 검은 비들은 유저가 틀림없었다. 검은 닌자를 연상케 하는 복장의 일본 유저들.

엠티안의 유저들이 당황할 사이 없이 일본 유저들은 칼을 뽑았다. 그리고 엠티안의 유저들을 향해 무차별 칼질을 시작했다. 엠티안의 유저들은 무방비 상태로 일본 유저들에게 PK되어야 했고 한바탕 피가 튀기며 비명 소리가 울려 퍼지는 살극이 벌어졌다.

순식간에 벌어지는 아수라장 속에서 엠티안의 유저들은 뒤늦게 로그아웃을 시동했지만 이미 반수가 죽어 나간 상황이었다.

일본 유저들은 빠른 속도로 어느 지점을 향해 달렸다.

엠티안은 확장팩 후에 키탄 대륙과의 해상 무역 도시로서 발전해 왔다.

가니아 대륙 3대 길드라 불리우는 무한척살 길드가 있는 곳이기도 하다. 확장팩 전에 고스티스터에게 엄청나게 깨지긴 했지만 무한척살 길드의 명성은 아직도 이어지고 있었다. 지금까지의 길드 전적, 882전 815승 67패를 자랑하는 무한척살 길드는 기개세(氣蓋世) 높은 길드 마스터와 부마스터로 유명하다. 무한척살 길드의 길드 마스터와 길드 부마스터는 현실상에서 실제 형제이다.

마스터인 형, 추락사와 부마스터인 동생, 즉사(세트로 그렇게 닉네임을 맞춘 듯 보인다).

고 레벨에 이른 둘은 곧 마스터 레벨을 눈앞에 두고 있었다. 하지만 땡까땡까 노는 걸 더 즐기는 편이라 지금처럼 퍼브에서 잡담을 나누는 것이 일과이다.

"내가 그 계집애한테 이렇게 외쳤지! 니가 잘났으면 얼마나 잘났냐, 이 기지배야! 얼굴 좀 반반하면 남자를 양다리 쳐도 돼?! 그러니까 걔가 질질 짜면서, '흑흑! 잘못했어요. 한 번만 용서해 주세요' 이러는 거야. 하지만 고 기지배가 괘씸해 가지고……."

"형님, 순자한테 차인 얘기만 벌써 50번째유. 여자한테 차인 게 뭐

대수라고."

　"뭐?! 이 녀석! 니가 노총각의 설움을 알아?!"

　"내가 왜 모르겠수? 이제껏 솔로인 점도 서러운데."

　다혈질적으로 외치며 자신의 동생을 향해 외치는 그가 무한척살 길드의 마스터, 추락사다. 스포츠 형 붉은색 머리에 두꺼운 상반신 갑옷을 걸친 30대 중반 사내. 상반신 갑옷 때문인지 그의 체격이 더 두툼해 보인다.

　또 추락사의 앞에서 실연당한 이야기를 지겹게 듣고 있는 사람은 그의 동생, 즉사. 형과 마찬가지로 두꺼운 상반신 갑옷을 입고 있다. 둘의 공통점이라면 거의 대부분이었다. 외형부터 성격까지. 마치 북방의 산적과 같이 투박한 외모의 그들은 아직 숫총각들이다.

　저렇게 무섭게 생겼는데 여자는 무슨… 구레나룻부터 턱수염까지 이어진 저 수염을 본다면 있던 여자도 달아날 것이다. 자신들의 처지는 생각도 안 하고 여자 한탄만 하고 있는 둘이었다.

　즉사가 영양가없는 발언으로 위로해 주었다.

　"원래 좀 반반하게 생긴 것들이 콧대가 높잖수. 참으슈."

　"제길! 카도라스에 얼굴 반반한 계집들, 씨를 말려 버리겠어!"

　아니?! 자기만 싫어하면 됐지 멀쩡한 미녀들은 왜 걸고넘어진단 말인가? 꿈 하나는 원대하나, 만약 그런 일이 벌어진다면 한국, 중국, 일본의 모든 유저가 무한척살 길드를 척살하려 들 것이다. 감히 마듀라도 실행치 못할 무시무시한 일을 벌이려 하다니, 한 길드의 마스터라고 할 수 있는지 심히 의심스럽다.

　추락사와 즉사가 자신들만의 상상의 나래를 펼치며 서로 킥킥 웃는 도중 한 사내가 퍼브 문을 덜컥 열고 나타났다. 황급히 무장을 한 듯, 갑옷 입은 모습이 삐뚤어진 것으로 보아 그가 급히 서둘러 왔다는 걸 알 수 있었다.

추락사와 즉사밖에 없던 퍼브 안의 썰렁한 분위기가 그 사내의 출현으로 깨졌다. 속사포 같은 말문이 그 사내의 입에서 터져 나왔다.

"마스터! 큰일 났습니다! 지금 일본 유저들이 쳐들어왔습니다!"

그의 말에 추락사가 '너 미쳤냐?' 라는 불쾌감 섞인 표정을 지었다.

"왜? 임진왜란이라도 일어났냐? 암마! 그럼 이순신 장군을 불러야지!"

"지금 농담할 때가 아니라니까요!"

"……?"

다급해하는 사내의 모습으로 보아하니 장난은 아닌 것 같다. 추락사와 즉사는 사내를 못 믿어하는 표정으로 흘기곤, 퍼브 밖으로 걸어나갔다. 반신반의하는 태도다. 만약 저 사내가 거짓말을 한 것이라면 패 죽일 생각이었다. 사내를 패 죽이는 사태는 벌어지지 않았지만.

이미 퍼브 밖에 대기하고 있던 50명가량의 무한척살 길원들이 제각기 공격 자세를 취하고 있었고, 그들의 앞길과 양 옆길로 검은 복장 일본 유저들이 다가오고 있었다. 이 무슨 광경인지, 즉사와 추락사의 눈이 휘둥그레 떠졌다.

"이게 무슨 일이냐? 저것들은 어디서 나타난 거야?"

상황을 알렸던 사내가 뒤늦게 퍼브를 뛰쳐나왔다.

"저것들입니다! 저것들이 엠티안에 있는 유저들을 PK시켰다니까요! 마스터가 저것들을 몰살 내주십쇼!"

"……."

추락사는 냉철한 마스터의 눈빛으로 돌아가 상황을 파악했다. 지금은 여유 부릴 상황이 아니었다. 지금 자신이 냉정을 잃고 사리 판단을 잘못한다면 이곳에 있는 인원 50명이 모두 일본 유저들에게 아웃당할 것은 뻔하다. 사리 판단을 잘한다 해도 모두가 살아남을 순 없겠지만 최소한으로 피해는 줄일 수 있으리라.

바로 그 최소한의 피해를 어떻게 만드느냐가 가장 관건인데…

'그냥 로그아웃해 버려?'

그럼 이라스로 안전하게 재접속되어 버린다. 하지만 길드의 명성은 추락할 것이다. 그래도 엠티안에 있는 3대 길드 중 하나인데 엠티안을 일본 유저들에게 뺏기면 얼마나 길드 망신인가? 싸우다 죽는 것만 못하다. 그리고 그것은 자신의 자존심이 허락하지 않기에 로그아웃은 생각에서 지워 버렸다.

대신 다른 방법을 생각해 냈다.

"즉사, 너는 우리 애들 다 모아서 당장 이곳으로 집결시켜라!"

"알겠습니다."

자신의 형에게 깍듯한 사무조를 올린 즉사는 그 즉시 텔레포트 스킬을 외워 자리를 빠져나갔다. 그도 공과 사를 구분 못하는 바보는 아니었다. 그 틈에 일본 유저들과의 거리는 더욱 가까워졌다. 왼쪽 길과 오른쪽 길, 가운데 길을 통해 서서히 포위망을 좁혀오는 일본 유저들. 그들의 숫자는 250명가량… 아니, 계속해서 늘어나고 있다.

'도대체 얼마나 많길래?'

상대의 숫자를 파악할수록 점점 의기소침해지는 무한척살 길드다.

추락사는 자신도 모르게 넘어가는 마른침을 느끼곤 지레 겁을 먹었다.
겁과는 전혀 어울리게 생기지 않은 그가, 겁을 먹은 것이다.

'아이 씨! 즉사 말고 내가 가는 거였는데!'

이제 와서 자신의 오판을 탓하면 어쩌리요?

약 10m 정도…

무한척살 길드와 일본 17대 길드 간의 거리가 그 정도까지 좁혀지자
그 공간은 긴장감으로 가득 차, 숨 쉬기도 어려울 정도까지 이르렀다.

긴장은 최고조에 달한 상태.

두근거리는 가슴을 진정시키며, 추락사는 자신의 부하들에게 명령
했다.

"즉사가 지원군을 이끌고 올 때까지 시간을 벌자. 요령껏 살아남는
것뿐이다."

"걱정 마십쇼, 마스터!"

"나가자! 싸우자! 이기자!"

"일본 놈들을 몰아내자!"

"앗싸, 조쿠나!"

사기충천 일당백!

무한척살 길원들의 사기가 추락사의 한마디에 하늘을 찌를 듯하다.
정의감과 의리 하나만은 추락사를 중심으로 똘똘 뭉쳐 있다. 그게 바
로 무한척살 길드의 최고 장점이긴 하지만.

곧 이어…

"쳐라!"

일본 유저들 사이에서 '쳐라' 명령이 떨어지자 17대 길드 유저들이

앞 다투어 무한척살 길드 길원들에게 달려들었다.

그와 함께 무한척살 길원 50명이 일본 유저들과 뒤엉켜 싸우기 시작했다. 저 무한척살 길원 50명은 길드 내에서도 손꼽아주는 베스트들이다. 저 50명으로 2백 명 정도는 어떻게든 상대할 수 있으리라. 문제는 시간인데…

"우라얍!"

우렁찬 기합과 함께, 추락사의 양손에 거대한 할버드 한 자루가 쥐어졌다. 창과 도끼를 합체시킨 개량형 무기, 그레이트 할버드. 길드전에만 쓰이는 그만의 특별 레어 아이템이다.

2m가량 되는 그것을 다가오는 일본 유저 다섯에게 긋자, 유저들은 상반신과 하반신이 분리되며 아웃되었다. 할버드가 휘둘러진 틈을 노려 기습하려던 일본 유저들은 곧바로 방향을 바꿔 날아오는 할버드에 목을 내주고 말았다.

거침이 없다.

할버드의 무게 따위는 안중에도 없다는 듯, 그것을 가볍게 휘두르자 일본 유저들이 당황하여 감히 그에게 다가가지 못했다.

하지만 피하기만 해서는 싸움이 될 턱이 없다. 서로 맞부딪쳐야 되는 것을…

"오지 않으면 내가 간다!"

추락사가 직접 마주쳐 주기로 했다.

사실 그는 무서운 외모 때문에 여자들한테 인기가 없는 것이 흠일 뿐, 상대방과의 전투에 있어서는 전혀 문제 될 것이 없었다. 승률이 패에 비해 월등히 높을 정도로 길드전에 능하고, 실력도 지금의 일본 마

스터들이 떼거지로 아웃된 이상, 카도라스 지존 이십 손가락 안에 들
정도다.

한마디로 지금 엠티안에 그를 이길 자는 없다.

"저놈들의 우두머리를 쳐라!"

"우두머리를 죽여!"

"길드 마스터를 잡아!"

"죽이자!"

신기에 가까운 할버드 솜씨를 자랑하는 추락사에게 공격을 가하라
는 이는 많았지만, 정작 그에게 다가가는 유저들은 없었다. 그냥 추락
사가 다가오면 죽어주는 것이 일본 유저들의 임무일 뿐.. 어찌 된 일인
지 추락사에게 직접 덤벼드는 일본의 대장급 유저가 나오질 않으니 이
상했다.

약 15분간의 접전 끝에 무한척살 길원은 반이나 줄고, 일본 17대 길
드 유저들은 백여 명 정도가 아웃되었다. 하지만 그 숫자는 끝이 보이
지 않았다. 죽여도 죽여도 계속해서 나타나니 무한척살 길드로선 힘이
빠질 수밖에.

무한척살 길원들 중 남은 인원들은 거의가 다 근접 전투 계열의 검
사들이다. 레벨은 대략 80에서 100.

잠시 퍼브 앞에서 전열을 가다듬는 사이, 추락사가 부하 길원들을
독려했다.

"이봐! 프리스트 계열 없나? 없으면 마법사라도!"

추락사가 찾는 그들은, 이미 일본 유저들에게 아웃당한 후다. 보조
계열은 백병전에서 상당히 중요하게 작용하기 때문에 일본 유저들은

그들을 먼저 척살했을 것이다. 물량과 실력으로 승패를 좌우하는 백병전에선, 뒤에 치료 보급을 받는 경우가 더 우세하게 작용하니까.

갑작스레 일어난 길드전 때문에 당황한 추락사는 미처 그들을 돌보지 못하고 죽여 버렸다. 그답지 못한 판단이었다.

'칫! 큰일이군. 이대로는 5분? 길어야 10분밖에 못 버텨. 빨리 와라, 즉사.'

잠시의 침묵을 깨고, 일본 유저들이 다시 달려들었다. 그것을 신호로 추락사의 할버드가 다시 허공을 가로지르고, 양측 유저들이 검을 나눴다. 이젠 단순한 백병전이 아닌, 마법까지 펼쳐지는 난투극이다.

불꽃 구가 일본 유저, 무한척살 길드 유저, 건물 할 거 없이 여기저기에 떨어진다. 불타오르는 건물은 얼마 버티지 못하고 무너지며 유저들을 집어삼켰다. 전투를 하는 이 대부분은 동료의 죽음에 신경을 써 가며 싸울 상황이 못 됐다. 폭발에 의해 반쯤 타버린 무한척살 길원 하나가 추락사의 옆을 지나치며 건물에 처박혔다.

마법이 날아들면서 무한척살 길원의 숫자가 대폭 줄어들었다. 동시에 일본 유저들도 만만치 않게 죽었지만, 계속해서 밀려 나오는 증원군의 숫자를 보면 피해가 거의 없어 보일 지경이다.

"제기랄!"

남아 있는 무한척살 길원은 추락사를 포함해 다섯 명.

등 뒤는 퍼브 건물이고 앞과 양 옆은 일본 유저들이 압박하고 있으니 진퇴양난(進退兩難)의 상황. 추락사는 하늘을 향해 상스러운 욕지거리를 내뱉었다. XXX부터, OOO까지. '새끼'가 들어가는 건 예사요, '놈'이 안 들어가는 게 없다.

그의 욕을 전해 들었는지 하늘이 구원의 목소리를 전했다.

"형님! 저 왔습니다!"

'오오! 이 자식, 드디어 왔구나!'

하늘의 목소리보다 더 반가운 목소리다. 퍼브 뒤쪽부터 하늘에 검은 안개가 드리워지더니, 일본 유저들이 뒤로 주춤주춤 물러났다.

하늘엔 10척의 부양 함선이 떠 있었다. 그중 최주력선엔 즉사가 자신을 향해 손을 흔들고 있었다. 곧 추락사의 앞으로 줄사다리가 내려왔다. 배는 200m 상공에 떠 있기 때문에 이런 상황에서 배 위로 올라가려면 밧줄이나 사다리가 필요했다. 즉사가 직접 텔레포트를 이용해 올려 보내줄 줄 기대했지만, 뭐 생명 줄이 내려왔으니 일단 잡고 봐야지.

추락사는 손에 쥐고 있던 할버드를 입에 물고서 사다리를 타고 올라갔다. 때를 노렸는지 일본 유저들이 기다렸다는 듯 활과 화살을 꺼냈다.

'아뿔사!'

표적당하기 딱 좋은 위치다. 오판도 이런 오판이 있을 수 없었다. 자기 혼자 적진 하늘에 있으면 죽여주시오 꼴밖에 더 되나? 차라리 안 올라가는 것만 못하다.

궁사 클래스 일본 유저들이 추락사에게 활시위를 당겼다.

상황이 이렇게 되고 보면 누구나 새파랗게 질리기 마련. 할버드를 입에 문 추락사가 일갈의 외침을 터뜨렸다.

"바이 사아이 오여(빨리 사다리 올려)!"

슈슈슉! 슈슉!

날아오는 화살들이 추락사의 몸 여기저기를 스치고 지나갔다. 벌집을 만들어 아웃시킬 모양이다. 부양 함선 위의 유저들은 뒤늦게 사다리를 끌어 올렸고, 위에서 아래로 일본 유저들에게 공격을 퍼부었다. 추락사는 머리에 떨어지는 공격만은 피하기 위해 고개를 최대한으로 숙이며 방어했다. 화살이 머리에 맞을 경우, 마스터 레벨이라도 원샷 원킬이다.

다행히 화살들은 그의 머리를 비껴갔고, 몸통에 떨어진 것은 갑옷에 막혀 치명상을 입히지 못했다. 위험하긴 하지만 목숨은 구할 수 있으리라… 가 아니다!

이번엔 불화살이 날아든 것이다!

"으아!"

사다리에 불이 붙으며 추락사가 비명을 질렀다. 그것도 추락사의 머리를 불태울 정도로 가까운 위치에 불이 붙어버렸다. 불은 사다리를 빠르게 태워갔고 서서히 끊어지기 시작했다.

"아 데(안 돼)!!"

추락사, 필사의 사자후! …를 무시하듯이 하늘은 추락사를 버렸고, 추락사는 150m 지점에서 지상으로 추락했다. 아까 하늘을 향해 욕지거리를 내뱉었던 것에 대한 하늘의 복수인가?

"으아아아아!"

정확히 등짝부터 떨어진다.

쿠궁!

육중한 갑옷음이 등짝부터 울려왔고 추락사는 등에서 느껴지는 저림에 신음을 토했지만 곧 자신이 살아 있음을 깨닫고 재빨리 할버드를 찾았다. 떨어질 때 비명을 지르느라 할버드를 놓치고 말았던 것이다. 곧 일본 유저들이 달려들 텐데 무기를 잃어버리다니…

그는 자신의 할버드를 빠른 시간 내에 찾을 수 있었다.

하늘에서부터 자신의 머리를 향해 떨어지는 그것.

퍼컥!

추락사의 이마로 할버드가 정면으로 떨어지자 그의 몸이 마지막 발악을 하듯 움찔 떨리더니 금세 기능을 상실했다. 할버드에 머리를 찍혀 그대로 비명횡사하고 만 것이다. 뒤늦게 달려온 일본 유저들은 가루가 되어 사라지는 그가 추락사인 것을 확인하곤 황당함을 감추지 못했다.

'뭐냐, 이건?'

길드 마스터라는 작자가 이리도 허무하게 끝날 줄 생각이나 했겠는가? 자신의 무기에 머리가 찍혀 아웃이라니.

한편 배 위에서 상황을 지켜보고 있던 무한척살 길드 길원들은 낭패감에 젖었다. 자신의 마스터가 저리도 한심하게 게임 오버되었으니, 충격이 크리라.

누구보다도 즉사가 가장 충격이 컸지만, 들려오는 보고에 의해 금세 벗어났다.

"사방에… 사방에 일본 부양 함선이 깔려 있습니다!"

"모두 2백 척으로 추정됩니다!"

"뭐야?!"

즉사는 자신들이 일본 부양 함선에게 포위당했다는 것을 뒤늦게 알아차렸다. 숫자만 봐도 엄청난 차이다.

202대 10.

무한척살 길드 부양 함선 한 대당, 일본 부양 함선 20.2대를 상대해야 하는 불리한 상황.

'하지만 사나이가 이대로 물러설 순 없는 법! 형님을 따라서 싸우다 죽으리라!'

물론 물러설 수 없는 싸움이란 걸 알지만, 만용과 용기를 구분 못하는 바보는 그냥 바보일 뿐이다.

즉사는 무조건 돌진을 외쳤고, 10척의 무한척살 길드 부양 함선은 적진을 향해 돌격했다. 배들은 엠티안 2~300m 상공에서 전투를 할 것이다.

가니아 대륙, 묘리코.

우레와도 같은 폭발음과 함께 건물 하나가 통째로 무너졌다. 여파로 인한 먼지가 주변을 뒤덮으며 날카로운 흉기가 된 돌 파편이 사방으로 튀어, 근처에 있는 이들에게 간접 피해를 주었다.

마른하늘에 날벼락 같은 상황이다. 가상에서야 마른하늘에 날벼락 맞을 확률이 현실보단 높은 편이지만—마법사 클래스 유저들은 뇌력을 조종할 수 있으므로—정말 재수없다고 생각하기엔 너무나 억울하다. 운영자에게 피해 보상을 요구할 수도 없고.

건물이 무너지며 피어오른 먼지가 어느 정도 걷히고 나자 그곳으로 유저들이 모여들었다.

"방금 뭐가 떨어졌냐?"

"잘 모르겠는데. 그런데 이게 무슨 건물이야?"

"장비품점 아니야?"

"건물 안에 유저가 있을까?"

"일단 사람이 있으면 구하고 보자."

게임상에서의 이런 사고 수습은 현실에서처럼 그리 급박하지 않다. 흔히 있는 일은 아니지만 이런 것쯤은 일상 다반사인마냥, 유저들은 침착하다 못해 여유까지 부리고 있었다. 죽어봐야 능력치만 다운될 뿐, 실제 그 사람이 죽는 것은 아니니 게임상에서 진지성을 찾는 사람이라곤 마스터 레벨과 고 레벨 몇몇뿐이다.

저들은 유저들을 살려야 한단 소리를 하고 있지만, 사실 그들은 무너진 장비품점에서 뭐라도 건질 것이 없나 해서 다가가는 것뿐이다.

유저들이 그곳으로 다가가려는 때, 그들의 기척을 느끼기라도 했는지 무너진 건물 파편 틈으로 회색 손이 튀어나왔다. 손가락에 날카로운 갑각이 자라나 있고, 팔뚝도 일반 성인 남자 두께의 두세 배가량 되는 괴물의 손이다.

다가가던 유저들이 뒤로 흠칫 물러서며 제각기 방비를 했다.

"모, 몬스터의 손 아니야?"

"그런 것 같은데… 뭐지?"

"일단 피해!"

콰드드드!

손이 나오고, 이어서 회색의 몸체가 돌을 뚫고 올라왔다. 철로 이루어진 듯한 회색의 갑각과 부분적으로 검은색이 보이는 몸체. 허리까지 이어진 핏빛 장발과 그와 같은 색의 눈동자는 보는 이의 눈을 공포감으로 찌들게 하기에 충분했다.

게다가 압도적인 위압감을 조성하는 천둥 같은 포효는 드래곤의 것과 비슷한 음을 일으키고 있었다.

소더러 A의 기습으로 괴물의 몸체를 지닌 버그 마듀라. 그 괴물의 몸체는 버그 마듀라가 틀림없었다. 본래 마듀라는 묘리코를 나오자마자 로그아웃을 했고 지금은 저 껍데기만이 남아 있는 상태다. 하지만 껍데기는 없어지긴커녕, 동작도 상실하지 않았다.

유저들은 버그 마듀라의 위압감에 뒤로 물러서며 제각기 보고 들은 대로 한마디씩 꺼냈다.

"몬스터다!"

"도시 한가운데에 몬스터라니?"

"운영자들이 준비한 깜짝 이벤트 아냐?"

"처음 보는 건데, 신종 몬스터인가?"

"살벌하게 생겼다."

"조심해!"

당황하는 와중에도 무기를 뽑아 들며 버그 마듀라를 에워쌌다. 좀 무섭고 강해 보이지만 자기네들은 숫자가 많지 않은가?

순식간에 모인 묘리코 유저들만 1백 명 가까이 되었다. 지금도 계속해서 모여들고 있고.

저 몬스터가 우리를 모두 상대할 순 없겠지, 라고 생각하던 묘리코 유저들은 상대의 전력이 어느 정도인지도 파악하지 않은 채 버그 마듀라에게 달려들었다.

버그 마듀라는 유저들과의 거리가 가까워지자, 되려 역습을 가했다. 눈 깜짝하기도 전의 빠른 시간, 유저 두 명의 얼굴을 잡아 그 뒤통수를 땅바닥에 내리찍은 버그 마듀라는 곧장 10명의 유저를 손날로 휘저어 베어버렸다. 소더러 스킬을 이용한 검기 공격은 여전히 막강했다. 유저들을 베어버리고, 이어서 건물까지 통째로 잘라 버릴 정도다. 공중에 뛰어올라 가하는 발차기는 특히 더했고, 유저들이 날려 보내는 마법을 손으로 튕겨내는 것은, 묘리코를 말 그대로 개박살 내고 있었다.

이건 전투력의 차이가 심했다. 본래 상태의 마듀라만 해도 일반 유저들은 상대할 수 없다. 그런데 저 버그 마듀라는 일반적인 마듀라에서 전투력이 몇 배나 증폭된 상태다. 유저들이 버그 마듀라를 포착하여 달리기 전에, 이미 버그 마듀라는 유저 수십 명을 상대한 뒤 그들의 배후를 노리고 있었다. 버그 마듀라의 손에 스치기만 해도 온몸이 으스러지며 작살. 마스터 유저라면 모를까, 일반 유저는 몇 명이 달려들어도 버그 마듀라 하나 당해내기 힘들다.

한바탕 마법과 검이 난무하는 도중.

폭발 소리가 연속적으로 일어나며, 불꽃이 버그 마듀라에게 쇄도했다.

쿠궁!

"맞았다!"

마법 불꽃을 버그 마듀라가 지나는 길목에 무차별 난사하던 어린 소녀 마법사 하나가 이백 발의 마법 중 한 발이 버그 마듀라의 몸체에 명중하자 크게 외쳤다. 불꽃은 확실히 버그 마듀라의 등짝에 명중하였고, 터졌다. 그 증거로 버그 마듀라의 몸에 불꽃이 타오르며 검은 연기가 뿜어져 나오고 있었다. 미동조차 없었다.

기회는 이때다! 싶은 마법사 클래스의 유저들이 일제히 마법을 난사하였고, 불꽃 구, 불꽃 회오리, 낙뢰가 버그 마듀라에게 연속으로 떨어졌다. 대부분 살상력 높은 불 계열, 전격 계열이었고 그것도 하, 중, 상급짜리 스킬, 가릴 것이 없었다.

그 엄청난 마법 난사의 폭발 영향에 묘리코 유저들이 뒤로 피신했다. 폭발력은 묘리코 한 켠에 커다란 구덩이를 만들 정도로 거대한 에너지를 가지고 있었다.

유저들은 해냈다는 성취감 가득한 표정으로 서로를 얼싸안고 외쳤다.

"몬스터를 물리쳤다!"

"묘리코의 평화를 지킨 거야!"

"내가 결정타를 날리지 않았으면 끝났다구!"

"무슨 소리! 결정타는 내가 날렸어!"

"X랄하고 자빠졌네. 니들 혼자서 이길 수 있었냐?"

살아남은 이는 죽은 이를 기억하지 않는다. 그들이 느끼고 있는 성공감과 성취감은 패배자를 잊게 할 만큼 강렬한 것이니까. 그리고 그 성취감은 가상에서만 느낄 수 있는 희열이었다.

하지만 그들의 희열은 오래가지 못했다.

"쿠아아악!"

버그 마듀라의 포효가 묘리코를 박살 낼 기세로 울려 퍼지며 남아 있는 13명의 인원들을 바싹 긴장시켰다. 뇌세포 하나하나가 찌릿찌릿 느껴질 정도로, 공포감은 그들의 정신을 서서히 잠식했다. 괴물의 숨소리가 공간에 퍼지며 유저들의 살갗 속을 파고들 듯이 전해져 온다. 현실처럼 느껴지는 이 느낌은 결코 좋지 못했다. 버그 마듀라의 기합

소리 하나로 유저들의 전의가 그대로 추락하였고, 유저들은 이대로 로그아웃을 했으면 하는 바람이지만 대부분은 옴짝달싹 움직이지 못했다.

버그 마듀라의 몸에 붙은 불이, 바람 앞의 촛불처럼 꺼지며 움직임을 시작했다. 버그 마듀라의 모습은 하나도 상하지 않은 채 멀쩡했다. 전까지 마법 난사를 그대로 당했는데 전혀 타격을 받지 않은 모습이다.

희열 후에 맛본 절망은 더 큰 절망으로 다가온다. 유저들은 패닉에 빠져 버그 마듀라를 향했다. 전혀 대항할 생각도 못한 채, 그렇게 다시 공격 모드로 돌아가는 도중 그들의 앞으로 구원의 목소리라곤 할 수 없는 또 다른 희생자의 목소리가 들렸다.

요란한 폭음 소리에 달려온 묘리코 경비대 NPC와 수백쯤 되는 유저들이다. 사냥감만 줄줄이 나타나는군.

그들은 살아남은 13명의 유저 앞에서 영웅이라도 된 마냥 외쳤다.

"거기 괜찮소? 곧 구해 드리리다!"

"조금만 참으시오! 우리가 괴물을 해치우겠소!"

"당신이 괴물을 해치우시오! 나는 사람들을 구하겠소!"

"그럼 당신은 남자를 구하시오! 나는 여자를 구하겠소!"

"난 저 영계를 구할 테니, 자넨 그 옆의 호박꽃을 구하시오."

"어허! 무슨 소리! 내가 이미 찜한 임자이거늘!"

"나눠서 구하면 될 거 아니오. 싸우지들 마시오!"

아아~ 생사의 갈림길에 선 자들이 이리도 여유만만한 자태를 부리는 것이 맞는단 말인가? 게다가 하오체라니. 하오체라면 가니아 대륙 3대 길드 중 하나라는, 불사파 길드에서만 통하는 언어가 아닌가? 그렇다면

저들이 불사파 길원?

불사파 길드는 누구 먼저 할 거 없이 버그 마듀라에게로 달려들었다. 버그 마듀라는 사냥감을 불사파 길원들 쪽으로 돌렸고 그들 사이에서 피 튀기는 전투가 이어졌다. 물론 피를 튀기는 쪽은 불사파 길드다. 그래도 가니아 대륙 3대 길드 중 하나라는 불사파 길드인데, 일반 유저들과 다를 바 없는 모습이다. 대체 명령 체제도 안 잡고 무작정 달려들면 죽기밖에 더해?

"몬스터가 너무 강하오! 퇴각 명령을 내리시오!"

"니가 내리시오!"

"난 대장이 아니오! 누가 좀 퇴각 명령을 내려주시오! 대장 없소?"

"대장이 죽었소!"

"헉!"

말로 싸우는 건지, 몸으로 싸우는 건지.

어쨌든 숫자가 숫자인만큼, 버그 마듀라의 움직임도 더 더욱 빨라져 살상하는 숫자는 기하급수적으로 늘어갔다. 버그 마듀라가 지나갈 때마다 수십 명의 유저가 피를 뿌리며 가루화되고 있다. 보고 있을 수만은 없어, 달려드는 경비원 NPC들도 상황은 마찬가지였다.

달려드는 토끼 떼는 미친개를 막을 수 없었다.

한편, 실리와 최준의 상태는 그리 온전치 못했다. 여기저기 찢기고 뜯어지고 먼지 묻은 실리의 로브는 더욱 그러했다. 그녀는 마은왕이 된 희은을 부축하고 있고, 최준은 버그 마듀라가 찢어놓은 공간 밖, 묘리코의 광경을 지켜보다가 이내 고개를 절레절레 저었다. 매우 좋지 않은 표정이다.

　그 표정을 눈치 채며 말한 것은 실리.

　"마듀라… 아니, 신성이는 괜찮은 건가요?"

　그녀의 물음에 최준은 어두운 얼굴을 보였다.

　"신성이는 괜찮아. 이곳을 빠져나가면서 로그아웃했으니까. 문제는 저 버그 마듀라가 계속해서 날뛰고 있단 거지. 일반 유저들이 막긴 글렀어. 하루면 묘리코는 도시 기능이 마비될 거다. 유저들이 들어올 수 없도록 묘리코를 막아놔야겠군."

　"그럼 신성이는 다시 마듀라로 로그인할 수 있나요?"

　"아니, 불가능해. 저 버그 마듀라를 본래대로 돌려놓지 않는 한, 신성이는 게임을 할 수 없다."

　"그럼 어떡해요!"

　실리의 언성이 높아졌다. 자신의 죄책감을 최준에게 조금은 돌리고 싶었으리라. 자신이 6검 이벤트를 하지 않겠다고 했으면 지금의 마듀라는 저렇게 되지 않았을 것이다, 라고 생각하는 실리라 신성에게 미안한 마음이 드는 것은 당연했다. 이벤트를 하는 도중 계속 이런 일만 일어나니 그녀도 많이 지쳐 신경이 날카로워졌다.

　최준은 그녀의 마음을 이해하듯이, 침착하게 오빠다운 면모를 보여 주었다.

　"침착해. 해결책이 없는 것은 아니니까. 모두 힘을 합친다면 마듀라를 돌려놓을 수 있을 거야."

　"돌려놓는 게 가능해요?"

　"물론. 소더러 A가 버그를 들고 설칠 동안, 나도 놀고 있지만은 않았으니까. 소더러 A가 마듀라를 공격하기 전에 미리 대비하는 거였는데, 뜻밖의 일이 일어나 차마 움직이지 못했었다. 이제 버그 마듀라든, 소더러 A든 두려울 것은 없어. 그런데 마계의 석은 어디 있지?"

최준이 뜬금없이 마계의 석을 찾았다. 마계의 석은 마듀라가 소더러 A와 마주치기 전까지 그의 손에 있었다. 분명 그의 손에 있었어야 하는 것을, 실리는 마듀라가 몰래 넘겨준 마계의 석을 최준에게 보였다.

"신성이가 저에게 넘겨준 거예요."

"이거 잘 챙겨라. 최후의 상황에선 이것을 쓸지 모르니까."

"네."

아이템 창 한구석에 마계의 석을 조심스레 올려놓는 실리.

"이제 로그아웃하고 좀 쉬지. 피곤할 텐데. 그리고 오늘 자정에 보자. 나는 그동안 여기저기 돌아다녀야겠다. 지금쯤 엠티안은 17대 길드에게 점령당했겠군. 역시 움직일 줄 알았어."

최준이 그대로 텔레포트를 시동하려는 때, 실리가 희은이 문제로 끼어들었다. 희은이는 현재 실리의 품에서 기절 중이었다.

"희은이는 어떻게 하죠?"

"아, 희은이? 그대로 내버려 두면 프로그램 부가 알아서 로그아웃시킬 거다. 어서 가봐."

"알겠어요. 그럼……."

길드의 규모가 클수록 정보력은 빠르고 많다. 길드의 규모는 곧 길드의 인원이고, 많은 인원이 대륙 여기저기에 퍼져 있으면 이곳저곳의

많은 소식을 빠른 시간 내에 접하기 때문이다. 규모가 큰 막강 길드나 만리장성 길드의 정보력만 되면 그 정보력은 일개 정보 길드를 능가한다.

단 30분 만에 무한척살 길드가 일본의 17대 길드의 기습을 받고 격파당했다는 소식을 접한 시린터는 예상했었다는 듯 고개를 끄덕였다. 무한척살 길드와 17대 길드 간의 길드전은 30분 만에 종결되었다. 아시다시피 길드 마스터 추락사는 어이없는 추락사를 당했고 그의 동생 즉사는 닉네임대로 즉사를 당했다.

형제도 나란히 아웃되고, 길원도 전멸. 무엇보다 엠티안은 10분의 9가 파괴되어 버리며 도시라고 부를 수 없는 지경이 되었다. 일본의 17대 길드는 곧장 이라스로 진격하겠고, 로그인 지점, 이라스 석을 장악하려 들 것이다.

이라스엔 수많은 길드가 있지만 그들로서는 17대 길드의 전력을 전부 막을 수 없었다. 한국 유저들 중 그들을 막을 수 있는 건 막강 길드뿐.

센세의 퍼브 2층, 테이블을 세차게 내려친 시린터는 카리스마 넘치는 눈동자로 정면을 뚫어지게 응시했다. 그가 바라보고 있는 정면은 아무것도 없었고, 그저 멋 한번 부려보기 위해 해본 것이다.

정말 많이 컸지. 시린터의 저 건방지기 짝이 없는 행동은 사실 마듀라가 길드를 이끌었을 땐 꿈도 못 꾸던 것이다. 부마스터 하던 그때는 마듀라 뒤에서 졸개 놀음이나 했었고 지금같이 저렇게 폼 쟀다간 마듀라의 7갑자 뒤통수 후리기가 떨어질 것이다.

하지만!

　지금은 상황이 다르다. 8개월 만에 게임에 돌아온 마듀라는 몇 배 이상이나 강해진 자신에게 무릎을 꿇었고, 길드 마스터 자리에서 공식적으로 물러났다.

　그렇게 창피를 당했으니 지가 어찌 다시 길드 마스터가 된단 말인가? 시린터는 꿈과 같은 지금의 생활에 너무도 만족스러웠다. 명령만 하면 길원들이 다 알아서 해주고, 어여쁘신 여자 친구(김선미)도 생겼고, 상위 랭크이니 사람들이 알아서 긴다. 게다가 전엔 게임 채널에서 인터뷰도 왔었다.

　아아~ 이 모든 게 마듀라 하나 없어진 걸로 이루어졌다면 믿겠는가?

　따지고 보면 시린터에게 마듀라는 없는 게 더 나았을 존재였다.

　각설하고, 시린터는 바로 옆의 쥬성(용태)에게 고개도 돌리지 않으며 말했다. 유일하게 자리에 있는 사람은 시린터와 쥬성뿐이었다. 둘 모두 졸업을 앞둔 채, 이스케이프(Escape) 중이다.

　"17대 길드의 전력이 어느 정도나 됩니까?"

　"부양 함선은 2백 척. 인원은 2만 예상."

　"그럼 우리 측 전력은?"

　"부양 함선 165척. 길원은 5만 1140명. 이라스는 우리 홈그라운드니까 문제없어."

　막강 길드는 확장팩 후에 상당수의 길원과 부양 함선을 대대적으로 끌어 모았다. 모든 인원을 이끌고 작전만 잘 세운다면 일본 길드쯤은 쉽사리 격파시킬 수 있으리라.

　일본의 마스터들도 거의 모두 아웃되었다 보고되었고, 막강 길드에 유일하게 대적할 수 있는 길드는 이제 중국의 길드 몇몇뿐이다.

시린터와 쥬성, 모두 승리를 다짐하며 길드전에 열의를 태우는 이 때.

"이라스에서 싸우면 죽는다."

"……?!"

"누구냐?"

…라는 대화 도중 끼어든 목소리에 둘의 시선이 모두 한곳으로 집중되었다. 2층 퍼브 문 앞에 최준이 서 있었다. 먼지 묻은 옷을 새것으로 갈아입은 듯, 순백색의 정장이 그의 금발과 함께 빛을 발하고 있다.

최준은 마계에서 곧장 센세로 넘어온 길이었다.

시린터는 처음 보는 최준에게 약간의 경계심을 주며 물었다.

"누구십니까?"

담뱃불을 붙이며 짧게 대답하는 그.

"운영자."

"운영자?"

"마듀라와 알던 형이라고 하면 되나?"

"마듀라?!"

시린터가 깜짝 놀랐다. 마듀라 얘기만 나오면 그냥 펄쩍 놀라 뛴다. 마듀라가 혹시 무슨 꿍꿍이 대책을 세워놓은 것인가? 설마 운영자를 이용해 자신에게 보복하려 한다든지?

"무, 무슨 일로 오셨습니까?"

그전에 운영자가 맞습니까라고 물어야 하는 걸, 시린터는 실수했다.

"앉아서 차근차근히 이야기하지."

　최준은 구석진 자리에 허락도 없이 앉아 테이블에 다리 두 짝을 꼬아 올려놓으며 입을 열었다. 더없이 건방지기 짝이 없지만 누구도 이의를 제기하지 않았다. 물고 있던 담배를 검지와 중지 사이에 끼워 넣고, 코와 입으로 담배 연기를 내뱉자마자 입을 연다.

　"의뢰 하나만 하자."

　시린터에 앞서 쥬성이 물었다.

　"의뢰요? 운영자께서 무슨 의뢰를⋯⋯?"

　길드는 의뢰인의 의뢰를 해결하여 돈을 받거나, 길드전을 벌여 타 길드의 아이템, 돈을 갈취해 자금을 모은다.

　보통 모든 의뢰를 받는 그들이지만 오늘은 그 의뢰인이 운영자라는 데에서 의아한 감이 들 수밖에 없었다. 게임 내에선 천하무적인 그들이 뭐가 아쉽다고 일개 유저에게 의뢰를 한단 말인가?

　"뭐, 조금 힘든 의뢰지만 보수는 넉넉하게 쳐주겠다. 의뢰 내용은 너희 마스터⋯ 그러니까 마듀라 말이야. 걔가 조금 맛이 갔어."

　"에?"

　맛이 갔다는 말이 무슨 소린지 이해할 수 없는 둘이었다.

　최준은 귀찮다는 듯, 손을 휘젓곤 품속에서 하얀 봉투를 꺼냈다. 그리고 그것을 테이블에 올려놓고 시린터 쪽으로 슥 내밀었다. 시린터 대신 쥬성이, 최준이 내려놓은 테이블 위의 봉투를 열었다. 봉투 속엔 손바닥 크기만한 종이가 들어 있었다. 아무 글귀도, 그림도 그려져 있지 않은 백지.

　"이, 이것은?!"

　"뭐길래 그러십니까, 쥬성 씨?"

“백지 수표.”

그제야 이 백지가 의미하는 것이 무엇인지 알아챈 시린터는 깜짝 놀랐다. 백지 수표라면 자신이 원하는 액수를 적어 돈을 받을 수 있는 것이 아닌가? 1천 조원이라고 한 번 쓰면 지상 최강의 부자가 될 수 있다는 그것이다.

쥬성에게서 넘겨받은 백지 수표를 쥐며 시린터는 일순, 눈빛이 흔들렸다.

'백지 수표를 내줄 정도로 엄청난 의뢰인가?

위험성이 높다는 걸 직감했지만 백지 수표를 받을 기회는 흔치 않았기에 선뜻 거절할 마음도 없었다. 그리고 아직 의뢰 내용도 못 들었으니 선택권은 남아 있지 않은가?

“백지 수표의 액수는 의뢰를 성공적으로 마쳤을 시에 원하는 대로 적어도 좋다. 아, 그리고 너 혼자만이 아니라 카이데스도 불렀으면 하는데.”

“카이데스를 말입니까? 대체 뭘 하시려고…….”

“자세한 사항은 그때 가서 알려주지. 묘리코의 남쪽 입구에서 만나자. 오늘 자정까지 그곳으로 와라.”

최준이 자리에서 일어섰다. 시린터는 잠시 그를 멍하니 바라보다 생각난 것이 있다는 듯 퍼뜩 말했다.

“맞아! 지금은 안 되겠습니다. 곧 일본의 17대 길드가 이라스를 공격할 겁니다. 지휘를 해야 하기에…….”

그러자 최준도 생각난 것이 있다는 듯, 퍼뜩 외쳤다.

“맞아, 그거! 분명히 말하는데 이라스에서 싸우는 건 절대 안 된다.

싸우려면 다른 곳에서 싸워. 그래, 멜카니아 근처가 좋겠군. 이라스에는 너희 길드 하나쯤은 충분히 날려 버릴 만한 괴물들이 날뛸 테니까, 굉장히 위험하다.”

“괴물들?”

“그래. 너희는 길드전만 열심히 하면 돼. 너와 카이데스만 묘리코로 오고, 거기 옆이 지휘를 하면 되겠네. 그럼 이만.”

“에……..”

최준이 텔레포트를 시동해 사라지자마자 시린터는 깊은 한숨을 내쉬었다. 그는 운영자와는 초면이었기에 상당히 긴장하고 있었다. 실제 만나보니 가슴이 콩닥콩닥 뛰기보다 자기중심적인 모습이 재수가 없다. 하지만 불쾌할 수만은 없는 상태였다. 17대 길드와 길드전을 하는 장소가 멜카니아랬다. 그리고 지휘는 쥬성.

멜카니아는 막강 길드가 길드전에서 패배하기만 한 징크스가 있는 곳이다. 게다가 쥬성이 길드를 이끌고 지휘를 한다면 길드는 말아먹히기 딱 좋은 상태로 추락하고 만다.

그야말로 최악의 조건.

“길드는 나한테 맡기고 너는 의뢰나 잘 맡아.”

“쥬성 씨……..”

자신감 넘치는 쥬성의 발언에 시린터는 속으로 깊은 한숨을 내뱉었다. 길드를 저 녀석한테 맡기고 의뢰를 잘 맡을 수 있을 리 없다.

“이번만은 날 믿어보라니깐!”

전에도 한번 믿었었다가 길드전에서 패한 적이 47번. 믿을 이라면 김선미나, 강태민 정도? 하지만 길드 통솔력이 가장 강한 건 역시 쥬성이다. 어쩔 수 없이 이 모자란 단세포한테 또다시 일을 맡길 수밖에 없는 상황인데…

시린터가 꺼림칙한 투로 말을 더듬었다. 정말로 그러기 싫지만, 어쩔 수 없다는 것이 밖으로 표출되어 있는 말투다.

"…알겠습니다. 믿어… 보지요."

"좋았어! 그럼 당장에 길원들을 끌어 모으고 작전을 짠다!"

쥬성이 2층 퍼브 계단을 뛰어 내려갔다. 간만에 큰 길드전의 지휘를 맡게 되어 더없이 기쁜 쥬성이었다.

최준이 텔레포트한 지점은 인적없는 이라스의 북서쪽 민가촌.

유저 하나 보이지 않는 한적한 거리엔 언제나 그렇듯, 고요함만이 머물러 있었다. 이곳이 이라스에서 가장 조용한 곳이다. 길도 좁고, 상점도 없고, NPC 민가촌만 즐비하게 늘어서 있어, 사람들의 발길이 거의 없다.

주위를 둘러보며 인기척이 없음을 확인한 최준은 아이템 창에서 안경 케이스 크기만한 캡슐을 꺼냈다. 그 반투명형 캡슐 입구엔 'KDRS–00' 이라 쓰여진 종이가 붙어 있었다.

잠시 그것을 지켜보던 최준이 혼잣말처럼 중얼거렸다.

"드디어 깨어날 때가 왔구나, 실피."

중얼거림을 마치자마자 종이를 떼어낸 최준은 캡슐을 땅바닥에 던졌다. 떨어진 캡슐은 반으로 갈리며 열렸고 그 안에서 하얀색 가루 결정체가 뿜어져 나왔다. 빛을 뿜어대는 분수같이, 태양 빛을 받아 반짝이는 가루는 약 10초 동안 허공에 뿜어져 나오며 길거리를 빛으로 가득 메웠다.

10초 동안 최준의 시야를 차단했던 그 빛은 점차 사라지며 대신 눈 앞에 소녀가 나타났다. 8개월 전과 다름없이 빼어난 미색을 자랑하는 실피다. 엉덩이까지 내려오는 검은색 머리카락과 하얀색의 소박한 드레스, 그와 거의 같은 색의 피부. 17세의 아담한 몸집에서 풍기는 소녀 특유의 느낌은 여성 유저들을 뛰어넘는 매력을 지니고 있다.

살포시 덮였던 속눈썹이 들리며 그녀의 눈이 천천히 뜨였다. 순정 만화의 여자 주인공 부럽지 않은 눈동자가 최준을 응시했다.

"마듀라님이 절 부르셨나요?"

약 두어 번 정도 눈을 깜박이던 실피가 대뜸 내뱉은 말이었다.

최준이 응답했다.

"뭐, 위급 상황이니 그렇다고 해두지."

"마듀라님께 안 좋은 일이라도 생겼나요?"

실피가 걱정스럽게 되묻자 최준은 아무 대답 없이 건물 벽에 몸을 기대었다. 실피의 임무는 마듀라의 구출이 아니다. 괜히 마듀라의 일을 실피에게 알려줄 필요 없었다.

"네가 할 일은 이라스의 사수다. 전투만 잘 끝내면 마듀라를 만나게 해주지."

"지금 만나고 싶어요!"

"만나고 싶어도 못 만나."

"그럼 절 왜 깨우셨어요!"

"너 아니면 할 수 없는 일이 있으니까."

"……"

실피는 다시 한 번 볼멘소리로 외치려다 말았다. 최준이 이유없이 자신을 깨운 것 같진 않기에 대꾸는 이유나 들어보고 할 생각이다. 무엇보다 마듀라에게 무슨 일이 생긴 건 틀림없다. 자신의 인공 지능이 '위험'을 알리고 있으니까.

"네가 생각한 대로 마듀라는 그리 온전한 상태가 아니야. 너의 임무는 우리가 마듀라를 돌려놓을 동안 소더러 A 일당을 막는 것이다."

"소더러 A 일당을 막다니요?"

"기억 안 나나? 네가 맨 처음 게임에 접속했을 때 상대했던 그 녀석."

"아! 기억나요! 설마 그 사람이 또 마듀라님을 해하려 한 건가요?"

"대충 그렇다고 볼 수 있지. 마듀라는 무사할 테니 신경 쓰지 말고, 네가 할 일에 대한 세세한 작전을 말하자면, 오늘 오후경에 이라스 북동쪽과 북서쪽에서 부양 함선이 날아와 한차례 접전을 벌인 후, 멜카니아로 향할 것이다. 후에 이라스에 나타날 6대 마룡을 막는 것이 네 임무다."

"……."

확장팩 후, 7대 마룡으로 불리었던 그것이다. 아도니아 대륙이 열리면서 마룡 중 한 마리(해룡 돌리토리스)를 마듀라와 실피가 힘을 합쳐 쓰러뜨렸었다. 그때부터 6대 마룡이라 불리게 되었는데, 그것을 지금 실피 혼자 다 막으라니, 놀랄 수밖에 없었다.

"지금 그걸 말이라고 하는 거예요? 어떻게 저 혼자 6대 마룡을 막아요? 그리고 6대 마룡이 왜 이라스를 침공하죠?"

"소더러 A가 버그를 이용해 6대 마룡을 조종하고 있기 때문이지."

　6대 마룡 프로그램이 소더러 A의 버그에 걸렸단 걸 안 것은, 마듀라가 소더러 A와 막 마주칠 때였다. 너무나 갑작스런 상황에 대처하지 못한 카마디는 마듀라와 6대 마룡, 어느 것 하나 지키지 못하고 당해 버렸다. 요즘 들어 운영진의 힘에 구멍이 뻥 뚫린 듯한 느낌이다.

　"그리고 지금 상황에서 6대 마룡을 막을 수 있는 이는 너밖에 없어. 지금 너밖에 그럴 만한 힘을 가진 이가 없으니까."

　"저는 마듀라님의 전투력, 그대로라구요. 6대 마룡을 모두 상대할 순 없어요."

　"넌 마듀라를 과소평가하는 건가?"

　"그, 그런 건 아니지만……."

　실피는 아무 대꾸 하지 못하고 입을 다물었다. 자신도 모르게 마듀라에 대해서 입방정을 떤 것을 후회하는 것이다.

　NPC의 인공 지능을 꿰는 듯, 실피를 상대함에 있어 여유있는 말투로 최준이 말했다.

　"마듀라는 네가 블록 캡슐에 갇혀 있는 동안 꽤 강해졌다. 게다가 지금은 그 전투력이 5배가량 상승되었지. 따라서 너도 전투력이 5배 이상 상승되었을 것이다."

　"네? 어떻게 그런……?!"

　버그 마듀라의 전투력은 일반 마듀라에서 5배 정도 상승되었으니, 5만. 그렇다면 실피의 전투력도 마듀라를 따라 5만일 것이다. 그 정도면 6대 마룡 정돈 어떻게든 상대할 수 있으리라. 한동안 최준과 대화를 하며 상황을 파악하던 실피는 잠시 땅을 바라보며 얼굴 표정을 굳혔다. 불끈 쥔 그녀의 양 주먹이 파르르 떨리며 그 의지를 표출하고 있었다. 8개월 전보다 확실히 달라진 느낌이다.

"어떻게든 막아서, 마듀라님을 만나겠어요."

그녀의 각오에 최준은 좀체 알 수 없는 미소를 지으며, 자신의 아이템 창에서 상반신 갑옷을 하나 꺼냈다. 말짱하게 수선되어 은빛 광택을 내고 있는 엑스로시버다. 전에 마듀라가 최준에게 수선을 부탁했던 그것.

"이거 입고 가라. 마듀라가 수선해 달라고 나한테 맡겼던 건데, 아마 전투 중에 도움이 될 거다. 사용법은 알고 있나?"

"사용법은 알고 있어요. 마듀라님이 사용하는 걸 봤으니까."

실피는 최준에게서 엑스로시버를 받아 들고 그것을 품속에 꼬옥 감싸 쥐었다. 마듀라의 온기가 그것에서 전해지는 것 같은 느낌을 받은 실피였다.

*　　　　*　　　　*

"……."

긴 꿈을 꾼 것 같은데 잘 기억이 나지 않는다. 그 꿈이 게임이었는지, 아니면 단순한 꿈이었는지 모르겠지만 기분은 더럽다. 요즘 들어 게임상에서 안 좋은 일들만 겹치다 보니 뭘 하든 다 기분이 더러웠다.

눈을 뜨고 몸을 일으킨 나는, 주변을 두리번거렸다. 벗겨진 PX 헬멧. 누가 내 PX 헬멧을 벗겼지? 아니, 그보다 내가 얼마나 잤던 거야?

침대에서 몸을 일으키려는데 머리가 띵하게 아파왔다. 반쯤 몸을 일으킨 상태에서 이마에 손을 짚자 손에 축축함이 느껴졌다. 이마뿐 아니라 옷도 축축하게 젖어 있었다. 자는 동안에 식은땀을 많이 흘렸나 보다.

아~ 요즘은 필름이 끊길 때마다 졸음이 오냐.

나는 늘어지게 하품을 하고 시계를 향했다. 시계는 오후 3시를 가리키고 있었다. 3시라면 아침도 지나고, 점심도 지난 시각인데…

헉! 그리고 보니 나, 며칠간 아무것도 안 먹지 않았나?

나는 당장에 침대를 박차고 일어나 거울 앞으로 다가갔다. 걷는 도중 다리에 힘이 풀려 휘청했을 정도로 기력이 많이 떨어진 걸 알 수 있었다. 거울에 비춰진 내 모습을 보자…

"이게 뭐야?!"

윤기나던 피부는 거무죽죽 다 상해 버렸고 머리는 푸석푸석, 얼굴은 수척해져 나 보기가 역겨워 가실 정도다.

이게 진정 21세기 호남아의 모습이란 말인가? 지나가는 폐인도 이 정도는 아니겠다! 이씨! 면도부터 해야지. 이 꼴을 세희가 봤다간 엄청 나게 실망할 거야. 내가 그동안 세희에게 보인 이미지가 다 깎아질지 모르겠다.

방을 나서려 문 쪽으로 다가가는 때, 세희가 양손에 죽 그릇을 들고 내 방으로 들어섰다. 굿 타이밍하게도 들어오는구나, 세희.

나는 반사적으로 몸을 틀며 손으로 얼굴을 가렸다.

"세, 세희 왔네? 지금 내 꼴이 말이 아니거든? 하하… 그보다 내가 얼마 동안 잔 거야?"

세희는 내 방 책상에 죽 그릇 쟁반을 올려놓고 수화로 답했다.

'5시간 정도 잤을 거야. 배 많이 고프지? 밥 먹고 쉬어. 며칠째 밤새

가지고 힘들 텐데.'

"으… 응. 그래. 그런데 이 죽은 세희가 끓인 거야?"

끄덕.

고개를 끄덕이는 거 보니 자기가 직접 끓였나 보다. 날 위해 이런 것까지… 감격스럽지만 일단 배가 더 고프므로 먹고 보자.

책상에 앉아 죽을 마구 입속에 퍼 넣은 나는, 죽이 뜨거운 줄도 모른 채 그냥 삼켜댔다. 배가 고프니 죽이 맛있는지, 뜨거운지 모르겠다.

세희는 내가 체할까 봐 황급히 물컵을 건네주었다. 그런데 세희는 밥 먹었나?

"세희는 밥 먹었어?"

끄덕.

내가 잘 동안 먼저 먹은 모양이다. 나 자는 거 깨웠으면 같이 밥 먹는 건데.

그렇게 생각하는데, 나는 잠깐 세희를 보며 한 가지 의문점을 갖게 되었다. 어째서 세희는 이렇게 멀쩡한 거지?

"……."

"……?"

운동으로 다져진 이 몸도 며칠간 밤새고서 폐인이 되었다. 그런데 나보다 체력적으로 달리는 세희가 사흘, 나흘간 밤새고서 이렇게 멀쩡할 수가 있다니? 피부는 전혀 상함이 없었고 머리도 푸석푸석하지 않은 채 오히려 윤기가 흐르고 있다. 이럴 수가? 세희는 정녕 폐인과는 담을 쌓았단 말인가?

세희를 바라보며 놀란 표정만을 짓던 도중, 세희가 고개를 갸웃하며 수화로 물어왔다.

'왜? 무슨 일 있어?'

"…아니."

일은 무슨 일. 그냥 밥이나 먹자.

죽으로 허기를 달랜 후, 깨끗하게 목욕까지 마치고 나자 좀 사람다운 모습을 갖추게 되었다. 완벽하게 전의 모습을 찾을 순 없었지만, 며칠 쉬고 나면 다시 본래대로 되돌아올 것이다.

마침 마듀라가 버그에 당해 버려 게임을 못하게 되었으니 며칠간은 쉴 수 있겠지. 쳇! 소더러 A에게 고맙다고 해야 할지, 말아야 할지. 버그의 문제로 최준 형에게 전화를 해보니 방도가 있다고는 하더라. 단지 세희와 시린터 등등, 몇몇의 인원이 동원되어야 한다고 한다.

그리고 일본의 17대 길드가 가니아 대륙을 침공했다는 소식도 들었다. 게임 채널을 틀어보니 길드전이 생중계로 나가더라. 이미 무한척살 길드가 있는 엠티안은 초토화되었고, 지금은 이라스와 엠티안의 중간 지점, 가니아 평원에서 가니아 대륙 길드 전체와 17대 길드가 전투 중에 있다. 하지만 상대는 안 되어 보인다.

가니아 대륙의 80% 전력이라 할 수 있는 막강 길드가 없는 이상, 그들은 그저 들러리에 불과하니까. 게임 채널에서 예고하길, 막강 길드는 오늘 오후 6시에 17대 길드와 맞붙는다고 한다.

이제 내가 할 일은 없다. 그저 남들 싸움하는 거 구경하는 것밖엔…

"후유~"

김빠진다. 게임상이 아니면 별 볼일 없는 놈이, 게임을 못하니 이리도 한심할 수가 없다. 혼자 거실 소파에 앉아 멍하니 TV를 보고 있는 도중.

길드전 방송이라 들려오는 소리가 슈웅~ 콰쾅! 하는 폭발음이 주를 이뤄 상당히 시끄러웠다. 보다 못한 세희가 부엌에서 차를 타 오곤, 리모콘으로 소리를 줄였다.

그리고 내 옆에 마주 앉아 이어지는 수화.

'심심해?'

그럼 심심해서 이러고 있지, 안 심심해서 이러고 있겠니? 내가 TV를 본다는 것은 심심하다는 것이고, 게임을 하거나 운동을 할 때는 안 심심한 거다.

고개를 끄덕이자 세희가 시무룩한 표정으로 변했다. 어쩜 생각하는 게 표정으로 다 드러나는지 모르겠다. '나 때문에 게임도 못하고, 심심한 거지?' 라는 생각이 표정과 절묘하게 맞아떨어진다.

나는 슬쩍 세희의 어깨를 끌어안았다.

"세희의 잘못이 아니야. 내가 다 자초한 일이니까. 밤길 뒤통수 맞아도 할 말 없어, 나는."

"……."

"그리고 가끔 이렇게 쉬는 것도 좋잖아?"

*　　　　*　　　　*

오후 5시 58분.

시간을 확인한 쥬성은 의미심장한 눈빛으로 17대 길드의 부양 함선들로 향했다. 추정된 바에 의하면 17대 길드 측의 부양 함선은 195척(몇 척은 전투 도중 난파되었다).

양측 전력을 따지자면 막강 길드가 월등히 우세했다. 일단 이라스는 한국 유저들의 홈그라운드니, 지형적인 전력상에선 우위를 점할 것이고, 길원의 숫자도 5만 명가량이나 되니 물량전으로 승부해도 승리할 수 있다. 인원이 많은 관계로 3만 5천 명 정도가 배에 탈 수 없었지만 그들은 이라스의 북동쪽 성에 진을 치고서 철벽의 방비를 갖추고 있다.

하지만 일본측의 전력은 부양 함선 195척과 유저 2만 명뿐. 게다가 엠티안부터 여기까지 오는 데 상당한 전투를 치러, 꽤 지쳐 있는 상태에 있을 것이다. 이런 불리한 조건으로 어찌 가니아를 침공했는지, 쥬성을 제외한 막강 길드 길원들은 이해가 되지 않았다. 무언가 믿는 구석이 있든지, 아니면 강제적으로 전쟁터에 끌려왔다고밖에 설명할 수 없겠는데 아무래도 후자 쪽일 가능성이 크리라. 분명 소더러 A의 압박으로 17대 길드가 움직인 것이 틀림없었다. 하지만 소더러 A의 압박이 있었으리라고 생각한 사람은 오직 신성과 최준뿐이었다.

1분이 더 흘러 시간은 5시 59분.

이라스의 북동쪽 성곽을 기준으로 이라스 안쪽엔 막강 길드가, 이라스 바깥쪽엔 17대 길드가 대치해 있는 상황이다. 서로와의 거리는 고작 800m. 부양 함선의 전장이 50~100m라 볼 때 그리 먼 거리는 아니다. 쥬성은 북쪽에서 불어오는 바람을 맞으며 길드에 명령을 내렸다. 지금 그는 무늬만 대장이다.

"지상군은 성곽에서 대기한다. 상대와의 거리가 사정거리에 닿았을 때 공격을 한다. 부양 함선은 작전대로 진형을 갖추고 적진을 향해 돌진… 어라?"

명령을 내리던 도중, 쥬성과 막강 길드 길원들은 깜짝 놀랐다. 17대 길드가 먼저 돌진해 오는 것이 아닌가? 195척 전부가 넓은 진을 펼친 채, 북동쪽 이라스 성곽을 덮치듯 밀려오고 있었다.

먼저 공격을 가하려던 쥬성에겐 낭패였다.

"뭐야, 이거?! 이건 스토리에 없던 건데?"

이런 돌발 상황이 있기 전에 미리 그에 따른 가상 대책을 세워놨었어야 했는데. 하지만 작전을 짜던 중에도 그저 돌진만을 외치던 쥬성이 그런 것을 세워놨을 리 만무했다. 정말 단순하기 그지없는 건 변함이 없다.

"어쩔 수 없지. 전원, 성곽을 기준으로 방어한다. 놈들을 이라스에 들어오지 못하도록 막는다."

이미 17대 길드 부양 함선은 막강 길드의 바로 코앞에 다가와 있었다. 먼저 공격을 가한 건 17대 길드 측이었다. 상대방이 어느 정도 공격 사정권에 들자 마법과 화살을 막강 길드의 부양 함선에 퍼부었다. 부양 함선마다 바리어가 씌어져 있지만 그것도 한계가 있는 법. 방어할 수 있는 한도를 넘어선 공격으로 바리어가 더 이상 공격을 막을 수 없게 되자 부양 함선에 직접적으로 피해가 이어졌다. 가장 진형이 취약했던 막강 길드 부양 함선 진형 왼편에 불길이 타올랐다. 유저들이 배의 불을 끄기 위해 분주했지만 그것도 날아드는 화살로 인해 일이 잘 진척되지 않았다.

쥬성이 뒤늦게 공격 개시 명령을 내렸다. 이미 길원들은 쥬성의 명령이 있기도 전에 전투를 벌이는 중이지만. 배 사이사이로 병기구, 마법 등등이 날아들고, 배 아래로 떨어지는 유저들의 숫자도 늘어갔다. 그 아래는 모두 막강 길드 인원 3만 5천 명이 펼쳐져 있어, 막강 길원이 떨어지면 즉시 치료 마법을 걸지만, 일본 유저가 떨어지면 곧장 밟아버린다. 정말 냉혹한 길드전이다.

배가 서로 맞부딪치며 그곳으로 일본 유저들이 쏟아져 나와 막강 길드 길원들과 뒤엉켜 싸웠다. 길드전은 먹이 사슬 싸움과도 같다. 직접 전투 계열은 방어력이 취약한 마법사를, 마법사는 궁수들을, 궁수들은 또 원거리에서 직접 전투 계열을 쏘아 맞춘다. 승리의 관건은 이 셋을 누가 더 잘 조종하느냐인데.

아수라장 사이에서 힐도라가 쥬성에게 다가왔다.

"야, 빨리 퇴각 명령을 내려야 하는 거 아냐?"

"아직이야. 너무 일찍 물러나면 상대가 눈치 챌 거야. 큰 거 한 방 먹이고서 약 올리면 좋을 텐데."

"쳇! 뭐야. 빨리 끝낼 것이지."

그녀는 이런 길드전이 마음에 들지 않았다. 그동안 수많은 길드전을 치렀던 그녀지만 그녀는 길드전보다 사냥을 더 추구했다. 길드전을 하고 나면 뭐, 밤길 다니기 무섭다나? 따지고 보면 길드전이란 게 PK나 다름없으니, 익명성이 보장되지 않는 게임상에서 자신이 죽였던 인물과 현실로 마주치면 진짜 싸움이 벌어지는 상황이 연출된다. 아직까지 그녀는 그런 일이 없었지만, 실제 그런 일이 일어나서 패싸움을 벌였다는 뉴스가 종종 보도되곤 했다.

어찌 되었든 길드전에 참가했으니 싸우긴 해야지.

힐도라가 양손을 모으며 쥬성에게 말했다.

"내가 마법 캐스팅을 할 동안, 너는 다가오는 떨거지들이나 좀 상대해 줘."

"알았어."

마침 쥬성과 힐도라가 타고 있는 배의 옆구리로, 일본 부양 함선이 스쳐 지나가, 그곳으로 유저들이 넘어왔다. 닌자를 연상케 하는 검은 복장이다. 배의 길원들이 그들을 알아차리고 덤벼들었고, 쥬성도 그들을 발견하자마자 번개처럼 튀어 나가 하이킥을 선사했다. 순식간에 배 아래로 8명의 일본 유저들이 추락했다.

역시 괜히 마스터 레벨이 아니다. 비록 마듀라나 시린터에 비하면 쨉도 안 되는 실력이지만, 상대가 마스터 수준이 아닌 이상 쥬성을 이길 자는 없었다.

"하하하! 마스터 레벨인 이 몸에게 대들려 하다니! 떽끼!"

바로 얼마 전, 그가 마스터 레벨이 된 걸 아는 사람은 시린터와 힐도라뿐이다.

힐도라가 한소리 했다.

"너만 마스터 레벨이 아니라구! 뇌섬광!"

힐도라의 손에 만들어진 머리통만한 구체가 하늘 높이 떠올랐다. 금빛의 그것은 전기파를 탁탁 일으키며 또 하나의 태양처럼 하늘에서 빛났다. 그리고 그것은 점점 커져 비행기 타이어 크기만큼 부풀었다. 유저들의 시선이 잠시 그에 머물렀다.

이윽고 힐도라의 외침이 터졌다.

"떨어져랏!"

금빛의 전류가 긴 꼬리를 물며 원형 구체에서 떨어져 나갔다. 사방으로 터져 나가는 이, 삼십 줄기의 낙뢰는 긴 곡선을 그리며 배 갑판에 충돌. 상당량의 전격파를 주위로 흘려보내며 유저들을 감전사시켜 버렸고, 배는 폭탄에라도 맞은 듯 터졌다.

살인적인 절정 스킬, 뇌섬광이다.

"오호호홋! 내 실력 봤지? 이젠 마듀라나 실리도 두렵지 않아!"

마스터 레벨이 되더니, 굉장히 거만해졌군. 쥬성도 아무 말 못하고 근방 20척의 17대 길드 부양 함선이 추락하는 걸 지켜만 볼 뿐이다. 힐도라의 컨트롤로 막강 길드의 부양 함선은 피해가 없었다.

순식간에 사기가 올라가는 막강 길드. 하지만 아직 안심할 때는 아니다.

"진형의 양측이 무너지고 있어! 일본의 부양 함선들이 양측에서 포위하며 압박하고 있다!"

뒤에서 들려오는 한 길원의 전언에 쥬성은 잠시 당황했다. 그가 애초에 진형을 잘못 잡았던 것은 아니다. 다만, 일자형으로 세워진 진형의 양 옆은 적이 공략하기에 유리하다. 힐도라의 공격을 받고도 그런 공략을 할 저력이 있다니… 일본측도 나름대로 냉철한 구석이 있긴 했다.

쥬성이 힐도라를 향했다.

"어때? 한 번 더 쓸 수 있겠어? 방금 뇌섬광."

"안 돼. 뇌섬광은 파괴력은 크지만 딜레이가 심해서 마력을 보충하는 데 몇 시간은 걸려."

"음~"

쥬성은 잠시 턱을 괴고 생각하는 여유까지 부리곤, 길원들에게 명령했다.

 "이라스의 성곽을 따라서 시계 방향으로 돌아 멜카니아로 빠져나간다. 지상군은 부양 함선을 엄호하도록."

 그답지 않은 사리 판단과 명령으로 길원들이 움직였다. 이건 이미지 변신인가? 언제나 띵하고 모자라야 할 쥬성이 이렇게 바뀌다니.

 이 상황에서 가장 의아해할 사람은 힐도라다. 뭘 잘못 먹은 것처럼 보인 그녀는 쥬성을 못 믿어하며, 주먹으로 그의 뒤통수를 후려갈겼다.

 빠악!

 마듀라의 7갑자 뒤통수 후리기 못지않은 타격에 쥬성은 앞으로 쭈우욱 날아가 배 갑판에 안면을 박았다. 힐도라 딴엔 혹시 일본의 첩자가 쥬성으로 위장한 건 아닐까 하는 생각에서 공격한 것이다.

 하지만 저 엄살을 보니 첩자는 아닌 것 같다.

 "으아악! 내 뒤통수! 뽀사진다!"

 "……."

 저 엄살을 보니 왠지 밟고 싶은 충동이 일어났지만, 그녀 딴엔 초인적인 인내력으로 참아냈다. 그러다가 진짜 아웃되면 곤란하니까. 그리고 지금같이 급박한 상황에선 안 될 짓이다. 쥬성이 엄살을 부리는 사이, 많은 수의 부양 함선들이 일본 부양 함선의 포위망을 뚫고 후퇴했다.

 아직 전쟁은 시작일 뿐이다.

 막강 길드와 17대 길드가 이라스에서 접전을 벌인 지 5시간 후. 이라스는 예전과 같이 평범한 일상이 되었다. 길드전이라 해서 혹시 피

보지 않을까 하며 문을 꼭꼭 걸어 잠그고 있던 NPC들은 밖으로 나와 다시 길거리를 활보했고, 유저들도 마찬가지로 게임에 접속했다. 게임에 접속해 있는 유저들 사이에서는 긴장감을 찾아볼 수 없었다. 다들 6대 마룡이 기습할 거란 생각은 못하고 있으니까. 사실 6대 마룡이 움직이는 사건은 홈페이지 같은 데서 유저들에게 미리 통보해야 했다. 하지만 운영자들이 자신들의 실책으로 이렇게 된 걸, 유저들에게 굳이 알릴 필요가 없었다.

실피는 유저들 사이에 끼어서 이라스 길거리를 활보하던 중 이라스 근처 옷 가게에 들어서서 옷을 골랐다. 지금 입고 있는 원피스는 전투 중엔 거추장스럽기 때문이다. 일단 움직임이 많은 근접 전투 직의 전투 복장은 가볍고, 방어도가 높아야 한다. 근접 전투 직업 중엔 방어력이란 게 상당히 중요하게 작용하는데, 마듀라처럼 코트 좋아하다간 자칫 골로 가기 쉽다. 불의의 기습으로 암기가 튀어나오면 방어를 할 수 없으니까. 마법사나 신관 같은 직종은 마법 방어막 같은 걸로 대신할 수 있지만 검사나 투사 같은 직종은 그런 것이 없으므로 방어구는 필수다.

검은색 소매 없는 상의와 그와 같은 색의 반바지를 입은 실피는, 그 위에 엑스로시버를 걸치고 미스릴 부츠, 미스릴 손목 보호대를 착용했다. 이런 무장을 처음 해보는 실피였기에 거울 앞에 선 자신의 모습이 왠지 생소하게 느껴졌다. 마듀라와 있었을 땐 아무리 졸라도 옷 한 벌 사 받지 못했었으니, 원피스 차림 빼곤 다른 옷이 생소하게 느껴질 만했다. 옷 값과 방어구 값은 최준이 건네준 돈으로 대신한 실피는, 가게 밖으로 나와 이라스 중앙, 이라스 석으로 천천히 걸었다.

밤이 깊었지만 유저들은 줄어들지 않았다. 대로가부터 이라스 석으로 이어진 길엔 수많은 유저들의 행진이 계속되고 있다. 마치 서울 명동 거리를 보는 것 같은 상당한 인파다. 벤치에서 닭살 짓을 떠는 연인들은 보기 눈꼴시일 정도이고, 시비가 붙은 유저들의 주먹질과 그걸 구경하는 사람들, 또 수십 명씩 몰려 다니는 길드의 행진도 실피의 눈에 띄었다. 이 광경을 마듀라와 같이 보았으면 하는 실피였지만, 이번 일만 끝내면 반드시 마듀라를 만나고야 말겠다고 굳게 다짐했다.

시간은 밤 11시가 조금 넘은 시각.

최준이 말하길 6대 마룡은 이때쯤에 나타날 것이라 했다.

6대 마룡. 생각만 하면 그녀도 몸서리가 쳐졌다. 실피도 인공 지능이 있으니, 속으로 두려운 감을 느낄 수밖에. 자칫 죽을지도 모르니까. 그러면 자신도 지금의 기억을 잃고 다시 게임에 복귀하겠지. 자신이 아는 꼬마 소녀 시엘라처럼 마듀라의 존재도 모르는 채. 어쩌면 죽음에 이르는 공포보다 지금까지의 기억을 잃는다는 것이 더 두려운 걸지 몰랐다.

"후유~"

절로 한숨이 나온다. 차라리 자신이 마듀라를 구하러 갔으면 더 좋았으련만…

실피가 길거리에 서서 한숨을 연발하는 도중 여기저기서 그녀를 향하는 눈빛이 번뜩였다. 밤거리에 웬 미소녀―그들은 실피가 NPC라는 걸 몰라본다―가 혼자 길을 걷고 있는데 관심이 쏠리는 건 당연하리라. 게임상을 돌아다니며 여성 유저들을 꿰고 다니는 헌팅남들에겐 더없이 좋은 먹잇감이라 할 수 있다. 장비품점에서 나올 때부터 지금까지 실피를 미행하고 다닌 한 남성 유저가 헌팅을 신청하려 실피에게 다가갔다.

그녀와 헌팅남의 거리가 가까워지자 실피에게 눈독 들이고 있던 다른 유저들도 앞 다투어 실피에게 달려들었다. 다들 느끼하게 생긴 게 얼굴 좀 믿고 나다니는 것들이다.

이때까진 분위기가 좋았으나…

들려오는 괴음.

요상스런 괴음이 이라스 전역을 쩌렁쩌렁히 울리고 지나갔다. 천지가 뻥 뚫리고 낙뢰가 떨어진 것보다 더 큰 엄청난 괴음에, 다가오던 헌팅남들은 갑작스런 겁에 질려 멈칫했다. 다른 유저들도 마찬가지였다.

실피는 재빨리 주위를 살폈고, 소리의 정체를 대강 파악할 수 있었다.

'올 것이 왔다!'

드래곤 피어다. 이라스를 강타하는 드래곤 피어는 유저들의 정신을 쏙 빼놓고 이라스의 몇몇 NPC들을 단숨에 기절시킬 만큼 엄청났다. 드래곤의 이름만 들어도 꽁무니를 빼고 도망치는 유저들에게 드래곤 피어의 위압감은 그 정도의 공포와 두려움이다.

이라스의 유저들이 패닉에 빠졌다가 이내 술렁였다.

"방금 그건 무슨 소리지?"

"드래곤 소리 아니야?"

"드래곤이 나타난 거야?"

"드래곤이 왜 갑자기 나타나?"

"설마 드래곤 이벤트 아냐?"

그들이 술렁일 때는 이미 늦었다.

달빛조차 비추지 않는 구름 낀 하늘. 그곳, 허공 한자리에 섬광이 번 뜩였다. 유저들이 그것을 뒤늦게 눈치 챘을 땐, 이미 그것은 지상에 떨 어져 거대한 불꽃 광구를 만들고 있었다.

광구가 이라스의 중앙부터 시작해 덮치고 있다!

실피는 텔레포트를 시동해 이라스의 남쪽 외각으로 빠졌다.

구구구구구궁!!!

이라스의 끝까지 충격의 여파가 일어났다. 광구는 이라스를 집어삼 킬 듯이 커졌고, 이라스의 30분의 1정도가 통째로 타올랐다. 천둥 소 리를 능가하는 대지의 울림이 약 몇 초가량 지속되며, 뒤이어 검은 버 섯구름이 피어올랐다. 비록 핵폭탄의 위력에 비할 바는 못 되지만, 버 섯구름은 카도라스 내에선 핵폭탄보다 무서운 공포의 연기나 마찬가지 이다.

이라스에서 두 번째로 유저들이 많은 중앙 지역에 그것이 떨어졌으 니, 아웃된 유저와 NPC들의 피해는 엄청나리라.

실피가 버섯구름을 넋 놓고 바라보고 있는 도중, 버섯구름 사이를 뚫고 거대한 형체가 시야에 잡혔다. 크기는 대략 120m가량. 붉은색 몸체는 도마뱀의 비늘 같은 것으로 뒤덮여 있고, 그 몸체의 등 뒤로 온 몸을 가릴 듯한 크기의 날개가 여섯 장 돋아나 있다. 카도라스 최강의 생명체라 불리우는 6대 마룡 중 하나, 적룡 파빌라기온이다.

중앙 지역을 제외하고 이라스의 모든 유저들이 적룡에게 시선을 향 했다. 잠시 2~3초의 여유를 가지고 적룡을 바라보다, 앞 다투어 로그 아웃을 시동했다. 드래곤의 두려움보단, 상대가 되지 않는단 걸 알기에 감히 마주치지 않으려 하는 것이다.

적룡이 다시 한 번 브레스를 뿜었다. 적룡의 입에서부터 뿜어져 나가는 고온의 불꽃 기둥이 이라스 서쪽을 강타하자 집채, 유저, NPC 할 거 없이 도시가 몽땅 쓸려 버리며 불에 타 나갔다. 불로 이라스를 청소한다는 표현이 적절한 광경이었다. 브레스에 직접적으로 명중된 곳은 완전히 녹아버려 형체를 알아볼 수 없게 되었고, 그 근방은 브레스의 위력에 의해 쓸려 나가 폐허가 되었다. 순식간에 이라스의 서쪽 지역이 마비되었다.

그 무시무시한 힘에 실피는 잠시 얼어버렸다. 차라리 옆에 마듀라가 있었다면 덜 공포스러웠으리라. 실피는 요동질 치는 가슴에 손을 가져가며 숨을 내뱉었다. 자신을 진정시키는 것이다.

"마듀라님, 저는 해낼 수 있어요. 마듀라님이 지켜주신다면 나는 그 어떤 것도 두렵지 않아요. 마듀라님은 절 지켜주실 거죠?"

혼잣말로 중얼거리며 굳게 다짐한 그녀는 빠르게 정면으로 돌진했다. 바로 앞에 난동을 부리고 있는 적룡이 있다. 마침 다른 6대 마룡들도 안 나타나고 저거 한 마리뿐이니 더없이 좋은 기회다. 가속도를 붙인 실피는 1층 건물 지붕으로 도약한 뒤 3층 건물의 벽을 타고 올라가, 5층 건물 지붕 위에서 힘껏 점프 마법을 시동했다. 마치 인형 로켓포가 되어 날아가는 실피다.

직사포처럼 쏘아져 나간 그녀는 적룡의 얼굴, 정확히 눈 옆 관자놀이에 발차기를 떨어뜨렸다. 굉장한 위력이 드래곤의 관자놀이에 비늘 깨지는 소리를 만들어냈다. 그와 함께 파빌라기온의 비명이 터졌다. 큰 충격을 받았는지 그의 몸체가 뒤로 넘어가 지상으로 추락했다. 육중하게 떨어진 드래곤의 몸체가 이라스를 뭉개, 그 안의 생명체들을 압사시켰다.

실피도 깜짝 놀랄 만한 상황이었다. 언제 자신이 드래곤을 때려눕힐 정도로 강해졌는지 이해할 수 없었지만 최준의 말을 생각해 내곤, 마듀라의 힘이란 걸 다시 한 번 깨달았다.

'마듀라님이 이 정도로 강해진 상태인가? 그래, 이건 마듀라님이 날 지키기 위해 보낸 힘이 틀림없어! 그럴 거야! 마듀라님이 나의 마음을 알고 힘을 보내준 거야!'

뭐 착각도 자유지만 그렇게 생각하는 것이 더 나으리라. 실피는 눈앞의 힘에 감탄했다. 사실 크기상으로 보면 실피가 작아서 그렇지, 방금 적룡의 데미지는 인간으로 치자면 일반인이 권투 선수에게 라이트를 맞은 것과 비슷하다. 그만큼 6대 마룡과 실피의 전투력 차이는 크다.

공중에 떠오른 실피는 이 여세를 몰아 연속 공격을 가하기로 했다. 다른 6대 마룡이 몰려오기 전에 먼저 처리할 생각이다. 그녀는 양손을 좌우로 뻗은 뒤, 실리스의 에르기아를 펼쳤다. 그녀의 몸으로부터 빠져나간 검은빛의 막이 사방으로 퍼졌고, 그 순간 800m의 에르기아가 펼쳐졌다. 그 안에 요동 치는 검기의 양은 지금까지 마듀라가 펼쳤던 에르기아를 가볍게 능가할 정도. 드래곤뿐 아닌 실피 자신도 입을 다물 수 없었지만 최대한 냉정을 되찾으며 다음 동작에 들어갔다. 자신의 힘이 강해졌다 한들 냉정해지지 못하면 전투에 이길 수 없단 걸 그녀는 잘 알고 있었다.

20m 크기의 검광진이 실피의 발 밑에 펼쳐졌다. 검광진의 주위로

회오리치는 검은빛 가루들이 실피의 머리카락과 주변의 먼지들을 스치고 지나간다.

충격에서 허우적대는 적룡에게 실피가 검광진에 손을 가져가 스킬을 시동했다. 잡히지 않는 안개형의 검은 힘이 드래곤의 몸통 위에 그대로 적중했다. 드래곤이 누운 땅이 움푹 패이며 쩍쩍 갈라졌다. 드래곤이야 비명만을 지를 뿐, 몸은 상하지 않았다. 몸체가 그만큼 단단하니까.

'이 정도론 안 된단 말이지?'

실피는 곧장 백 구의 검광진을 추가로 만들었다. 그녀의 주위로 1m 크기의 검광진이 가득 펼쳐지며 공간을 빼곡히 메웠다. 각각의 검광진에서 나온 머리통 크기의 검은 구슬체가 드래곤의 몸체에 사정없이 떨어져 터졌다. 하나하나 부양 함선쯤은 가볍게 난파시킬 위력을 가진 것이다. 드래곤에겐 치명상을 입히지 못하고 비늘 여기저기가 터지는 외상만 입힐 정도.

적룡은 계속되는 고통에 몸을 바둥거리며 자리를 피하려 애썼지만 불가능했다. 애꿎은 이라스만 그의 몸서리에 파괴되고 있었다. 이대로는 안 된다는 걸 깨달은 실피가 이번엔 검광진 5백 구를 생성했다. 드래곤도 놀라 기절해 버릴 만큼 엄청난 검기다.

적룡이 생명의 위협을 느끼고 뒤늦게 텔레포트 스킬을 시동했다. 드래곤의 텔레포트와 실피의 공격이 이어진 건 거의 찰나의 순간.

"검뇌격화성!"

검은빛의 레이저가 적룡의 몸체에 떨어지기 직전. 종이 한 장 차이로 적룡의 몸체가 에르기아의 끝 구석으로 이동했다. 찰나의 순간 이

동이다. 드래곤이 사라진 땅바닥에 검뇌격화성의 레이저가 떨어졌다. 돌덩이가 날아들며 땅이 분해되다시피 부스러졌고 깊이 200m는 족히 되는 구멍이 이라스에 새겨졌다. 검뇌격화성은 소더러 스킬 중에서도 꽤 강한 축에 속하는 소멸용 공격이다. 5백 구의 검광진에서 공격이 쏟아졌으니, 드래곤이 정면으로 맞았으면 배에 구멍이 뚫렸으리라.

드래곤이 실피의 공격을 피하며 자연스레 대치 상태가 되었고 실피와 드래곤, 모두 상대를 노려보며 투기를 불살랐다. 적룡이 드래곤 특유의 프로그램으로 상대를 파악했다. 적룡은 스카우트 비슷한 능력을 프로그램에 잠재하고 있었다.

실피의 정체를 확인하며 그가 내뱉었다.

—레어 NPC. KDRS—00호기인가.

실피가 당돌하게 외쳤다.

"그렇다! 싸우고 싶진 않지만, 우리 마듀라님을 위해서 6대 마룡은 사라져야 되겠어!"

드래곤은 속으로 조소할 뻔했으나 방금까지 자신을 몰아붙인 장본인임을 깨닫고 적의를 불태웠다.

—네 뜻대로 될 성싶으냐? 가소롭다! 나는 레어 NPC를 능가하는 6대 마룡이다. 6대 마룡 중에서도 최강의 힘을 가지고 있는 적룡 파빌라기온이다!

파빌라기온이 다시 피어를 내질렀다. PX 헬멧에서 흘러나올 수 있는 소리의 한도를 넘어선 소음으로, 이라스 전역의 생물체들은 모두 고통에 떨어야 했다. 실피만은 방금 전에 6대 마룡과의 접전으로 자신감을 얻었기에 피어에 질리진 않았다. 오히려 드래곤을 기세에서 압도하고 있었다.

"그보다 다른 6대 마룡은 어디 가서 안 보이는 거지?"

―그들은 곧 이곳에 도착할 것이다. 놈들이 도착하게 전에 내가 먼저 널 쳐부숴 주마!

"와랏!"

자신만만하게 외치는 실피.

덩치에 비해 기형적으로 작아 보이는 그 팔을 뻗으며, 드래곤이 몸 앞에 마법진을 펼쳤다. 언뜻 보면 검광진과 비슷하지만 그 속성은 검기와는 다르다. 검광진의 모양은 대체적으로 비슷비슷한 반면, 마법진은 각각의 속성마다 모양이 다르다.

지금 드래곤이 펼친 지름 30m짜리 초대형 마법진은 붉은 빛깔의 원형 안에 해골이 그려진 문양. 소환 마법진이다. 실피는 어떤 소환수가 날아오든 모두 막아낼 심산으로 검기막을 몸 주위에 펼쳤다.

파빌라기온이 마법진을 향해 쩌렁쩌렁 외쳤다.

―언데드 로드 스네이크 가이스트!

마법진에서 뿜어져 나오는 투명형의 뱀 머리. 모든 언데드 몬스터들의 제왕으로 불리우는 공포의 이빨. 오직 드래곤만이 부릴 수 있다는 최강의 언데드가 이라스의 하늘에서 깨어났다.

그 투명형의 뱀, 스네이크 가이스트는 300m에 이르는 기다란 몸집을 마법진에서 내보이며, 그 날카로운 송곳니를 드러내고 실피에게 무시무시한 속도로 날아들었다. 그리고 검기막쯤은 아무 장애가 되지 않는다는 듯 충돌했다.

충돌의 여파에 실피가 뒤로 퉁겨 나갔고 그녀를 에워쌌던 검기막은 가볍게 소멸했다. 검기막의 특성상 웬만한 언데드 몬스터는 검기막에 막히지만, 저 적룡이 소환한 스네이크 언데드에게는 전혀 소용이 없었다. 역시 웬만한 정도를 넘어선 최강의 소환수다. 실피가 시야를 바로 잡으며 간신히 공중에서 방향 감각을 잡았다. 땅에 처박히기 직전에 허공을 밟고 튀어 오른 그녀가 지상에 착지했다. 양발이 동시에 떨어지며 착지 점수 10점 만점을 주고 싶을 정도.

하지만 그것은 파빌라기온을 더욱 염장 지르는 행위였다.

―사(死)하라!

드래곤의 명을 따라 스네이크 가이스트가 실피에게 쇄도했다. 그 괴성은 NPC들에겐 공포였지만, 실피는 눈 하나 깜짝 않고 자신에게 날아드는 스네이크 가이스트를 마주 보았다. 겨우 저런 소환수에 당할 실피는 아니다. 아니, 어느 레어 NPC도 소환수에 당할 만큼 약해 빠지지 않았다.

그녀의 전투 본능은 일반 유저 수준을 넘어서니까.

"속력성참!"

드래곤도 능가할 수 없는 막대한 양의 검기가 스네이크 가이스트의 몸을 옥죄었다. 실피의 앞에서 그대로 움직임을 멈춘 스네이크 가이스트는 박제라도 된 것마냥, 꿈쩍도 하지 못했다. 실피가 오른팔을 뻗어 검광진 2백 구를 띄운 뒤, 그것을 단번에 겹쳐 내 무형참황검을 뽑았다. 검광진 2백 구의 무형참황검이라, 그 에너지와 강도도 엄청나다.

오른쪽 원형으로 한 번, 왼쪽 원형으로 한 번, 8자 형으로 검을 두 번 휘두른 그녀가 땅을 박차고 스네이크의 머리 위로 뛰어올랐다.

혀까지 속박된 듯, 비명조차 지르지 못하는 스네이크의 머리 앞에서,

"진화멸!"

검을 가볍게 내리긋자 스네이크의 머리가 양단되며, 몸체가 양 옆으로 기울었다. 마치 아무것도 베지 않은 듯, 부드러운 검의 움직임이다. 그녀가 땅에 착지하자마자 분리된 스네이크의 몸체가 뒤늦게 떨어졌고, 이내 서서히 가루가 되어 사라졌다.

적룡을 올려다보며 살의를 불태우는 실피.

"이번엔 네 차례다!"

—한낱 레어 NPC 주제에!

그 한낱 레어 NPC를 얕봤다간 큰코다치는 걸 아직도 깨닫지 못한 모양인 듯, 적룡이 기고만장 외치며 다시금 브레스를 뿜었다. 역시 드래곤은 브레스다, 라고 할 정도로 적룡의 화염 브레스는 위력적이었다. 이라스의 1할 정도는 충분히 날려 버릴 에너지다.

실피는 피할 생각 없이, 무형참황검을 옆으로 눕히며 브레스가 다가오기를 노려 가로 베기를 시도했다. 검에서 빠져나간 검기가 화염 브레스를 중앙부터 꺼뜨리며 밀고 나간다. 브레스의 에너지는 온데간데 꼬리를 감추고 실피의 검기가 브레스를 압도하며 밀었다. 역으로 쇄도하는 검기를 저대로 맞는다면 드래곤의 턱과 머리는 그대로 양분될 터. 적룡은 옆으로 몸을 있는 힘껏 돌렸다. 머리를 향했을 검기 공격은 드래곤의 왼쪽, 첫 번째와 두 번째 날개를 찢고 지나갔다.

천을 찢는 것 같은 음이 크게 울려 퍼졌다. 몸체가 지상으로 떨어지며 또다시 이라스의 건물과 생명체들을 압사시켰다. 적룡은 왼쪽 날개가 불구가 될 정도로 큰 중상을 입어 제자리에서 움직일 수 없었다.

실피는 무릎을 꿇은 적룡의 앞, 공중에 떠올라 무덤덤한 표정으로 그에게 검을 겨눴다. 승리자의 여유있는 미소조차 걸려 있지 않은 메마른 얼굴이다.

"이제 끝났지?"

실피가 내던진 말에 드래곤이 발악을 하듯 외쳤다.

─웃기지 마라!

다시금 브레스를 내뿜는 드래곤. 지겨우리만치 뱉어대는군… 실피는 다시 검을 가로 그어 브레스를 중화시켰다. 이라스를 집어삼킬 듯한 위력의 브레스는 실피의 무형참황검 앞에선, 그저 바람 앞의 등불에 불과했다. 소용없음을 깨달은 드래곤이 좀체 알 수 없는 표정으로 얼굴 비늘을 구겼다.

─인간 레어 NPC주제에 나를 능가하다니!

몹시 분개한 피어다. 하지만 드래곤 피어 따위나 들어줄 실피가 아니었다. 불길한 느낌이 다가오고 있다? 실피는 그 기운을 느끼고 황급히 뒤쪽을 향했다. 자신을 향하는 브레스가 모두 다섯 줄기?! 설마 벌써 나머지 6대 마룡이 나타난 건가?

브레스 다섯 줄기가 실리스의 에르기아를 뚫자마자 실피는 텔레포트를 시동했다. 실피가 사라진 자리에 브레스 다섯 줄기가 교차하며 모두 이라스의 북쪽, 저 너머로 사라졌다. 북쪽으로 사라진 브레스 다섯 줄기는 이라스를 넘어서 저 가니아 평원에 떨어졌다. 몇 킬로미터나 떨어진 가니아 평원에서 버섯구름이 타오르는 것을 어렴풋이 볼 수 있었다. 마치 핵폭탄 실험이라도 일어난 듯한 광경이다.

그 광경을 지켜볼 새 없이, 실피의 앞으로 드래곤들이 더 나타났다. 보이는 것은 적룡을 포함한 다섯 마리의 드래곤. 한 마리는 보이지 않지만 자리에 분명히 있다.

이로써 6대 마룡이 모두 모인 것이다.

적룡 파빌라기온, 가룡 디지얼트, 아룡 콰지오트, 백룡 하비사, 흑룡 다이브, 그리고 영룡 디르치다크. 단, 디르치다크만은 투명해서 보이지 않는다. 공간 속에 자신의 몸을 은폐시키는 능력을 지닌 영룡, 디르치다크는 투명 드래곤인 것이다.

하얀 빛깔 비늘을 지닌 백룡 하비사가 퉁명스러운 말투로 적룡에게 내뱉었다.

―한심하긴. 겨우 인간 계집에게 이렇게 얻어터지다니.

―닥쳐라.

지극히 개인주의적인 6대 마룡이기에 적룡에게 동정을 베푼다든지 하는 것은 없었다. 적룡은 그저 자신에게 그렇게 내뱉는 하비사를 쏘아보았다.

한편 순식간에 역전된 상황에 실피는 침음성을 흘렸다.

'큰일이다. 적룡과 싸우는 데 시간을 너무 끌었어.'

6대 마룡들의 시선을 한 몸에 받은 실피는 가슴이 심하게 요동질 치기 시작했다. 상황은 다시 전초전으로 돌아갔고 그녀는 이 불리한 싸움을 어떻게 이끌어갈지 난감하기만 했다.

제12장 전투(下)

묘리코의 입구는 남쪽 입구와 북쪽 입구, 두 곳이 있다. 남쪽 입구는 북쪽 입구보다 길이 좁아, 상인 단체나 길드는 잘 드나들지 않는 편이다. 현재는 버그 마듀라가 묘리코를 장악한 상태라 그곳을 지나다니는 유저는 단 한 명도 없었다.

자리엔 실리 혼자뿐. 그녀는 놀아달라는 신성이도 뒤로한 채 30분 전부터 게임에 접속해 최준을 기다리고 있었다.

시간은 12시에 가까워지려는 때.

혼자 묘리코 남쪽 입구에서 서성이던 그녀가 들려오는 두 명의 발걸음 소리를 들었다. 간간이 대화까지 끼어 있는 것으로 보아 사람 같다. 그것도 유저. 실리는 소리가 들려오는 오른쪽을 돌아보았다. 어둠이 깊었지만 그녀는 듬성듬성 심어진 나무 사이로 유저 두 명이 걸어오는 것을 볼 수 있었다. 한 명은 은색의 고급 갑옷 복장에 준수한 외모의 시린터. 그 옆은 수수한 검은색 로브 차림의 카이데스다.

어째서 저들이 이곳에 왔는지 모르겠지만, 실피는 그들에게 손을 흔들며 외쳤다.

"얘들아! 여기야!"

그러자 서로 말을 주고받던 시린터와 카이데스가 그녀를 향했다. 그리곤 서로 몇 마디를 주고받으며 실리의 정체를 확인하더니, 재빨리 그녀의 앞으로 대령했다. 실리와 그들과의 거리는 8m 정도였지만 실리의 앞에 시린터가 대령한 것은 겨우 몇 초의 찰나였다.

카이데스보다 먼저 달려온 시린터가 물었다.

"이곳에 실리 양이 어쩐 일이십니까?"

"으응. 약속이 있어서."

"아, 저희도 여기서 약속을 잡았는데. 하하! 우연의 일치인가요? 그동안 뭐 하고 지내셨습니까? 마듀라 씨는 잘 지내고 있나요? 문제가 있다고 들었는데."

"그냥 이런저런 일이 좀 겹쳤지만……."

"표정을 보아하니 무슨 일이 있긴 있는 모양이군요."

"으응."

실리는 시린터와 대화를 할 때면 뭔가 어색한 감을 느꼈다. 동갑인데도 시린터는 자신에게 높임을 사용하고, 자신은 시린터에게 반말을 사용하기 때문이다. 그럼 자신도 시린터에게 높임법을 쓰면 되겠지만 그것이 안 되는 이유가 있다. 바로 마듀라 때문이다. 마듀라의 협박으로 시린터는 실리에게 무조건 존칭을 사용하게 됐지만, 반면 실리는 시린터에게 반말을 찍찍 내뱉을 수 있게 되었다. 그때부터 버릇이 되었는지 서로 어색한 반말과 높임이 나가는 것이다.

시린터와 침묵이 감돌고, 뒤늦게 달려온 카이데스가 실리에게 물었다.

"너 오늘 학교 빠졌지?"

"……!"

정곡을 찌르는 예리한 한마디의 칼날.

실리가 뜨끔 하는 표정으로 카이데스를 바라보았다. 자신이 오늘 내내 걱정스러웠던 걸 카이데스에게 찍히자 마치 잘못한 걸 들킨 어린아이 같은 표정이 되어버린 실리였다. 마듀라같이 불량(?)한 학생들은 몇 번 학교를 안 나와도 전혀 찔리는 감이 없지만, 실리같이 모범생이었던 학생들은 학교 빠지면 막 초조하고 불안하다. 뭐, 선생들은 특별히 학교 빠지는 3학년들을 뭐라 하진 않지만 실리는 카이데스에게 뭔가 께름칙한 걸 걸린 기분이 들어 그에게 경계심 비슷한 걸 느꼈다.

카이데스가 그런 실리의 모습을 보며 고개를 설레설레 저었다. 카이데스의 한심하다는 눈빛이 실리를 힐책했다. 예전엔 저 녀석 싸대기를 날렸던 적이 있었는데, 실리 성격 많이 죽었다.

실리가 구차하게 변명을 늘어놓으려는 때, 때마침 최준이 끼어들었다.

"뭐 하냐, 너희들?"

그러자 모두의 시선이 묘리코 남쪽 문으로 향했다. 최준이 걸어오고 있었다. 시린터는 황급히 빳빳한 자세로 섰고, 카이데스는 실리에게 관심을 끈 채 호기심 가득한 눈빛으로 로브 안쪽 주머니에 손을 파묻는 건방진 태도를 보였다. 랭킹 1위가 사람 잡는구나.

다른 이들에 앞서 실리가 최준에게 물었다.

"묘리코에 다녀오신 거예요?"

"어. 대충 둘러만 보고 왔지. 생각보다 도시 피해가 심각하더군."

둘의 대화를 듣고 시린터가 궁금증 섞인 질문과 함께 끼어들었다.

"실리 양도 설마 운영자와 약속을 하셨던 겁니까?"

"어. 그런데? 설마 시린터도?"

"……."

둘은 서로를 번갈아 바라보다, 다시 최준에게 시선을 모았다. 둘 모두 상황을 설명해 달라는 눈빛이었다.

최준은 어깨를 으쓱이며 둘의 시선을 받아넘겼다.

"내가 너희 셋을 부른 거다."

시린터가 물었다.

"어째서 저희들을 이곳에 불러 모은 거지요?"

"대충 말하지 않았나? 마듀라가 맛이 갔다고. 사정은 실리에게 더 자세히 들을 수 있을 거고, 우리의 임무는 그저 싸우기만 하면 된다. 자세한 작전은 나머지 인원이 도착하면 알려주지."

싸운다는 건 어느 정도 예상하고 있었다. 시린터나 카이데스가 하는 일이 싸움박질밖에 더 있겠는가?

"그나저나 올 때가 되었는데……."

시간을 확인하던 최준이 자신이 걸어온 묘리코 남쪽 입구에서부터 인기척을 느꼈다. 시린터와 카이데스, 심지어 실리까지도 묘리코 남쪽 입구에서 발걸음 소리를 들을 수 있었다. 이곳에 모이기로 한 사람은 시린터와 카이데스, 실리 말고도 더 있었다.

시린터의 뒤에서 들려오는 목소리.

"다 모인 건가?"

딱딱하고 건조한 30대의 목소리다. 묘리코에 시선을 집중하던 시린터는 갑작스레 들려오는 목소리에 깜짝 놀라 뒤를 돌아보았고, 상대를 파악하자마자 소스라치게 놀라 자빠질 뻔했다. 상대가 아무 인기척 없이 자신의 뒤에 나타난 것 때문만이 아니다. 상대가 몇 개월 전까지 두려워 마지않았던 타미야이기 때문이다. 확장팩 전까지 한국 서버 최고의 지존이었다는…….

타미야의 등 뒤로 또 한 명 낯익은 얼굴이 나타났다. 방어력없어 보이는 경량 갑주를 걸친 이프다. 나타나자마자 카이데스와 시린터를 쏘아보지만, 지금 당장 공격할 적의는 없어 보인다.

갑작스레 나타난 두 명의 모습에 시린터와 카이데스가 반사적으로 공격 자세를 취했다. 확장팩이 들어서기 전까지 그들은 적이었으니 이런 반응을 보이는 것도 당연했다. 정작 그 둘에게 가장 미움받을 실리는 가만히 있지만.

최준이 그들을 뜯어말리려 할 때, 또 다른 이가 최준 대신 끼어들었다.

"그만둬. 우린 너희들과 싸울 시간이 없으니까."

묵직하고 여유있는 말투.

거역할 수 없는 힘이 실린 목소리에 다시 묘리코 남쪽 문으로 고개를 돌리는 그들. 그리고 묘리코 남쪽 문에서부터 걸어나오고 있는 술타르를 발견할 수 있었다. 남자치곤 곱상한 외모의 사내로 한때 연합 길드의 마스터였던 그다.

랭킹 1, 2위의 명성은 온데간데없이 시린터와 카이데스는 잔뜩 겁을 집어먹었다.

'이것들이 단체로 몰려와서 쳐 죽이려고 작정을 했나?

만약 그렇다면 최준도 그들과 한패거리이리라. 하지만 실제 그런 일이 일어날 리 없다.

최준이 그들 사이에 끼어들어 쏘아붙였다.

"서로 노려보는 건 그만 하지. 득 될 거 없으니까."

그리곤 묘리코 안으로 들어섰다. 잠시 술타르 일당과 시린터와 카이데스를 바라보던 실리가 최준의 뒤를 이어 묘리코로 들어섰다. 그 뒤를 시린터와 카이데스가 따랐고, 술타르 일당은 그들과 몇 미터 떨어져 걸었다. 한국의 카도라스 유저들 중에선 최강의 자리를 고수하는 그들이지만 정말 맞지 않는 한 쌍들이다.

상황은 다시 폐허가 된 이라스.

이라스의 하늘엔 여섯 마리의 6대 마룡이 실피와 대치하여 있고, 적룡만이 중상을 입은 채 이라스 아래에 있다. 실피가 저 여섯 마리의 6대 마룡을 상대할 수 있을지는 미지수. 아직 본격적으로 맞붙은 것은 아니지만 신경전에서 실피가 밀리고 있었다.

─아무래도 만만한 레어 NPC는 아니다. 적룡이 방심했군.

노란 빛깔 비늘을 지닌 가룡 디지얼트가 묵직한 말투로 그렇게 말하자 적룡이 침음성을 흘렸다. 적룡과 가룡은 6대 마룡 중에서도 거의 동급의 힘을 지니고 있었다. 적룡이 중상을 입었으니 지금 상황에서 가장 강한 드래곤은 가룡. 게다가 적룡처럼 몸이 앞서기보다 냉철한 판단력을 지닌 가룡이니, 실피에겐 적룡보다 가룡이 더 껄끄러운 상대일 것이다.

약 2분가량의 신경전 도중, 가룡은 실피의 능력을 대충 파악하곤 세 쌍의 날개를 펼쳤다. 날개 한 장당 100m를 훌쩍 넘겨 이라스를 휘감을 정도다. 한 번의 날갯짓에 이라스의 웬만한 건물은 가볍게 휩쓸렸다.

실피도 같이 휩쓸릴 뻔했지만 간신히 중심을 잡으며 있는 힘껏 자신의 검기를 과시했다. 드래곤의 몸체가 크다 보니 지금 현재 에르기아의 범위에 들어간 드래곤은 가룡 디지얼트와 적룡 파빌라기온, 백룡 하비사뿐이다.

실피가 뽑는 검기를 느낀 디지얼트가 호오~ 하며 탄성을 질렀다. 왠지 자신을 깔보는 듯한 느낌이 들어 실피가 발끈하며, 검광진 5백 구를 띄워 겹치곤 디지얼트에게 선공을 가했다.

"만륜기격화방성!"

그때에 디지얼트의 앞을 백룡 하비사가 가로막았다. 하비사의 몸체로 실피의 공격이 그대로 떨어졌다. 백룡의 몸을 파고드는 안개형의 검기는 백룡을 뒤로 날려 보낼 정도였지만, 날개를 펼쳐 공기의 저항을 최대로 받아 뒤로 밀리는 것을 막고 있었다. 만륜기격화방성의 검기는 백룡에게 떨어진 지 얼마 안 되어 공기 중에 사라졌다. 하지만 백룡은 그 어떤 타격도 받지 않은 듯 그저 몸에서 연기만이 피어오를 뿐이었다.

실피가 상황을 파악하지 못하는 사이, 하비사가 카운터 브레스를 날

렸다. 아니, 브레스가 아니라 실피가 공격을 가했던 만류기격화방성의
에너지다.

'내 공격을 받아친 건가?'

실피가 빠르게 눈치 채곤 지상으로 이동했다. 하비사의 만류기격화
방성이 허공을 가로질러 에르기아 밖으로 빠져나갔다. 백룡의 능력,
공격 반사 스킬이다.

지상으로 내려앉은 그녀가 이번엔 6백 구의 검광진을 펼쳤다.

"신광격검!"

검광진에서 터져 나가는 검은빛의 레이저가 드래곤에게 향했다. 그
리 빠른 속도는 아니다. 다만 목표물에 명중할 때까지 상대방에게 날
아드는 유도 미사일 공격이다. 에르기아의 범위 안에 있는 드래곤 셋
에게 신광격검의 검기가 그대로 떨어졌다. 몸 이곳저곳 가릴 거 없이
날아가 터지자 드래곤의 모습은 연기에 가려 보이지 않았다.

'어떠냐? 피하지 않고선 못 배기겠지?'

속으로 불끈 자신감을 되찾는 실피. 죽을 정도는 아니지만 그래도 꽤
데미지를 받았으리라. 하지만 신광격검이 모두 소멸되고 나타난 6대
마룡들은 거의가 다 멀쩡한 모습, 그대로였다. 드래곤의 몸체는 실피가
상상한 것 이상이다. 기존의 공격법으로는 타격을 주지 못할 터.

'결국 다 보여야 한단 건가?'

남아 있는 건 절정 스킬뿐이다. 실피는 마듀라의 레어 NPC이기 때
문에 마듀라의 모든 기술을 쓸 수 있도록 설정되어 있었다. 소더러의
기술 전부는 물론, 절정 스킬까지도. 마듀라의 공식 절정 스킬은 다섯
가지. 비공식은 한 가지다. 비공식 절정 스킬은 깡페인의 질주로서 뭐,

절정 스킬이라면 절정 스킬이라 하겠다.

양손을 위로 들어 올려 하늘, 구름 속에 검광진을 펼쳤다. 밤하늘에 가려진 검광진의 숫자는 실피가 최대로 만들 수 있는 검광진, 8백 구. 일반 유저들은 관측이 어렵지만 드래곤들은 검광진의 검기를 쉽게 관측할 수 있었다.

―아무리 잔꾀를 부려도 소용없다. 이 정도의 검기론 우릴 이길 수……

"마천공광검파!"

머리 속에 뜨여진 스킬을 외치며 실피가 위로 들어 올렸던 손을 아래로 내렸다. 하늘에서 빗발쳐 내리는 수백 발의 검은 줄기들이 드래곤을 덮친다. 전의 공격과는 달리 엄청난 속도를 지니고, 전과는 확연히 다른 파워다.

별거 아니라 생각한 백룡이, 이번에도 앞으로 나섰다가 날개에 구멍이 뚫렸다. 뒤늦게 바리어를 펼쳤지만 바리어도 얼마 버티지 못하고 깨지며 마천공광검파의 에너지를 몸통에 명중당해야 했다. 이쯤 되면 실리스의 에르기아 밖에 있는 드래곤들도 달려와야 했지만 그들도 마천공광검파의 에너지에 적지 않은 타격을 받았으리라. 일본 마스터들도 이 공격에 맞아봐서 알겠지만, 맞는 즉시 몸이 소멸되며 즉사다.

셋 중 가장 타격을 많이 받은 적룡과 백룡 중, 실피는 백룡에게 다음 공격을 준비했다.

백룡의 발 아래에 지름 100m짜리 검광진을 띄운 뒤, 주먹으로 땅을 내려치며 외쳤다.

"검구대진폭광!"

하늘로 타오르는 검은빛 검기가 백룡을 아래서부터 위로 집어삼켰다. 백룡이 대응하기도 전에, 비늘이 발 아래서부터 모두 타버리며, 뼈까지 통째로 분해되었다. 비명조차 남기지 못하고 단 몇 초 만에 소멸되는 백룡.

실피가 '진작 이럴걸'이라며 가볍게 뇌까리곤, 가룡에게 연이어 공격을 가했다.

"검구대진폭광!"

가룡의 발 아래 펼쳐진 검구대진폭광이 위로 타올랐다. 아슬아슬한 차이로 가룡이 텔레포트를 시동해 공격 범위를 피했고, 실피의 뒤에서 역습을 가했다.

─검구대진폭광!

"뭐얏?!"

실피의 발 아래 펼쳐지는 10m 크기의 검광진이 검은 불꽃을 일으키며 위로 타올랐다. 실피가 가룡을 돌아보았을 때, 이미 그녀는 검기의 불꽃에 모습을 감춘 뒤였다. 가룡의 특수 기술, 복사(複寫)에 그대로 당해 버린 것이다. 비록 위력은 몇 배나 축소된 상태이지만.

실피는 자신의 기술에 당할 정도로 아둔하지 않기에, 복사된 검구대진폭광을 쉽게 꺼뜨리며 무사할 수 있었다. 검구대진폭광의 검기가 사방으로 흐트러지며, 땅바닥에 새겨진 검광진이 사라졌다. 실피의 모습은 불에 약간 그슬린 것 정도일 뿐, 온전했다.

가룡이 여유있는 미소를 보였다.

─6대 마룡을 장난으로 보았다면 큰 실수지.

실피도 이 상황에 웃음이 나는지 입가에 미소를 걸치며 검광진 7백

5십 구를 생성했다. 검광진에서 뿜어지는 빛이 돌풍을 일으키듯, 주변을 휘날리며 그 힘을 한껏 과시했다. 합체시킨 검광진 중앙에 손을 넣어 120㎝ 길이의 무형참황검을 빼 든 그녀가 직접 공격에 나섰다.

가룡의 능력은 상대방의 기술을 복사하는 능력이다. 반사 능력을 지닌 백룡과는 같아 보이지만 다른 공격법이라고 할 수 있다. 하지만 드래곤이 무형참황검을 복사한들, 그것을 휘두르진 못할 것이다.

'어디 이것도 복사할 수 있으면 해보시지!'

실피가 가룡의 눈앞에서 사라지자마자, 그 다음 순간 가룡의 어깨 비늘이 길게 찢기며 허공에 피가 뿌려졌다. 가룡이 몸을 비틀자, 실피는 그의 어깨 위를 살짝 구른 뒤 검의 방향을 바꿔 가룡의 목을 스쳐 베었다. 겨우 스친 것뿐이지만 무형참황검에서 느껴지는 한기는 그에게 몇 배나 되는 고통을 주고 있었다.

―쿠아악!

목 비늘을 베었으니 이제 그곳으로 멱을 따버리면 끝. 실피가 무형참황검의 검끝을 가룡을 향하여 찍으려는 때, 검은색의 무언가가 가룡의 몸통을 힘차게 가격했다. 가슴에 흑룡의 꼬리 공격을 받은 가룡은 크게 중심을 잃고 뒤로 기울어지고 말았다. 때문에 가룡의 어깨 위에 서 있던 실피도 중심을 잃어 공격이 무산되었고, 재빨리 공중에서 중심을 잡았다.

중심을 잃지 않았으면 가룡의 목은 지금쯤 땅바닥을 뒹굴고 있었으리라. 흑룡 딴엔 가룡을 지키기 위해 그를 가격한 것이었다. 급한 김에 가슴을 후려쳤지만, 개인주의적인 드래곤이 이 정도 은혜를 베푼 건 대단한 것이다.

실피가 방향을 바꿔 흑룡의 복부를 향해 돌격했다. 밤하늘에 번뜩이는 검은빛은, 특유의 섬뜩함을 일으키며 드래곤의 복부를 찢었다. '찌이익' 하는 듣기 소름 끼치는 소리가 퍼지며, 드래곤의 피가 이라스에 홍수를 일으킬 듯이 뿜어졌다.

입에서 왈칵 피를 쏟아내는 흑룡이지만, 곧 날카롭게 눈빛을 빛내며 기합을 넣었다. 드래곤 중에선 가장 강한 정신력을 가진 흑룡의 힘이다.

흑룡의 몸에서 터져 나가는 기(氣)가 실피의 몸을 가볍게 퉁겨냈다. 에어백에 튕겨 나가는 탁구공같이, 맥없이 날아간 실피는 실리스의 에르기아 밖까지 날아가 버렸다. 시계탑에 등짝을 박으며, 그녀의 몸이 탑의 정중앙에 박혔다. 조금 더 강하게 부딪쳤으면 탑이 무너졌으리라.

실피는 등에서 느껴지는 고통도 잊은 채 곧바로 외쳤다. 저대로 에르기아를 폭파시켜 버릴 심산이리라. 마듀라의 비장 기술이었던 에르기아 폭검.

"에르기아 폭⋯⋯."

시동어를 채 외치기도 전에, 실피의 뒤로 시계탑이 무너지며 돌 파편이 그녀를 덮쳤다. 드래곤의 꼬리에 휩쓸린 듯, 그녀의 주위로 건물들이 빗자루 앞에 먼지처럼 무너져 내렸다. 이로써 이라스의 중앙과 서쪽에 남아 있는 건물은 모두 파괴. 실피는 보이지 않는 힘에 잠깐 정신을 차리지 못했으나 곧 상대의 정체를 파악하며 검기막을 펼쳤다. 그녀의 위로 떨어지는 무언가가 검기막에 부딪쳐 둔탁한 음을 일으켰다. 그것은 영룡의 꼬리 공격이었다. 낮이라면 어슴푸레한 형상의 그림자라도 보일 테지만, 지금은 밤이라 그의 모습이 어디 있는지 전혀 감을 잡을 수 없었다.

보이지 않는 물체를 투시하는 마법, 스코프 아이를 시동하고서야 실피는 영룡의 모습을 외각만 잡아 볼 수 있었다. 은빛으로 밝게 빛나는 실루엣은 여느 드래곤과 비슷한 몸체, 그대로다.

실피가 자리에 서서, 다시 실리스의 에르기아를 공간에 펼쳤다. 검광진을 있는 대로 펼친 그녀가 다시금 절정 스킬을 외쳤다.

"무형참진안무검!"

검광진의 중앙에서 튀어나온 1m 길이의 검은색 검들이 영룡에게로 쇄도했다. 사방에서 날아오는 그것들을 막거나 피하기는 불가능. 영룡의 몸체로 무형참진안무검의 검신이 이곳저곳 박혔다. 박힌 무형참진안무검은 불꽃처럼 타오르며 그의 생명력을 갉아먹었다.

영룡이 비명을 지르는 사이, 실피의 머리 위로 낙뢰가 떨어졌다. 타미야나 힐도라를 능가하는 상당량의 전기다! 실피는 검기막과 마법 바리어를 동시에 펼치며, 떨어지는 그것을 방어했다. 실피는 이런 공격이 시도될 줄 어느 정도 예상하고, 이미 바리어 마법을 준비한 후였다. 실피의 바리어에 떨어진 낙뢰는 주변으로 퍼지며 영룡과 이라스의 건물 잔해에 피해를 줬다.

낙뢰가 지나가고 난 후, 녹색의 드래곤이 나선형의 폭풍에 휩싸이며 모습을 드러냈다. 일명, 정령 드래곤이라고도 불리우는 아룡 콰지오트다. 방금 낙뢰 공격은 그의 것이다.

전투 도중에 여유를 부리는 것인지, 아룡이 입을 열었다.

―이 정도가 레어 NPC의 힘인가?

그렇게 말했다고 '응'이라 대답할 순 없지 않은가?

실피는 당돌하게 외쳤다.

"나는 아직 내 힘의 절반밖에 사용하지 않았다!"

이미 95%의 전력을 모두 보인 상태인데도 기죽지 않았다.

"내가 누군지 알아? 내가 마듀라님하고 같이 해룡도 쓰러뜨린 몸이라구! 홍!"

아룡의 눈빛이 살짝 놀란 빛으로 변했다.

―얼마 전 아웃된 해룡 말이군. 어쩐지 너무 강하다 했어.

아룡의 뒤로 적룡, 흑룡, 가룡이 나타났다. 많은 데미지를 받아 몸이 만신창이지만 싸울 생각인 듯, 제각기 투기를 불사르고 있었다.

실피도 방어구 때문에 이렇게 버틸 수 있는 거지, 그것마저 없었으면 그녀도 지금쯤 저 드래곤과 같은 꼴이었으리라. 돌덩이에 채이고 부딪치고 했으니까.

다시, 먼저 공격을 가한 것은 아룡 쪽. 아룡의 몸이 순식간에 불꽃으로 변하더니 실피의 주위를 회오리치며 솟아올랐다. 모든 속성으로 몸을 변화시켜 공격을 가하는 아룡의 힘이다. 실피는 금방이라도 몸을 불태울 것 같은 열기에 이를 악물었다.

"워터 스크린 팽창!"

실피의 몸 주위로 펼쳐지는 물의 장막이 크게 팽창하며 불어났다. 불어난 물의 장막 표면이 불에 증발되어 수증기를 일으켰지만, 시간이 지나자 오히려 불을 밀치며 꺼뜨렸다. 실피의 몸 주위를 휘감싸던 불꽃 회오리는 이제 불꽃 씨밖에 남지 않게 되었고, 불꽃이 거의 다 꺼져 갈 때쯤, 노란색 빛줄기의 브레스가 가룡의 입에서부터 뿜어져 나와 실피의 워터 스크린의 한곳을 꿰뚫었다. 원형의 물 장막은 가볍게 뚫리며 레이저 브레스의 진로를 허용하였고, 실피는 왼 주먹을 불끈 쥐어 검기를 한껏 모은 후에 레이저 브레스를 옆으로 쳐냈다. 실피의 손에서 꺾여 나간 레이저 브레스는 100도 각도로 벗어나, 이라스 동쪽을 강타했다. 유저들과 NPC가 가장 많은 곳이라, 피하지 못한 NPC들의 피해가 막심하리라.

에너지 광구에 휩쓸린 이라스는 보기 끔찍할 정도로 처참하게 녹아내렸다. 애써 시선을 외면한 그녀는 드래곤에게 무형참황검을 겨누며 날아들었다. 우선 상대는 아룡. 번개, 회오리, 혹은 불꽃으로도 변신하는 능력을 지닌, 어찌 보면 가장 까다로운 상대다. 실피가 다가오자 아룡이 자신의 몸을 바람의 칼로 변형시켜 실피에게 쇄도했다. 실피는 자신에게 날아오는 여섯 개의 바람칼날을 느끼고, 허공을 박차 자리를 피했다. 아슬아슬한 차이로 실피의 엑스로시버, 오른쪽 어깨 부분이 큰 공격을 입고 잘려 나갔다. 다행히도 공격은 엑스로시버만으로 끝나, 실피에겐 직접적인 피해가 없었다.

하지만 방향을 바꿔 다시 돌진해 오는 아룡의 바람칼날과 위에서 내리꽂히는 영룡의 꼬리 공격을 눈치 채며, 실피는 자리를 벗어나 지상에 착지했다. 뒤늦게 허공에 피 폭포가 터졌다. '쿠궁' 하는 소리와 함께 이라스에 투명 드래곤의 꼬리가 떨어졌다. 아룡의 바람칼날과 영룡의 꼬리가 맞부딪친 것이다. 때문에 영룡은 꼬리가 잘리는 중상을 입었고, 아룡은 다시 본체로 되돌아왔다.

아룡이 본체로 돌아오자마자 실피가 그의 발 아래에 검광진을 펼쳤다. 백룡을 가볍게 보내 버렸던 회심의 일격.

"검구대진폭광!"

검기가 위로 폭사하자마자 어느새인지 흑룡, 다이브가 다가와 꼬리로 아룡의 가슴팍을 후려쳤다. 중심을 잃은 아룡이 검구대진폭광의 범위 뒤로 쓰러졌고, 실피의 공격은 무산… 되지 않았다!

'한 번은 당해도 두 번은 안 당하지!'

전에 흑룡의 이 같은 행동으로 인해서 가룡이 한 번 운 좋게 살아난 적이 있었기에, 실피는 미리 다음 공격을 준비하고 있었다.

레어 NPC의 인공 지능은 똑같은 실수를 반복하는 아둔한 프로그램이 아니다.

"검구대진폭광 연사 폭발!"

지상 여기저기에 검광진이 그려지며, 그곳에서 타오르는 검기가 드래곤과 하늘을 가로질렀다. 뿜어 올라가는 검기들이 드래곤을 덮쳐 비늘을 태운다. 드래곤들이 몸부림치며 공격에서 벗어나려 했지만 소용없었다. 범위가 너무 넓은 공격이기 때문이다. 하지만 범위가 넓은 대신 파워가 집중되지 않아 드래곤들이 받는 데미지는 그리 크지 않았다.

입에서 터지는 신음을 꾸욱 눌러 참으며 실피가 혼신의 힘을 다하는 그때.

실피의 뒤로 날카롭고 예리한 무언가가 허공을 가로질렀다. 전에 드래곤의 브레스를 느꼈을 때와 같은 느낌. 귓가로 들려오는 땅 파이는 소리가 실피의 귀를 스쳐 지나갔다. 정신없이 싸우는 이때 그 소리를 포착했을 만큼 실피는 혼신의 집중력을 발휘하고 있었다. 불길한 느낌에 뒤를 돌아보자마자, 실피는 몸을 스미는 살기에 뒤로 물러섰다. 검구대진폭광의 에너지가 꺼지자마자 실피의 앞으로 반짝이는 무언가가

다가왔다. 몸을 피하자마자 그녀의 발 밑에 떨어지는 그것.

닻 모양의 낫!

닻이 떨어진 자리의 땅바닥이, 작은 폭음과 함께 움푹 파이며 깊은 구덩이를 만들었다. 곧 이어 그 아코롬의 쇠사슬이 팽팽하게 당겨지더니 쇠사슬의 방향으로부터 검은 로브 인영이 나타났다. 흉측하게 일그러진 도깨비가면사내, 메킨저 키스를 확인한 실피가 아코롬에서 떨어졌다. 위험을 감지한 것이다.

"……"

스릉!

깃털처럼 가볍게 지상으로 착지한 메킨저 키스가 기계적인 동작으로 아코롬을 빼 들어 실피에게 겨눴다. 실피도 자신의 무기인 무형참황검을 불러들였고, 그녀가 그것을 불러들이자마자 메킨저 키스가 자신의 가슴 앞에 아코롬을 세우며 달려들었다.

무형참황검과 아코롬이 허공에서 교차했다. 곧장 손목을 이용해 무형참황검을 돌려, 상대의 아코롬을 땅바닥에 박아버리는 실피. 절호의 찬스다. 그녀는 그대로 메킨저 키스의 목을 향해 검을 찔렀다. 방어력에 상관없이 급소를 노리면 단 한 방에 끝날 공격이다. 검이 메킨저 키스의 목에 닿기 1센티미터… 아니, 0.5센티미터 직전! 곧장 위로 튀어오르는 아코롬에, 무형참황검이 실피의 손에서 떨어져, 소멸되었다.

완벽한 속임수. 실피가 방심한 틈을 노린 한 방이다. 거칠 것 없이, 메킨저 키스의 아코롬이 실피의 가슴을 향해 일직선으로 베어졌다. 레어 아이템도 단 일격에 베어버리는 아코롬의 날이다. 실피의 엑스로시버쯤은 가볍게 두 동강 나리라.

하지만 아코롬은 실피의 엑스로 실드에 가로막혔다. 어느 틈에 실피의 하박을 뒤덮는 원형의 방패가 아코롬의 진로를 막은 것이다. 그녀가 안도의 한숨을 내쉬기도 전에, 이번엔 실피의 뒤로 거대한 대검 두 자루가 떨어졌다. 날카로운 날을 세운 직날형의 대검이 실피의 양 어깨로 쇄도하자, 실피의 오른손에 쥐어진 엑스로 소드가 그것을 머리 위로 막았다.

볼에겐 한 방의 일격이었는데, 그걸 한 손으로 막아낸 것이다. 실피가 볼의 일격을 막고, 곧장 엑스로 소드로 볼의 가슴을 그었다. 볼의 가슴 갑옷이 길게 잘리며, 그의 몸체가 저 뒤로 나가떨어져 건물의 잔해에 처박혔고, 메킨저 키스도 실피의 검과 마주치곤, 몇 미터 밀려났다. 현재 실피는 평소의 다섯 배나 되는 완력을 가지고 있다. 볼과 메킨저 키스의 충격이 상당하리라.

멀지 않은 곳에서 마법 시동어가 들려왔다.

"록 블래스트!"

실피에게로 사람 머리통만한 돌덩이가 수십 발 날아들었다. 단순한 돌덩어리라면 그리 위력적이지 않겠지만, 뭣 모르고 날아오는 그것 중 하나를 엑스로 소드로 베어내자, 수류탄처럼 돌 파편이 사방으로 터졌다.

조약돌만한 돌덩어리가 얼굴을 때리자 실피는 비명을 질렀다. 하나는 이마, 또 하나는 광대뼈 부분에 떨어졌다. 맞은 부위가 얼얼했지만 다시 집중하여 날아오는 돌들을 모두 피할 수 있었다. 이마에서 흐른 피로 인해 시야가 붉어졌다. 코를 통해 비릿한 피 냄새가 풍겨진다.

"으윽!"

쑤시고 쓰라린 통증이지만 어쩔 수 없었다. 그녀는 지금 포션이 없으니까.

'차라리… 드래곤을 상대하는 게 낫겠다.'

드래곤이야 고정된 프로그램의 움직임으로밖에 싸울 줄 모르니까 오히려 상대하기 더 편하다. 하지만 유저는 그게 아니다. 인간은 무수한 생각으로 다양한 전법을 펼칠 수 있으니까.

"마룡들은 모두 이라스 밖으로 나가 있어!"

실피는 손등으로 이마에 흐르는 피를 닦아내곤, 목소리가 들리는 쪽으로 고개를 돌렸다. 록 블래스트를 외쳤던 그 목소리다.

연녹색 머리카락의 소녀, 카와이의 목소리에 가룡이 응답했다.

─인간 계집 주제에 우리에게 명령을 하는 것이냐?

"나의 명령은 곧 소더러 A의 명령이라구! 따르지 않을 테야?"

정말 당돌하기 짝이 없다. 보통 유저였음 드래곤에게 명령을 내리는 짓 따윈 절대 하지 못하는데…

더 어이없는 것은 드래곤이 그녀의 말을 순순히 듣는다는 것이다.

─…알겠다. 잠시 물러나 있도록 하지.

저 소녀의 말에 마룡들이 고분고분해지다니? 실피는 놀라움을 감추지 못했다. 가룡의 그 말을 끝으로 마룡들이 모두 텔레포트하여 이라스 밖으로 사라지기 시작했다. 남은 것은 실피와 메킨저 키스와 볼과 카와이뿐. 아니, 세 명이 더 있다. 실피는 자신의 앞에 나타난 세 명의 인원을 더 확인할 수 있었다. 거구의 사내와 소녀 둘. 고스티스터가 틀림없다. 이로서 6대 1의 상황. 상황은 점점 최악으로 치닫고 있었다.

'후우~ 정말 되는 일 없다. 이길 수 있을까?'

속으로 한숨을 연발하던 도중 고스티스터 하쯔미가 말했다.

"간만이야, 레어 NPC. 전엔 우릴 잘도 아웃시켰겠다?"

8개월도 더 전의 일을 지금까지 기억하고 있다니.

실피는 그녀를 매섭게 흘겼다.

"전처럼 죽고 싶지 않으면 돌아가는 게 좋을 거다."

위협을 넘어선 살기등등한 목소리에 하쯔미가 속으로 흠칫했지만 겉으론 냉정한 척했다. 어디까지나 냉정한 척이다.

"어디, 그 앙칼진 눈빛이 어디까지 가나 볼까?!"

하쯔미의 손에 일어난 불꽃이 실피에게 회오리치며 쇄도했다. 즉각 왼손에 쥔 방패를 들어 올리며 실피가 외쳤다.

"워터 샤워!"

실피의 방패에서 뿜어지는 물 폭포가 하쯔미의 불꽃을 그대로 꺼뜨리며, 역으로 쇄도했다. 물에 약한 하쯔미에겐 쥐약과도 같은 공격이었다. 하쯔미는 자리에서 뛰어올라, 실피에게서 날아오는 워터 샤워를 피했다. 이어서 하쯔미가, 자신의 몸을 불태웠다. 하쯔미 자체가 하나의 불의 공이 된 것이다. 이곳을 쑥대밭으로 만들 생각인 듯하다.

실피가 연이은 물 계열 스킬을 발동시켰다.

"체인 워터!"

땅에서 튀어나오는 물기둥이 꽈배기 모양으로 튀어나와 하쯔미의 불꽃을 휘감싸자 불꽃은 얼마 버티지 못하고, 실피의 앞에서 멈췄다. 불꽃이 사라지며 대신 물에 홀딱 젖은 하쯔미가 땅바닥에 떨어졌다. 이미 실피에게 약점을 잡힌 상황에서 무모한 공격이었다.

하쯔미가 쓰러지자마자 실피의 주위로 안개가 흐려졌다. 타케루의 능력인 걸 실피는 쉽게 간파할 수 있었다. 곧장 불꽃을 만들려던 때, 실피의 눈앞으로 은빛의 선이 번쩍 스쳐 지나갔다. 반사적으로 몸을 뒤로 젖히자마자 아코롬이 그녀의 머리가 있던 위치를 지나갔고, 저편 건물 잔해 사이에 깊숙이 처박혔다. 이어 안개 사이에서 각지 긴 주먹이 튀어나와 실피의 복부를 내려쳤다. 엑스로시버를 걸치고 있지만, 완전 무방비 상태에서 맞은 공격이었다.

"커억!"

순간적으로 숨이 턱 막혀 버렸다. 땅에 쓰러져 신음을 토할 새 없이, 거대한 대검 한 자루가 실피를 내리찍었다. 왼손의 엑스로 실드를 들자마자 대검이 엑스로 실드와 맞부딪치며 불꽃을 튀겼다. 귓가를 찢는 파찰음은 머리를 얼얼하게 만든다. 실피가 오른쪽으로 덤블링을 하고 다시 자리에 섰을 때, 왼편 건물 잔해들이 양 옆으로 튀어 날아올랐다. 그리고 그 사이에서 날아오는 푸른 날의 아코롬이 실피에게로 파고들었다.

절정 스킬로 파워가 상승된 죠우키요우 스킬 아코롬이다. 다시금 엑스로 실드를 준비한 실피가 날아오는 아코롬을 옆으로 쳐냈다!

파앙!

공중을 '핑그르르' 돌아 땅바닥에 처박힌 아코롬. 그리고 엑스로 실드도 반으로 갈리며 땅바닥을 나뒹굴었다. 아코롬에 의해 다친 실피의 팔에 피가 배어 나왔다. 그녀의 왼팔이 고통에 겨워 파르르 떨렸다. 실피는 오른손에 쥔 엑스로 소드를 꾸욱 움켜쥐었다. 전투력은 자신이 월등히 높을 것인데, 드래곤과 싸울 때보다 자신이 밀리고 있었다.

'정말 죽을지도 몰라.'

게다가 진짜 문제는 실피가 서서히 전의를 잃는 중이라는 것이다. 제아무리 싸움의 고수라도 싸울 맘이 없으면 맞기밖에 더할까.

어느새 고스티스터 미카가 보이지 않는 끈을 이용해 실피의 전신을 압박했다. 일반 유저였으면 손끝 하나도 움직이기 힘들 테지만, 실피에게는 움직이기가 약간 불편할 뿐이다. 미카가 실피를 전신 포박하자마자 타케루의 안개가 실피의 시야를 차단했다. 한 치 앞도 구분하기 힘든 상황이다.

실피의 머리 위로 다시 아코롬이 떨어졌다. 푸른색 날을 번뜩이며 나타난 그것을 엑스로 소드의 그립을 양손으로 잡아 위로 쳐올려 막았다.

파캉!

언제 들어도 듣기 싫은 파찰음. 실피의 왼팔, 창상에서 피가 터졌다. 아코롬의 무게가 그녀의 양팔과 어깨와 다리를 압박했다. 자신도 모르게 악문 이에서도 비릿한 피 냄새가 풍겼다. 이대로 얼마나 버틸 수 있을지… 결국 마듀라를 볼 수 없는 건가 하고 생각한 실피는 울컥했다. 전신을 압박하는 미카의 끈은 더 더욱 옥죄어져 자신의 움직임을 봉쇄할 것이고, 안개 사이에서 칼, 혹은 마법이 같은 것이 튀어나와 자신을 난자할 것이다. 절정 스킬로 맞대응할 수 있겠지만, 지금 있는 실리스의 에르기아를 펼친 것만으로도 벅찬 상태였다.

'가만, 실리스의 에르기아?'

문득 그녀의 뇌리 속을 스쳐 지나가는 마듀라의 기억. 실리스의 에르기아 하면 두 가지의 공격법이 존재한다. 하나는 에르기아 폭검, 또 하나는 에르기아 안의 검기를 몸속에 쑤셔 넣어 폭주하는 방식.

‘폭주다!’

어차피 이대로 죽을 거, 마지막 발악이라도 해보자라는 심산이다. 실피가 아코롬을 쳐내며, 실리스의 에르기아 안에 있는 검기의 속박을 모두 풀었다. 질서를 잃고 여기저기 떠돌아다니는 그 검기들을 자신의 몸속으로 빨아들이는 그녀.

그녀에겐 양날의 검이자 최후의 보루다.

“야아아아압!!!”

검기를 몸속으로 빨아들인 그녀가 기합을 지르자마자, 그녀의 몸을 속박하던 미카의 끈과 타케루의 안개가 사방으로 퍼졌다. 전과는 다른 무지막지한 투기와 살기! 그리고 위압감. 공포. 자리에 있는 모두가 실피와 거리를 두고 떨어졌다. 자신도 모르는 사이에 떨어졌다는 게 옳은 표현일 것이다.

“저, 저 레어 NPC 위압감이 장난 아닌데?”

자리에 있는 이들이 일제히 질린 표정을 지었다. 그들도 두려움을 감출 수 없었다. 어느새 게임인 걸 망각한 채 실제 현실인 줄 착각하고 있었다.

“그, 그, 그냥 무서워 보이려고 저러는 거 아닐까요? 갑자기 세질 수도 없고…….”

두려워하는 건 고스티스터들도 마찬가지다. 유일하게 냉정을 찾는 건 메킨저 키스뿐인 것 같다. 아니, 한 명 더인가?

“아으으… 머리가 찡하네…….”

실피의 공격에 기절해 있다가 막 깨어난 고스티스터 가베사와 하쯔미. 그녀는 상황을 파악하지 못하고 엉망진창인 주변을 휘휘 둘러보다가, 실피를 발견하곤 삿대질하며 소리쳤다.

"야! 너, 진짜 죽여 버린……."

순간, 하쯔미는 말을 채 잇지 못하고 무언가가 번쩍 스쳐 지나가는 것을 확인했다. 실피는 온데간데없고 뒤이어 느껴지는 얻어맞은 감촉 같은 것이 배에 퍼졌다.

뱃속까지 느껴지는 기분 나쁜 통증. 하지만 견딜 수는 있을 정도로 아프지 않은 고통.

"아억……."

하쯔미의 등을 뚫고 나온 실피의 붉은 손을 보며, 미카와 카와이가 짧고 높게 비명을 질렀다. 눈 깜짝하기도 전이었다. 하쯔미와의 거리는 8m 정도였는데, 그 사이를 눈치 채지 못하다니. 메킨저 키스조차 자신의 눈을 의심했다. 자신보다 강한 적을 만나면 희열에 젖던 그지만, 희열보다 마른침이 먼저 넘어가는 것은 처음이다.

실피의 오른손에 들린 엑스로 소드가 하쯔미의 목 가운데에 은빛 호선을 그었다. 하쯔미의 목이 공중으로 튀어 올라 떨어지자 실피는 하쯔미의 배에 박은 손도 뽑아냈다. 잘려진 목과 몸체는 금세 가루가 되어 사라졌다. 실피는 더욱 날카로운 눈빛으로 일본 유저들을 훑었다. 다음은 누구 차례가 될지 모른다. 눈 한 번 깜짝하자마자 또 다른 이가 사라질 것이다. 바짝 정신을 차려야 살 수 있다. 후퇴는 없다. 이곳에서 죽는 것뿐.

'그래, 여기서 죽어! 우선 내 얼굴에 상처를 낸 나쁜 계집애! 그년부터 죽여!'

"……?!"

카와이의 앞에 나타난 실피가 검을 쥔 오른손을 위로 쳐들자, 카와이의 왼팔이 공중으로 튀어 올랐다. 칼에 붉은 피가 묻고 허공에 피가 방울져 떠오른다. 멍한 시선이 실피를 향했지만, 곧 이어 그 눈빛은 공포로 변했다.

"까아악! 크업!"

비명을 지르는 카와이의 입으로 실피의 손이 번개처럼 파고들었다. 실피의 손이 카와이의 목뒤를 가볍게 뚫고 나왔다. 목뒤를 뚫고 나온 실피의 손가락에 분홍색의 무언가가 걸려 있다. 손가락에 진득이 묻어난 붉은 액체가 뚝뚝 땅바닥에 떨어진다. 굉장한 현실감이다. 공포 영화에서나 나왔던 시체 인형 따위는 비교가 되지 않는다.

그대로 실피가 손을 빼면 카와이는 가루가 되어 사라질 운명. 카와이는 마지막으로 실피의 입가에 걸쳐진 미소를 보곤 게임에서 정신을 잃어버렸다. 축 늘어지는 그녀의 몸을 보며, 남은 이들은 냉정을 찾을 수 없었다.

특히 타케루는 더 더욱…

'일에 착오가 생기는군. 제기랄!'

이라스 외곽, 동쪽 숲.

양탄자처럼 깔린 나무숲을 밟고 서 있는 다섯의 드래곤들은 피를 뚝뚝 흘리는 엉망진창인 모습으로 한 사내를 둘러싸고 있었다. 그들 모두 임무에 실패했다는 어두운 표정이 얼굴에 쓰여 있었다. 설마 자신들이 나서서 일에 실패할 줄은 예상치 못했다.

―예상치 못한 레어 NPC의 기습으로 이라스 점령은 실패했다. 한

번만 더 기회를 준다면 반드시 성공하겠다.

호리호리한 체구에 포니테일로 묶은 머리, 붉은색 고운 입술을 가진 사내 앞에서 가룡은 구차한 변명을 늘어놓았다. 맡은 임무는 실패했으나, 소더러 A는 5대 마룡에게 별 해를 가할 생각이 없는 듯 보였다. 그는 애초에 운영자의 프로그램을 믿지 않았으니까.

"됐다. 어차피 6대 마룡은 그녀를 이길 수 없었으니까. 이미 다 계산한 결과였어."

그보다 더 큰 문제는 마룡 중 하나를 잃어버렸단 건데… 소더러 A는 미간을 날카롭게 구기며 생각에 잠겼다. 맨 처음 그의 목적인, '마듀라 보복'은 될 대로 됐었다. 그의 제1, 제2 목적은 마듀라를 버그로 만드는 것과 마계의 석을 탈취하는 것이다. 일단 마듀라가 마계의 석을 가지고 있을 것이고, 버그 마듀라는 자신의 손에 들어왔으니 목적은 달성한 셈이다. 이 정도로 '그들'을 상대할 수 있을진 잘 모르겠지만, 일단 믿는 수밖에 달리 방도가 없지 않은가.

게다가 이미 이발지시(已發之矢)한 상태에, 뒤로 물릴 수도 없다.

'그래, 이제 와서 물러설 순 없다. 믿을 건 버그 마듀라와 마계의 석, 그리고 일본 유저들뿐이다!'

실패란 있을 수 없다. 그들을 몰아내기 위해 일부러 악역을 자처하고 나섰다.

소더러 A는 날카로운 표정 그대로 5대 마룡에게 명령했다. 이때 실피는 고스티스터들과 일본 베스트 유저들을 맘껏 유린하고 있었다. 아마 그들도 얼마 버티지 못할 거라고 소더러 A는 생각했다.

"시간이 얼마 없다. 심판의 창을 꺼내라."

―심판의 창?!

드래곤들이 한순간 술렁였다. 심판의 창이라면 마룡이 가진 최강의 무구라는 그것이다. 슬쩍 스치는 창상을 입기만 해도 그자는 생명력의 반을 깎아먹히고, 창에 찔리면 죽어서도 시체가 사라져 없어지지 않는다는 저주받은 무기. 그것은 NPC뿐 아닌, 유저에게도 더없는 공포다. 한 번 창에 찔리면 그 캐릭터는 리셋이 불가능하다.

너무 위험성이 높은 것이라, 마룡 프로그램을 설계한 운영자들도 손 쓸 방도가 없는 위험이 아니면 드래곤들이 그것을 사용하지 않도록 프로그램했다. 하지만 지금은 상황이 다르다. 마룡들을 조종하는 것은 운영자가 아니라 소더러 A니까.

5대 마룡은 심판의 창을 자신들의 앞에 소환했다. 별 거창한 과정 없이, 심판의 창은 각 드래곤의 앞에 나타났다. 길이는 10m. 드래곤에 비하면 이쑤시개 크기다. 그립 부분은 일반 성인 남자 팔뚝 굵기만했지만, 끝으로 갈수록 예리하고 날카로우며, 견고하고 뾰족하다.

"레어 NPC를 처단하자마자 버그 마듀라의 포섭이다. 운영자들이 손을 쓰기 전에, 최대한 빠른 속도로 처리한다."

소더러 A의 명령에 따라 5대 마룡이 각각 이라스의 끝으로 텔레포트되었다.

"으야압!"

실피가 내지른 주먹에 볼의 대검이 무참히 부서졌다. 그립을 놓친 볼의 몸이 저 건물 잔해를 향해 날아갔다. 그전에, 볼보다 더 빠른 속도로 앞질러 간 실피는 볼의 등 뒤에 엑스로 소드의 검날을 가져갔다.

볼은 날아가던 방향 그대로 상반신과 하반신이 분리되며 땅바닥을 이리저리 굴렀고, 게임 오버.

남아 있는 이는 타케루와 미카, 메킨저 키스뿐. 실피가 미카를 향했다. 미카가 숨을 들이키며 긴장했다. 긴장해 봤자 소용은 없었다. 실피는 개의치 않고 그녀의 가슴에 손날을 박았다. 살을 뚫고, 뼈를 뚫고, 심장을 뚫고, 다시 뼈를 뚫고, 살을 뚫고, 실피의 손이 나타났다. 체내를 뚫는 여러 가지의 소리가 복잡하게 얽혀 들어와 미카의 귓가에 똑똑히 들려온다.

게임이기에 더욱 미쳐 버릴 것만 같은 상황, 게임이기에 더욱 혼란스러운 상황.

미카는 점차 흐려지는 시야를 느끼며, 몸의 제어가 불가능해짐을 느꼈다. 실피가 미카를 붙들고 잠시간 있던 상황에, 타케루는 남아 있는 메킨저 키스에게 외쳤다. 일단 그 둘이라도 살아남는 게 시급했다.

"피해!"

우렁찬 기합이 실린 위험조로 외쳤다. 메킨저 키스는 적을 앞에 두고서 잠시 주춤했지만, 뒤도 안 돌아보고 뛰기 시작했다. 타케루는 남쪽, 메킨저 키스는 북쪽으로. 서로 가는 길이 다르면 적이 누굴 먼저 상대할지 혼란스러울 것이다.

하지만 실피는 어느 누구 하나 상대할 생각을 접은 채, 갑자기 주위를 둘러보기 시작했다. 뭔가 기분 나쁜 느낌. 그녀의 AI 프로그램이 사방에서 적신호를 일으키고 있다. 하지만 구체적으로 느낄 순 없다.

그것이 드래곤의 브레스라는 것을, 그녀는 눈으로 보기 전까지 알지 못했다.

"이런?!"

실피의 동공이 크게 부풀며 동쪽, 남쪽, 서쪽, 북쪽… 사방을 차례로 향했다. 빛처럼 뿜어지는 브레스가 무려 다섯 줄기다. 폭주 상태에선 스킬을 사용할 수 없으니 뛰어서 피할 수밖에 방도가 없다. 그렇다고 폭주 상태를 풀었다간 그전에 당하고 말 것이다.

실피는 있는 힘껏 동쪽으로 뛰었다. 상당히 빠른 속도로 본래 지점을 20m 정도 벗어나자마자, 불꽃의 브레스가 이라스의 남쪽과 북쪽을 가로질러 잔해를 휩쓸고 지나갔다. 폭발력은 없었다. 다만, 브레스가 지나간 자리에 깊은 크레이터가 새겨질 뿐.

1차 공격은 피했지만 실피의 앞으로 은빛, 금빛의 브레스가 더 떨어졌다. 실피는 가까스로 몸을 좌측으로 돌려 브레스의 진로를 벗어났다. 돌 파편이 실피의 몸을 덮쳐 무수한 상처를 만들어냈다. 곱던 그녀의 얼굴은 여기저기 찢겨 전의 아름다움을 찾을 수 없을 정도다.

숨이 턱까지 차 오른다. 폭주 상태 때문에 체력의 손실이 컸기 때문이리라. 하지만 폭주를 푸는 것은 지금 상황에서 자살이나 다름없었다. 몸을 피하려는 실피의 앞으로, 또다시 금빛의 레이저 브레스가 떨어졌다. 우측은 이라스 잔해 더미에 막혀 있고, 좌측으로 몸을 피해야 한다. 그녀가 좌측으로 브레스의 범위를 피하자마자, 연두색 빛의 브레스가 실피의 뒤를 엄습했다. 발을 박차고 서전트 점프를 뛰어 이번에도 브레스의 진로를 벗어나자마자, 이번엔 브레스와는 다른 또 다른 느낌이 그녀의 등 뒤에서 다가왔다. 위협적인 예감에 등골이 바싹 떨린다. 곧장 뒤를 돌자마자,

퍼억!

떨리는 시야와 배에서 느껴진 날카로운 충격. 그 충격은 점차 뜨겁게 물들어가며 고통이란 단어를 실피의 프로그램에 전달했다. 은빛의 창이 실피의 몸에 박혔다. 그것도 2m나 박혀 그녀의 등 뒤로 삐죽이 튀어나왔다.

실피는 힘없이 땅바닥에 누웠다. 고통 때문에 말이 나오지 않아서 그런 건지, 실피는 눈만을 크게 뜨곤 입을 벌린 채 양손으로 심판의 창을 잡았다. 창을 빼내려는 것이리라.

창을 뽑아내려 힘을 주면 줄수록 다리와 팔이 심하게 경련을 일으켰다. 심판의 창은 실피의 뱃속을 태워 버릴 듯, 뜨거웠다.

"으, 아아!"

퍼컥!

피 묻은 창이 실피의 배에서 뽑혔다. 10m 길이나 되는 그걸 뽑다니, 필살의 힘이다. 실피의 손에 들린 심판의 창이, 그녀의 손을 벗어나 이라스 밖으로 되돌아갔다. 드래곤의 힘에 조종된 것이다.

실피는 아무 힘 없이 비틀비틀 중심을 잡고 섰다. 무척이나 괴로웠다. 하지만 괴로워도 죽을 순 없다. 죽긴 싫다. 마듀라의 기억을 잃고 싶지 않다.

"마듀라… 님만, 있으면… 지지 않아."

과다 약물 중독자 같은 비틀거림으로 실피는 서쪽을 향했다. 그곳에 묘리코가 있었다. 마듀라가 있는 곳.

"힘을… 주… 세요, 그럼 죽지 않아……."

죽지 않는 거야… 죽지 안… 안 주거… 안 죽… 주주, 주죽어…….

계속해서 자기 최면을 걸어보지만 쓰라린 육체적 고통으로 쉽지 않다. 관통상을 당한 그녀의 배에서 피가 넘쳐흘러 땅을 적시고 있고, 금방이라도 내장이 흘러나올 것만 같았다.

"하… 한, 버버번만… 보고, 고고… 마드, 라……."

프로그램의 오류같이, 그녀의 입은 반복적인 말만을 내뱉었다. 눈앞에 펼쳐진 마듀라와 그녀의 과거. 어째서인지 생각지도 않은 과거의 영상이 보였다. 인간에게만 있다는 주마등인지는 확실치 않았다. 영상은 마듀라를 맨 처음 만난 것부터 최준에게 AI블록을 받는 것을 끝으로, 단 몇 초만에 끝이 났다. 재생 버튼이라도 눌러 다시 보고픈 마음으로 손을 휘젓지만, 그것은 허공만을 가로지르는 무의미한 손짓이었다.

슈우우—

이라스의 하늘을 뒤덮는 거대한 몸체들. 다섯 마리의 마룡은 실피의 위를 빙글빙글 돌고 있었다. 서로 꼬리에 꼬리를 물고, 상당히 큰 원을 그리고 있다. 드래곤의 손에 쥐어진 은빛의 창이 밤하늘의 달빛을 받아 번쩍번쩍 빛을 뿜어내고 있다. 실피는 고개를 들어 5대 마룡을 향했다.

"힘을… 살려… 조금만 더… 죽어……."

무슨 말인지 알아들을 수 없는 중얼거림이다. 카도라스 최고를 자랑하는 레어 NPC 프로그램이 오류를 일으켰다. 마룡들이 최후의 일격을 가하지 않아도 실피는 살 수 없으리라.

공기를 꿰뚫는 가느다란 파찰음이 실피의 몸을 꿰뚫었다. 날카로운 충격이 실피의 왼쪽 늑골과 허파를 뚫는다. 찢어지는 비명이 실피의 목청에서 터지며, 그녀의 몸이 뒤로 기울었다. 늑골을 뚫고 등 뒤로 빠져나온 심판의 창이 땅바닥에 박혔다. 뒤이어 또 한 발의 창이 오른쪽 허벅지를 꿰뚫었다. 비명은 고통의 증거였고, 그 고통은 죽고 싶지 않은 마음조차 한순간에 날려 보낼 강렬한 충격이었다.

괴로워 지르는 높은 톤의 비명이 그 수명을 다해 피를 토해냈다. 하지만 고통은 줄어들 줄 몰랐다. 자신도 모르게 하늘을 향해 손을 치켜들었다. 마듀라의 얼굴이… 밤거리의 전광판처럼 비춰지는 것 같다.

치켜든 왼손, 손바닥을 통해 은빛의 선이 뚫고 들어가 땅바닥에 박힌다. 이제 또 하나 더… 그리고 또 하나가 더 남아 있다. 가룡의 손에 쥐어진 심판의 창은 실피의 오른쪽 눈을 향해 떨어졌다. 심판의 창은 상대방을 고통 속에 난도질한 뒤, 마지막에 심장을 꿰뚫어 죽이는 형식이다. 그때까지는 절대 죽을 수 없고 기절할 수도 없다.

오른쪽 눈을 뚫고 들어간 심판의 창을, 실피는 오른손을 들어 창을 뽑아내려 했다. 하지만 땅바닥까지 깊숙이 박혀 버려 불가능했다. 아무리 5배나 완력이 강해졌다지만, 그건 불가능이다.

실피의 처절한 비명이 몇백 미터 떨어진 드래곤에게도 똑똑히 들려왔다. 드래곤들은 묵묵히 실피를 향하다가, 모두 한 드래곤에게 시선을 향했다. 마지막 심판의 창은 적룡, 파빌라기온이 가지고 있었다. 심장을 꿰뚫을 마지막 창만을 남겨둔 상태다.

자신을 건방지게 대했던 레어 NPC를 자신의 손으로 처단할 수 있는, 적룡에겐 좋은 기회였다.

적룡이 약간 머뭇거리자, 가룡이 적룡의 상태를 눈치 챘다.

—시행하지 않으면 소더러 A에게 책임이 돌아갈 수 있다. 우리는 한가하지 않아. 동정심을 버려라.

동정심이란 단어에 적룡이 살짝 발끈했다.

—동정심? 웃기는군. 우리 프로그램엔 동정심이란 없다. 다만…….

—…….

—레어 NPC를 내 브레스로 날리고 싶었는데, 조금 아쉬울 뿐.

파빌라기온의 손에 쥐어진 심판의 창이 지상으로 떨어졌다. 심판의 창은 실피의 왼쪽 가슴을 일직선으로 꿰뚫었다.

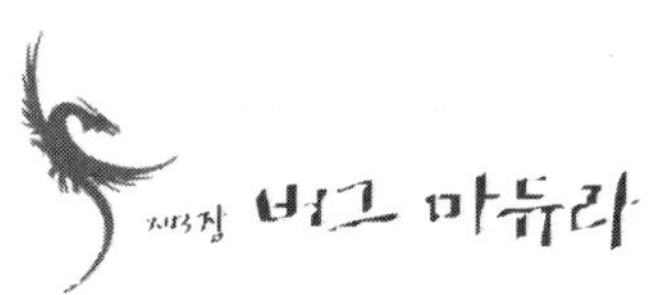

게임상에 유포된 버그를 잡기 위해선 게임 안팎으로의 활동이 모두 필요하다. 버그라는 것이 운영자에게 발각되면 락 다운(Lock Down)되는 게 기본이다. 그런데 이는 10초의 시간이 걸린다. 운영자가 버그의 좌표를 잡고 락 다운을 걸기까지의 시간이 10초가 걸린단 말이다. 문제는 버그가 유동성을 가지고 있을 경우, 한자리에 10초 동안 잡아두기가 여간 어려운 게 아니라는 것이다.

시린터는 초조한 마음을 감추지 못하고 자신의 애검을 만지작거렸다. 불안하거나 초조할 때 나오는 그의 버릇이었다. 드래곤 앞에서도 당당하게 맞서던 그 용기는 어디로 사라졌는지 잠시도 가만히 있지 못했다.

최준에게 전해 들은 이야기로는 몬스터 하나 잡아달라는 의뢰나 다름없었다. 말이 몬스터지, 아웃되면 다신 그 캐릭터로 접속할 수가 없다. 운영자들도 피해 보상을 해줄 수가 없단다. 그 위험성은 둘째 치더라도 특별히 버그 마듀라를 10초간 잡아둘 수 있는 대책이 없다는 게 더 더욱 문제였다. 다 달려가서 버그 마듀라를 꼭 붙들고 '10초 동안만 움직이지 말아주세요!' 한다고 움직이지 않을 리가 없지 않은가?

게다가 상대는 마법 계열, 신성 마법 계열, 검기 계열, 물리적, 비물리적, 모든 계열의 공격에 내성을 가지고 있어, 아무리 때려도 데미지는 0%다.

"3m. 그 이상 버그 마듀라가 자리 이탈을 했다간 락 다운은 발동되지 않는다."

버그 마듀라를 3m 거리 내에, 10초 동안 붙들고 있으면 된다는 최준의 말이다. 3m에서 1㎝만이라도 벗어나면 락 다운은 실패다.

버그 마듀라 사냥 팀은 2인 1조로 짜여졌다. 소드 마스터 계열, 시린터와 술타르가 한 팀. 에실리스와 이프가 한 팀. 카이데스와 타미야가 한 팀이다. 작전은 발이 빠른 이프가 묘리코의 동쪽으로 버그 마듀라를 유인한 뒤에, 체력과 완력이 높은 소드 마스터, 시린터와 술타르가 버그 마듀라를 상대한다. 그리고 그 뒤를 실리가 보좌하고, 최준은 총 작전 지휘. 시린터와 술타르가 버그 마듀라를 상대치 못할 경우엔 카이데스와 타미야가 대타하여 버그 마듀라를 상대한다.

과연 이 작전이 얼마나 통할진 미지수다. 혹시나 하여 주위에 속박 트랩을 설치해 놓긴 했는데, 효과가 있을지도 잘 모르고…

"그런데 이거, 버그 트랩 아냐? 이런 거 함부로 써도 되는 건가?"

속박 트랩 설치를 맡은 이프가 최준에게 말했다. 그의 팔에 걸려 있는 원형의 실 타래는 어느 누구에게도 보이지 않는 '버그 끈'이다. 전에 '어둠 속의 대던전'에서 마듀라와 실리가 이걸 건드려 엄청 애먹은 적 있었던 그것이다.

최준은 가볍게 대꾸했다.

"눈에는 눈, 이에는 이, 버그엔 버그라는 말이 있지요. 일단 써보시죠. 해가 될 건 없으니까."

이프는 '운영자는 버그 써도 되나?'란 시시껄렁한 생각을 하며, 트랩 설치를 묵묵히 수행했다. 이프를 보고 있으면 레인저는 아무나 하는 게 아니구나라는 생각이 누구나 절로 들 것이다. 트랩 설치 같은 기술은 게임에서 스킬을 배워서 하는 게 아니다. 자기가 직접 지형을 보고, 적당한 지점에 트랩을 설치하는 재주가 있어야 하는 것이다. 그런 점에서 보면 숙련도가 가장 필요한 직업은 레인저라 할 수 있다. 눈 감고도 금고를 따고, 모든 트랩의 종류를 외우며, 야삽 하나로 1분 안에 5m 깊이의 구덩이는 기본으로 팔 줄 알아야 한다. 사실 이 정도는 고레벨 수준의 레인저라면 다 하는 것이고, 진짜 레인저 마스터라면 하룻밤 만에 도시 전체에 트랩을 설치해서 도시를 고립시킬 정도는 되어야 한다.

트랩 설치를 마친 이프는 최준에게 버그 마듀라 유인 길목에 대한 자세한 작전 지시를 들었다. 이미 다른 이들은 묘리코 동쪽에서 자신들의 자리를 잡고 있었다.

이프가 최준에게 모든 작전을 설명 듣고 난 시각은 자정.

"그럼 건투를 빌지요."

최준은 이프에게 성의없는 격려의 말을 내뱉곤 곧바로 텔레포트했

다. 묘리코 동쪽에 있는 자기 자리로 돌아간 것이다. 혼자 남겨진 이프
는 최준이 사라진 자리로 싱거운 눈길을 보낸 뒤, 묘리코 북쪽으로 걸
음을 옮겼다. 휑뎅그렁한 묘리코 거리는 이프만이 거닐고 있었다. 일
반 유저들이 보기엔 이프가 평범한 걸음걸이로 걷는 줄 알겠지만, 그는
주위에 모든 신경을 집중시키고서 걷는 중이다. 갑자기 어디서 무언가
가 튀어나올지 모른다. 뭔가가 나타나면 즉각 대응할 수 있도록, 보폭
과 발걸음의 속도는 매우 규칙적이었다. 거의 습관화된 걸음걸이이다
보니, 현실에서도 이렇게 걷는다. 이런 걸 게임병이라고 하는데, 그도
이미 깡폐인 말기 경지에 이른 듯하다.

큰 대로가가 아닌, 집채 건물 사이사이로 외진 곳을 걷던 이프는 묘
리코 북쪽에 도착했다. 건물 사이 틈새를 비집고 나와 사거리를 거쳐
가로수 나뭇잎에 몸을 은폐시킨 그는 그곳에 몇 분간 잠복했다. 잠복
이야말로 어쎄신의 주특기라 할 수 있다(이프의 전직은 어쎄신). 은폐물,
엄폐물을 찾아 숨는 것은 기본 중의 기본.

나뭇가지에 걸터앉아 시각과 청각에 주의를 집중하던 이프는 15분
만에 누군가의 기척을 느낄 수 있었다. 사거리 북쪽에서부터 육중한
발걸음에 육중한 몸집이 다가오고 있다. 회색으로 이뤄진 갑각과 드문
드문 검은색이 보이는 몸체, 붉은색의 장발이 허리까지 내려오는 3m
의 거구다. 최준에게 버그 마듀라의 생김새를 미리 들은 이프지만, 실
제 버그 마듀라와 마주치니 저절로 몸이 경직된다.

'생김새는 그렇다 쳐도, 위압감이 장난 아닌데?

버그 마듀라는 저 너머 북쪽 사거리 길을 조용히 걷고 있었다. 이프
가 있는 가로수의 나무까지의 거리와는 50m쯤 떨어져 있다. 그는 아

직 이프를 눈치 채지 못한 듯, 이대로 둔다면 이프를 지나치고 말 것이다. 이프는 어떻게든 버그 마듀라를 유인해 내야 했기에 그를 놓칠 수 없었다.

이프는 자신의 레인저 마스터 무기 단검 펙틸샤를 손에 쥐었다. 가로수에서 뛰어내려 '나 잡으면 용치!' 라고 버그 마듀라를 약 올린 뒤에 겁나게 튀어버리면 된다. 작전에 앞서, 가로수 나뭇가지에 앉아 잠시 숨을 골랐다. 그리고서 가로수를 뛰어내려 가려는 때, 갑자기 그가 앉아 있던 가로수 나뭇가지가 '뚜둑' 소리를 일으켜 부러지며 몸이 기우뚱 기울었다. 이프의 얼굴에 나뭇가지가 스치며 생채기를 만들었다. 앞으로 고꾸라지며, 가로수 나뭇잎에 은폐되어 있던 이프의 모습이 나무 아래로 드러났다.

"으악!"

게다가 오른쪽 발목이 나뭇가지에 걸려 버려 빠지지 않는다. 본의 아니게 나무에 매달려 버린 것이다. 초일류 레인저에게 이런 실수가 있을 수 있다니. 엎친 데 덮친 격으로 버그 마듀라가 이프를 눈치 챘다. 버그 마듀라가 괴성을 지르며 이프에게 달려들었다. 50m의 거리는 눈 깜짝할 사이에 좁혀졌고, 이프는 허리 힘을 이용해 나뭇잎 사이로 몸을 숨겼다.

이프가 매달려 있던 자리에 버그 마듀라의 손날이 그어지며, 가로수 나무 기둥이 통째로 잘려 나갔다. 나무가 길거리 한복판에 널브러짐과 동시에, 이프는 발목에 걸린 나뭇가지를 펙틸샤로 잘라내곤 냅다 도망치기 시작했다. 쓰러진 가로수를 빠져나오자마자 버그 마듀라가 그를 알아차리며, 뒤를 쫓았다. 방금 전에 버그 마듀라가 얼마나 빠른지 몸소 실감한 이프는 버그 마듀라가 잘 따라잡을 수 없는 좁은 길목으로 그를 유인했다. 좁은 통로라면 3m나 되는 덩치가 진입하기 껄끄러울 것이다라는 판단이었다.

이프가 건물 사이의 좁은 길을 비집고 들어가자, 버그 마듀라가 그 덩치를 좁은 길로 밀어 넣었다. 벽이 연속으로 무너지는 소리와 함께 양쪽 건물이 버그 마듀라의 어깨에 밀려 무너졌다.

"지독한 놈!"

본래 번개 같은 속도는 낼 수 없지만, 이프의 뒤를 바싹 달라붙는 버그 마듀라다. 마듀라 다음으로 카도라스 최강의 순발력을 자랑하는 이프를 압도할 기세다. 본래 마듀라에게서 깡폐인의 질주라도 배웠는지 벽이 몸을 압박하는 와중에도 지독하게 달렸다.

이프가 건물 사이를 빠져나오자마자 큰 대로가 나타났다. 그 대로를 달려 유인 루트로 향하자마자, 버그 마듀라도 건물 사이에서 나타났다. 버그 마듀라가 건물 사이를 빠져나오자마자 지나왔던 건물이 먼지를 일으키며 내려앉았다. 벽 한편이 완전히 무너져 내린 것이다.

이프는 다음 건물 사이로 비집고 들어가며, 건물 사이에 설치된 보이지 않는 끈을 잡았다. 물론 보이지 않기에 끈을 잡는다는 건 '예측'으로만 알 수 있었다. 이프는 건물을 뚫으며 자신의 뒤를 쫓아오는 버그 마듀라를 힐끔 확인한 뒤, 끈을 펙틸샤로 끊었다.

길 사이를 폭파시키는 울림과 함께 버그 마듀라의 몸체에 거대한 불기둥이 쏟아졌다. 이프는 달리기를 멈추었고 불꽃 연기에 휩싸인 버그 마듀라를 향했다. 길의 폭은 2m가 채 못 됐다. 양쪽이 벽으로 막힌 길은 금세 연기로 차 올라 시야를 구분할 수가 없을 정도다.

버그 마듀라의 생사를 확인할 수 없다고 생각한 이프는 서둘러 길을 빠져나가 대로가로 향해야겠다고 판단, 뒤를 돌았다. 그때 무언가가 이프의 목덜미를 화악 덮쳤다. 목에서 느껴지는 묵직한 느낌과 함께 이프의 몸이 옆으로 기울며 벽면에 등짝을 박아버렸다.

"으억!"

벽면이 무너지며 이프의 몸이 건물을 뚫고 들어갔다. 팔 힘이 굉장히 강하다. 이프는 땅바닥에 내팽개쳐졌지만, 어쎄신 특유의 몸놀림으로 고양이처럼 튀어 올라 무릎을 꿇고, 손으로 땅을 짚었다. 잠깐의 충격으로 왼쪽 어깨가 탈골된 것 같다. 부딪칠 당시에 미처 대처를 하지 못한 것이다.

"이런……."

탈골된 왼쪽 어깨를 잡고 몸을 일으킨 이프는 주변을 둘러보며 이곳을 빠져나갈 출구를 찾았다. 바로 정면에 나무로 된 문이 있었다. 이프가 그쪽으로 뛰자마자, 이프가 뚫고 들어왔던 건물 벽면에서 버그 마듀라가 튀어나왔다.

이프는 힘껏 내달리며 탈골된 오른쪽 어깨를, 나무 문에 박았다. 나무 문은 꿈쩍도 하지 않았고, 대신 탈골된 오른쪽 어깨뼈가 들어맞았다. 버그 마듀라가 이프와 몸통 박치기를 할 기세로 달려왔다. 이프가 몸을 굴려 버그 마듀라를 피했고, 버그 마듀라는 나무 문과 경첩, 문 주위의 벽면까지 모조리 박살 내며 건물 밖으로 볼품없이 튀어 나갔다.

기회는 이때다 싶은 이프가 자신이 건물 안으로 진입했던 벽면으로 돌아갔다. 전의 폭발로 인해 자욱한 연기가 시야를 가렸지만 길을 따라 무작정 내달리자 건물 틈새가 끝나며 또 다른 대로가 나타났다. 주변을 빠르게 확인한 이프는 빠져나온 건물의 반대 편 그늘에 몸을 숨겼다. 그가 그늘에 숨어들자마자, 버그 마듀라가 골목길에서 다시 튀어나왔다.

간발의 차이로 버그 마듀라가 이프를 눈치 채지 못했다. 그것은 이프에게 한숨 돌릴 기회를 주는 것이었다. 손으로 입을 막고 코로 거친 숨을 몰아쉬며, 건물 모서리 밖으로 고개를 내밀어 버그 마듀라를 확인했다. 버그 마듀라는 그가 서 있는 건물 뒤편, 길거리를 이리저리 감시하고 있었다. 이프를 찾으려는 것이리라. 이런 피 말리는 상황이 연출된 적은 이프의 경험으론 전무했다.

그렇게 잠시 숨을 고르던 이프는 건물 밖으로 모습을 드러내고, 뒤도 안 돌아보고 동쪽으로 뛰었다. 버그 마듀라가 그를 눈치 채고 이프를 뒤따라 달려왔다. 거리는 순식간에 좁혀졌다. 버그 마듀라가 손날을 그어 이프를 베어버리려던 때, 이프가 이슬아슬한 차이로 건물 틈, 골목길로 슬라이딩해서 숨었다.

"허억! 허억!"

긴장과 초조로 숨이 매우 거칠어져 어깨가 들썩였다. 골목길을 빠져나오면 버그 마듀라의 살인적인 공격이 시작된다. 일반 유저라면 정신적으로, 체력적으로 상당한 데미지를 받아 로그아웃했어야 정상일 것이다. 하지만 이프는 최고의 어쎄신답게, 냉철한 판단력을 잃지 않았다.

유인 루트가 거의 끝나갈 무렵 버그 마듀라는 묘리코 동쪽에 진입했다. 유인 루트의 끝은 중앙에 시계탑이 있는 삼거리로, 묘리코 동쪽의 중앙이다. 삼거리 사이사이로 1, 2층 건물이 빼곡히 세워져 있다. 삼거리 건물, 북쪽과 동남쪽 길 사이의 퍼브 건물에는 시린터가, 북쪽과 서남쪽 길 사이 장비품점 건물에는 술타르와 에실리스가 각각 창문 밖의 주위를 살피고 있다. 이프가 신호를 보내오길 기다리는 중이다.

불 하나 켜지 않아 어두컴컴한 장비품점에서, 실리의 목소리가 들렸다.

"괜찮을까요? 이프 씨 말예요."

걱정스레 묻는 그녀의 질문에 술타르가 대답했다.

"이프 씨 문제라면 걱정할 거 없어. 무사히 돌아올 테니까."

"그래도 버그 마듀라는 일반 유저 수준을 넘어서는 버그인데… 아무래도 불길한 느낌이 들어서……."

마공왕의 성에서 있었던 일을 떠올린 실리가 그때 생각을 하며 잠시 몸서리를 쳤다. 그때 버그 마듀라의 힘은 압도적으로 강했다. 최준과 삐에로 NPC도 손을 못 쓸 정도로. 내심 걱정이 앞서진 실리에게 술타르가 제법 다정다감하게 말을 걸었다. 9개월 전과는 확실히 다른 모습을 보여주고 있다.

"걱정할 거 없다니까. 이프 씨는 나와 견주어도 손색이 없을 만큼 강해. 그 정도로 강하지 않았으면 나나 타미야님과 같이 다닐 수도 없었을걸. 이번 유인 임무를 이프 씨에게 맡긴 건, 최준이 그만큼 이프 씨의 실력을 인정한단 것이지. 운영자에게 인정받을 만한 실력자가 얼마나 드문지 알지?"

"그런… 가요. 아, 그런데 어떻게 다시 게임에 돌아온 거죠? 그때 분명 아이디 블록을 받은 걸로 아는데."

술타르는 잠시 과거의 일을 떠올리더니 피식 웃었다.

"왜? 다시 얼굴 마주하는 게 싫은가?"

"아, 아니요. 그게 아니고……."

실피는 살짝 움츠러들며 고개를 숙였다. 확장팩 전에 술타르가 실리를 좀 못살게 굴긴 했으니, 실리가 술타르를 껄끄러워하는 것은 당연했다. 해킹 프로그램을 이용해 못 움직이게 한 다음 희롱(?)도 했었고, 마듀라에 대한 악담을 퍼붓고, 협박도 했으니까.

술타르는 시선을 창문 밖으로 향하며 출동 준비 태세를 갖췄다. 시선은 고정된 그대로 입만을 열었다.

"계정을 다시 만들었어."

"계정을 다시……?"

"새로운 계정을 만든 후에 캐릭터를 다시 키운 거지. 도중에 최준을 만나기도 했지만 그냥 눈감아주더군. 어차피 길드를 세우거나 할 생각 따윈 없으니까."

"그랬군요."

"……."

어색한 침묵. 어두운 공기가 장비품점뿐만 아닌, 묘리코 동쪽 전체를 감싸는 듯했다. 노래라도 불러서 분위기를 바꿔보려고도 했지만, 소리를 내선 안 된다기에 실리는 잠자코 버그 마듀라가 나타나길 기다렸다.

한편, 이프의 시야에 시계탑이 보이기 시작했다. 삼거리 사이에 우뚝 솟아 있는 10m 높이의 시계탑은, 다른 이들에겐 그저 시간을 알려주는 기계로 보이겠지만, 이프에겐 미션의 종료, 임무의 완수를 알려주는 훌륭한(?) 건축물이다. 이 얼마나 피 말리던 유인이던가? 하지만 그에겐 아직 마지막 임무가 남아 있었다.

그는 아이템 창을 열고 고깔 모양의 폭죽을 꺼냈다. 이걸 터뜨려 동료들에게 임무 성공을 알려야 한다. 빠른 속도로 땅바닥에 몸을 두 바퀴 구른 뒤, 시계탑의 벽면에 등을 밀착시키고, 고깔 끝에 달린 새끼줄을 힘껏 잡은 뒤, 그것을 하늘을 향해 70도 각도로 맞췄다.

북쪽 대로가를 가로지르는 버그 마듀라가 자신을 향해 달려오는 것을 보며.

"파이어!"

퍼엉!

생일 파티 폭죽과도 같은 음이지만, 그보다 조금 더 큰 소리가 묘리코 동쪽을 크게 울리며, 새벽 하늘을 대낮처럼 환하게 물들였다. 조명탄이라도 쏜 마냥, 굉장한 빛이다. 그 빛에 버그 마듀라가 흠칫 자리에서 멈췄다. 동시에 동쪽 퍼브 건물에서 시린터가, 서쪽 장비품점 건물에서 술타르가 창문을 부수고 튀어나와 버그 마듀라에게 달려들었다.

무지막지한 빠르기로 버그 마듀라의 옆에 도달. 시린터는 버그 마듀라의 왼쪽으로, 술타르는 버그 마듀라의 오른쪽을 각각 쇄도. 서로의 검이 버그 마듀라의 목과 관자놀이를 향했다. 다음 순간, 시린터의 손에 쥔 검이 하늘로 튀어 올랐다. 이어, 헤비급 복싱 선수 펀치를 능가하는 무지막지한 핵 펀치가 시린터의 안면에 적중. 시린터는 달려왔던 방향 반대로 날아가, 건물 벽에 일직선으로 떨어졌다.

술타르는 공격 루트를 목으로 향했지만, 버그 마듀라의 손날 공격이 일직선으로 내리 떨어지자, 급히 방어 태세로 변경했다. 머리 위로 검을 들어 올려, 버그 마듀라의 손날을 막자마자 무지막지한 압력이 자신을 짓눌렀다. 술타르가 지탱하는 양발이 땅바닥에 움푹 들어갔다. 신음을 내지를 새 없이, 시린터를 날려 버렸던 버그 마듀라의 반대쪽 손이 술타르의 몸통을 후려갈겼다. 그도 반대 편으로 날아가, 시린터와 마찬가지로 볼품없이 쓰러졌다.

순식간에 체력 수치 바닥을 가리키는 2인조.

바로 눈앞에서 상황을 지켜본 이프와 최준과 실리는 입만 벌렸다. 설마 이 정도일 줄 예상치 못한 것이다.

둘이 녹다운되고 난 후, 시린터가 잠복해 있던 2층 퍼브 건물이 무너지며 돌 파편 사이로 6m의 거체가 튀어나왔다. 양동이를 뒤집어쓴 듯한 머리와 울룩불룩 떡 벌어진 어깨, 상반신에 비해 상대적으로 작아 보이는 하반신. 버그 마듀라와 같은 위압감으로 등장한 카이데스의 소환수, 아이언 골렘이다.

"가잣!"

아이언 골렘의 어깨에 올라타 있는 카이데스가 버그 마듀라를 향해 손가락을 내지르자, 아이언 골렘의 육중한 다리가 두어 걸음 앞으로 움직였다. 몸이 철로 이루어져 있어 매우 느린 동작이다. 무거운 몸임에도 불구하고, 아이언 골렘은 카이데스의 명령에 따라 왼 주먹을 버그 마듀라에게 내리찍었다.

버그 마듀라가 자리에서 뛰어, 아이언 골렘의 주먹을 피했다. 버그 마듀라에겐 아이언 골렘의 공격은 느림보 거북이 수준이다. 버그 마듀라가 아이언 골렘의 가슴을 파고들어 주먹을 내질렀다. 무지막지한 편

치력에 의해, 아이언 골렘의 가슴 부분이 찌그러졌다. 버그 마듀라의 주먹 앞에서 아이언 골렘의 몸체는 겨우 구릿장에 지나지 않았다.

아이언 골렘의 몸체가 뒤로 넘어갈 뻔하다가, 겨우 주위 건물에 손을 짚고 중심을 잡았다. 카이데스가 아이언 골렘의 머리에 등을 밀착시킨 뒤, 양손을 허리로 향하며 마법을 준비했다. 양손 사이에 손톱 크기의 붉은 구슬이 만들어지자마자, 그것을 버그 마듀라에게 향했다.

"폭격!"

버그 마듀라의 가슴에 정확히 명중한 붉은 구슬은 커다란 불꽃 소용돌이를 만들었다. 과연 일반 유저와는 비교가 안 되는 마법의 조준력과 위력이다. 하지만 이 정도 공격쯤은 아무것도 아니라는 듯, 불꽃 소용돌이를 헤치고 버그 마듀라가 튀어나와 아이언 골렘의 다리를 향해 주먹을 질렀다. 아이언 골렘의 철로 된 다리가 심하게 구부러지며, 몸체가 기우뚱 기울었다. 동시에 카이데스도 중심을 잃고 땅바닥에 떨어졌다.

버그 마듀라가 카이데스에게 달려드는 때, 하나의 그림자가 버그 마듀라를 덮쳤다. 타미야가 버그 마듀라의 등 뒤에서 어깨를 잡고 포박을 시도한 것이다.

타미야가 날리는 일격!

"뇌주격!"

타미야의 온몸에서 뿜어지는 전기가 버그 마듀라를 감전시킨다. 그들의 주위로 전류가 사방으로 튀기며 건물 창문, 돌 파편들이 이리저리 깨진다. 그 무지막지한 전격 공격은 힐도라의 뇌섬광을 능가할 정도로 강력했다.

버그 마듀라는 타미야에게서 뿜어지는 전류에는 아랑곳 않고, 타미야를 떨어뜨리기 위해 몸을 이리저리 비틀었다. 타미야의 몸이 버그 마듀라의 넓은 등판에서 이리저리 뒤흔들렸지만, 떨어지지 않기 위해 끝까지 필사적으로 매달렸다. 이제 조금만 더 버티면 된다. 이제 5초가 지났다. 5초만 더 버티면 이 녀석은 영원히 사라진다.

5초, 6초, 7초, 8초, 9…

거의 10초에 다다르기 직전.

버그 마듀라가 갑자기 뒤로 내달리며, 건물에 등짝을 박았다. 건물 벽과 버그 마듀라의 등 사이에 깔려 버린 타미야는 큰 데미지를 입고, 동작을 상실했다. 1초만 더 버티면 되는 건데… 타미야를 대신해서 이프와 카이데스가 버그 마듀라에게 달려들었다.

건물 틈 사이의 그늘에 있던 최준이 다급히 실리에게 외쳤다.

"실리! 어서!"

"네!"

그가 말하지 않아도 실리는 자신의 일을 착실히 수행하는 중이었다. 이미 건물에서 나와 술타르의 체력을 회복시키고 있었다. 이어서 시린터도 실리의 치료를 받고 일어났다. 실리의 치료 스킬은 상당한 수준이라, 빠르게 체력을 회복시킬 수 있었다.

시린터와 술타르는 서로 눈 사인을 주고받은 뒤에, 각자 소드 마스터 무기를 불렀다. 총력전이 아니고서야 버그 마듀라를 상대할 수 없다는 걸 안 것이다.

"조심하세요. 둘 다."

"노력해 보지."

"걱정 마십쇼, 실리 씨!"

실리의 응원에 힘입어, 술타르와 시린터가 버그 마듀라를 향해 다시 달려들었다. 그 둘의 증원으로 4:1의 싸움이 되었지만 버그 마듀라는 끄떡도 하지 않았다. 실리의 표정엔 점점 패색이 짙어졌다.

'이대로 가면 다들 죽고 말아. 방법이 없을까? 내가 할 수 있는 것……'

발을 동동 구르며 혼자 어찌하나 어찌하나 고심하던 실리의 어깨에 최준의 손이 턱 내려앉았다.

"타미야를 치료한 뒤에 너도 나가서 싸워."

"아, 알겠어요!"

실리는 땅에 볼품없이 쓰러져 신음하는 타미야에게 달려가 치료 마법을 걸었다. 한때 최고의 지존이라는 그도 이 꼴이 될 정도라니, 최준은 혀를 찰 수밖에 없었다. 이럴 줄 알았으면 성실일 데려오는 건데, 하는 약간의 후회가 들었다. 하지만 그는 그의 일이 따로 있어 이제 와서 후회해도 어쩔 수 없었다.

최준은 아이템 창에서 무기를 꺼냈다. 유려하게 휜 은빛의 검신에, 손에서 미끌어지지 않도록 개량한 그립 부분. 어떤 물체든 단 일격에 베어버릴 것 같은 위압감을 지닌, 카도라스의 유일무이한 도(刀). 울트라 데미트 이후로 두 번째로 사용해 보는 무기다.

시린터가 자신의 절정 스킬인 무초식광검까지 사용하며 버그 마듀라와 대적했지만, 버그 마듀라는 그의 공격엔 꿈쩍도 하지 않으며 역공을 가했다. 단방의 일격에 시린터의 갑옷이 유리 파편처럼 깨졌다. 나자빠지는 시린터의 뒤를 이어 술타르가 자신의 절정 스킬, 초신광검을 버그 마듀라의 목에 적중시켰다. 버그 마듀라의 뒤를 노리는 완벽한 일격인데다 마듀라의 무형참황검을 능가하는 절정 스킬이건만, 공격은 버그 마듀라의 목을 단 1㎝도 베지 못했다.

버그 마듀라의 왼손이 술타르의 뒤통수를 잡곤, 자신의 이마에 상대의 이마를 꽂았다. 박았다라는 표현보단 꽂았다라는 표현이 더 어울리는 그 일격에, 술타르가 정신을 차리지 못하고 땅에 쓰러져 움직이지 못했다.

계란으로 바위 치기, 그 이상 표현할 말이 없을 만큼 파워의 차이는 압도적이다.

"제기랄!"

이프가 욕설을 내뱉으며 펙틸샤를 고쳐 쥐고 버그 마듀라에게 돌격하는 때.

"초열신검!"

최준의 목소리가 난데없이 끼어들며, 검은 그림자가 버그 마듀라의 앞에 멈춰서 위로 도약했다. 꽤 대단한 빠르기?! 마치 묘기를 부리듯이, 공중에 거꾸로 날아오른 최준이 손에 쥔 제진형영도의 검끝을 버그 마듀라의 이마에 찍었다. 제진형영도에 초열신검이 더해진 최강의 공격이 버그 마듀라의 이마에 집중된 것이다. 검에서 뿜어지는 하얀 검기가 일대에 퍼지며, 약간의 바람을 만든다. 일반 유저 누구라면 최준의 공격을 받고 즉사하리라. 버그 마듀라는 이마에 공격을 받아 약간 움찔하는가 싶더니, 곧 꿈쩍도 하지 않고 그 모습 그대로를 유지했다. 그 어떤 흠집도 나지 않은 채다.

버그 마듀라의 양손이 최준의 얼굴과 멱살을 쥐었다.

그대로, 찢기!

쫘아악!

양복의 와이셔츠가 길게 찢기며, 최준의 가슴 속살이 훤히 드러났다. 최준의 드러난 가슴을 향해 버그 마듀라의 박치기가 작렬!

"컥!"

"최준 오빠!"

손에서 떨어진 제진형영도와 최준의 몸이 땅바닥에 볼품없이 쓰러지고 말았다. 실리의 비명 소리가 최준에게 똑똑히 들려온다. 이쪽으로 달려오는 건가? 오지 마!

"멈춰!"

카이데스가 최준에게 다가가는 실리를 몸을 던져 막았다. 최준은 자신의 복부에 떨어지는 버그 마듀라의 발을 보고 몸을 굴렸고, 동시에 땅에 떨어진 자신의 검을 들고 뒤로 피했다. 캐릭터의 가슴에서 느껴지는 이상 신호로 보아 늑골이 몇 대 부러졌나 보다.

'제길!'

제길과 제기랄의 연속. 쉽게 풀릴 줄 알았던 일이 예상보다 더 어렵게 풀려가고 있다. 단 10초면 되는데… 단 10초만 녀석을 묶어두면 되는 건데.

최준이 잠시 주춤하는 사이, 버그 마듀라가 최준의 정면으로 달려들었다. 버그 마듀라의 오른 주먹이 최준의 안면에 적중하기 직전, 최준이 칼을 버림과 동시에 위로 튀어 올랐다. 굉장히 높은 서전트 점프다.

후에, 이프의 투척용 단검이 버그 마듀라의 머리를 향해 날아들었다. 눈으로 포착하기도 힘든 그것을, 버그 마듀라는 입으로 단숨에 잡았다. 날카로운 이빨에 단검이 물린 것이다.

"나이스!"

이프가 나이스를 외치며 주먹을 치켜들자마자 어느새 체력을 회복한 타미야가 즉각 마법 시동어를 외쳤다.

"전격! 천뢰폭!"

버그 마듀라의 입에 물린 투척용 단검이 타미야의 마법으로 인해 그대로 폭발했다. 버그 마듀라의 얼굴이 붉은 불꽃으로 휘감싸이며, 검은 연기가 피어올랐다. 연기에 가려 머릴 구분하지 못하는 상황. 큰 데미질 받았는지 버그 마듀라는 그 자리에서 움직이지 않았다.

몸 밖은 버그 마듀라의 갑각 때문에 공격이 통하지 않는다. 그렇다면 몸속은 어떨까 하는 생각에서 내놓은 이프와 타미야의 작전이다. 웬만한 드래곤이었으면 이번 공격에 머리가 날아갔으리라. 버그라 해도 턱 하나쯤은 날아갔겠지, 라고 그들은 내심 기대했다. 하지만 이런 그들의 기대를 비웃기라도 하듯 버그 마듀라는 금세 동작을 재개했다.

"그러고도 움직여?"

"어떻게든 막아!"

한 번 더 버그 마듀라를 막으면 된다. 버그 마듀라는 한자리에 이미 3초나 머무른 상태다. 자신들이 먹잇감이 되기라도 해야 하는 상황이다.

그때 위로 뛰어올랐던 최준이 버그 마듀라의 등 뒤를 기습해 슬리퍼 홀드(목을 졸라 정신을 잃게 하는 기술)를 걸었다. 윗통까지 모두 벗어 던진 채 안간힘을 다 써 매달렸다. 모든 캐릭터 능력을 다 쓰는 최준의 최후의 기술이다. 버그 마듀라가 손을 등 뒤로 해서 날카로운 갑각이

자라나 있는 손톱으로 최준의 등을 마구 긁었다.

피가 터지는 것도 아랑곳 않으며, 최준이 외쳤다.

"너희들도 붙어!"

"……."

곧장 타미야와 이프, 카이데스가 버그 마듀라에게 달려들어 그의 양 팔과 허리를 움켜잡았다. 이제 6초. 실리까지 합세하고, 기절한 줄 알았던 술타르와 시린터까지 달려들어 버그 마듀라의 여기저기를 붙잡았다. 웬만해선 하고 싶지 않았던 최후의 방법. 거머리처럼 달라붙어 꼼짝 못하게 할 생각이다. 세상에 거머리라니… 자신들이 지금까지 쌓아 올렸던 그 카리스마적인 이미지를 다 버릴 셈인가?

윗통을 벗어 던진 최준과 애절한 포즈로 다리를 붙잡고 있는 술타르와 시린터. 여자에게 안기듯 허리를 감싸고 있는 타미야와 카이데스, 팔에 엉겨 붙은 이프와 실리는 그 상태에서 고성방가를 내질렀다.

"젠장! 이게 무슨 꼴이야! 여자 다리 붙들고 애걸하는 것도 아니고!"

"꺄악! 치마가 찢어져요!"

"실리 씨! 다 보여요!"

"시린터 녀석, 어딜 보는 거야! 좋겠다!"

"꺅! 응큼해!"

"떨어질 것 같아!"

"떨어지지 않도록 꽉 붙들어!"

이제 8초, 9초… 10초! 하지만 락 다운은 시동되지 않았다. 버그 마듀라가 어느새 락 다운 지점을 벗어난 것이다. 기대했던 락 다운이 발동되지 않자, 최준 일당이 모두 의아해하며 잠깐 몸에 힘을 풀었다. 때

맞춰 버그 마듀라가 몸을 이리저리 뒤흔드는 통에 거머리처럼 들러붙은 7명의 인원이 후두둑 떨어져 나갔다. 우산에 맺혔던 빗방울이 떨어져 나가듯, 땅바닥에 볼품없이 철퍼덕철퍼덕이다.

땅바닥에 안면을 정통으로 받으며 가장 볼품없이 떨어진 최준이 실리를 불렀다.

"으윽! 실리, 살려⋯⋯."

위생병을 애타게 부르는 소리에도 불구하고 들려와야 할 실리의 대답은 없었다.

"실리. 세희야?"

원래는 대답하기도 전에 치료를 걸었어야 정상 아닌가? 문득 불길한 느낌에 주위를 둘러보며 실리를 찾았다. 실리는 최준에게서 멀지 않은 곳에 기절해 있었다. 그대로 축 늘어져 있는 모습이, 마치 실 끊긴 인형 같다. 왜 움직이지 않지? 외상은 전혀 없어 보이는데.

"너, 설마?!"

죽었나? 버그 마듀라에게 엄청난 내상을 입었든지⋯ 하지만 죽었으면 옛날에 시체가 사라졌을 테니 그건 아닌 듯.

"죽은 체하는 건 아니겠지?"

실리는 전우를 버릴 만큼 냉정하지 못한 걸 잘 알고 있으므로 그럴 가능성도 없다.

"그럼 자냐?"

그동안 학교와 게임 사이를 오가며 몸을 혹사시켰으니 그럴 수도 있다. 하지만 실리는 단순히 캐릭터가 기절했을 뿐이다. 뭔가 큰 충격을 받았던지, 아니면 다른 이유가 있던지.

다른 이유라는 생각에까지 미치자 최준은 여러 가지 가능성을 생각했다. 다른 이유라면 설마 목걸이가 깨지는 바람에 마스터 엠페러의 눈을 뜬 것일 수 있다. 최준은 문득 생각난 의문에 다짜고짜 실리의 가슴 쪽 로브 속을 뒤지기 시작했다. 누가 보더라도 나쁘게 보일 만한 장면이나 개의치 않고, 그 속에서 자그마한 목걸이를 꺼냈다. 커플 목걸이… 그곳에 있어야 할 자수정이 깨져 있다.

"이게 이런 때……."

최준은 실리의 목에 걸려 있는 그것을 복잡한 표정으로 바라볼 수밖에 없었다. 지금 상황에서 목걸이가 깨졌다는 건 좋을 수도, 나쁠 수도 있다. 하지만 좋은 쪽으로 생각하는 게 더 이롭… 겠지?

최준은 성치 않은 몸을 일으키며 쓰러져 신음하는 이들에게 손짓했다.

"전원 후퇴!"

"이봐! 지금 상황에서 후퇴를 하면 우린 다 죽어!"

"백지 수표 필요없으니깐 일단 살려줘요!"

모두의 외침에도 불구하고 최준은 후퇴만을 외치며 묘리코 밖으로 앞장서 달렸다. 실리까지 내버려 둔 채, 걸음아 나 살려라다. 이제 지휘관이 없으니 어쩌겠는가? 버그 마듀라와 전투를 시작한 지 15분도 채 안 되어 모두들 사방으로 흩어지기 시작했다. 실리의 존재는 어느새 망각한 상태다. 살기 위해 백지 수표까지 마다하겠다는데 여자가 눈에 들어오겠는가? 마듀라가 없으면 실리는 백지 수표보다 못한 목숨인 것이다.

모두가 사방으로 흩어지자 버그 마듀라는 누구를 따라가야 할지 갈피를 잡지 못하다가, 이내 쓰러져 있는 실리에게로 시선을 고정했다.

실리는 땅을 구르면서 긁힌 찰과상과 타박상, 게다가 치마까지 볼품없이 찢어져 있어 매우 꼴사나운 상태다. 게다가 남자 여섯 명에게 버림까지 받아서 그런지, 혼자 고독히 쓰러져 있는 모습이 더욱 초라해 보인다.

하지만 그녀는 기절해 있어 자신의 모습을 보지도 듣지도 못하는 상태다. 물론 아무 미동도 없어야 정상인 것이다. 그런데… 어째서 그녀가 움직일 수 있는가?

"……."

먼저 상반신을 일으킨 뒤 손으로 땅을 짚고 몸 전체를 일으켜 세웠다. 힘없는 봉제 인형 같지만 그녀의 주위로 몰아치는 분위기는 굉장히 무겁다. 버그 마듀라가 압도될 정도로 강력한 살기와 공기다.

이건 마치, 마듀라가 6검과 대적했을 당시의 그 상황 같다.

"그르르르!"

버그 마듀라가 낮게 으르렁거리며, 실리에게 서서히 다가왔다. 오로지 파괴 본능으로만 이루어진 버그다. 공포 따위는 느낄 수 없다. 최고의 버그 플레이어가 만들어낸 최강의 버그는 누구에게도 지지 않는다!

버그 마듀라의 번개 같은 주먹이 실리의 왼쪽 안면에 정확히 꽂혔다. 이가 모조리 나가고 머리 속이 토할 정도로 울릴 거다. 어때? 죽을 것 같지? 나는 최강의 버그란 말이야. 누구에게도 지지 않아. 버그 마듀라의 기분 나쁜 그르렁거림이 그렇게 말한다. 실리는 바윗덩이 같은 주먹을 맞고 중심을 잃어 크게 휘청했지만 다시 버그 마듀라를 똑바로 노려보며 살기를 불태웠다. 실리는 입술이 터졌을 뿐이다. 붉은 피가 그녀의 고운 턱 선을 타고 뚝뚝 흘러내렸다. 예상외로 그녀가 입은 상처는 미미했다.

버그 마듀라는 포효를 지르며 그 주먹을 실리에게 다시금 휘둘렀다. 주먹이 전보다 더 강한 체중을 싣고 실리의 얼굴을 향했다. 주먹이 실리의 얼굴에 떨어지려는 때 그녀의 자세가 낮아지며 날아오는 주먹이 그녀의 머리 위, 허공을 스치고 지나갔다.

다음 순간 이어지는 실리의 공중 돌려차기가 버그 마듀라의 왼쪽 안면에 작렬, 망치로 얻어맞은 듯한 충격에 버그 마듀라의 몸이 옆으로 휘청 떨렸다.

분명 데미지를 받았다.

일곱 명이 힘을 합쳐 공격해도 눈 하나 깜짝하지 않던 버그 마듀라가, 실리의 공격에 데미지를 받은 것이다. 버그 마듀라에게 데미지를 입혔다는 것은 버그 마듀라보다 더 강한 전투력을 가졌다는 것과 또한 가지, 버그를 뚫었다는 것뿐.

"크아아아!"

버그 마듀라가 다시금 역습을 가하기도 전에, 또 한 방. 실리의 어퍼컷 공격에 의해 버그 마듀라의 고개가 뒤로 넘어갔다. 턱에서 느껴지는 얼얼한 충격에 뒷걸음질치면서도 그는 손을 곧게 펴 사권으로 실리의 배를 찍었다. 칼에 찔린 것같이 실리의 몸이 배를 사이로 구부러졌다. 일반 유저라면 배가 뚫려 버렸을 텐데 공격이 들어오는 짧은 순간에 배를 구부려 충격을 완화하다니.

배에서 느껴지는 데미지도 모르는 듯이, 실리는 버그 마듀라의 옆으로 빙글 돌아 주먹 쥔 손등으로 상대의 관자놀이를 향해 그대로 백스핀 블로우를 가격했다. 완전히 다른 실리의 움직임이다. 맨손으로 싸우는 건 생초보 수준인 그녀가 어떻게 이런 굉장한 체술을 사용할 수 있는 것인가? 그것도 한순간에?

"저건 마스터 엠페러 상태다."

"마스터 엠페러?"

최준의 말에 물음표를 추가하며 다섯 명의 인원이 복창했다. 카도라스를 해온 5년 동안 마스터 엠페러(약칭ME)는 처음 들어보는 단어였던 것이다. 운영자들 사이에서도 이를 아는 이는 극히 드물 것이다. 카도라스 마스터의 바로 전 단계인 그것은 마스터들의 제왕이라 불리우는 게임상의 최강 자리. 하지만 알려진 것은 아무것도 없는 미지의 클래스다.

"게임이 만들어질 당시부터 개발되었던 유저 최강의 경지지만, 그것은 아무 유저에게나 주어지는 게 아니지. 게임 이전부터 선택받은 이에게만 주어지는 경지인 것이다. 이로써 마듀라와 실리, 모두 마스터 엠페러 클리어로군."

대단히 뜻있어 보이는 최준의 대사는, 이제 (주) 카마디의 베일이 벗겨짐을 의미했다. 마듀라와 실리가 마스터 엠페러의 경지에 이르렀다는 것은 프로젝트의 반이 성공했다는 것이고, 그것은 카도라스의 새로운 국면, 그리고 소더러 A와 그의 배후 인물들의 진짜 등장을 의미했다. 과연 마스터 엠페러 정도로 그들의 상대가 될진 모르겠지만.

"이젠 실리… 아니, ME(Master Emperor)를 믿어보는 수밖에 없다. 지금 상태라면 공격력이 몇 배 이상 증폭된 형태니까 저 정도 버그는 제압할 수 있을 거야."

"지금 실리 씨의 상태, 본래대로 되돌아올 수 있죠?"

최준의 말을 유심히 듣던 시린터가 실리의 상태를 물었다. 저 굉장한 공격력과 힘은 감탄사가 나올 수준이지만, 왠지 평소 자신이 알던 실리가 아닌 것 같아 걱정스러운 듯.

"처음 ME에 눈을 떴을 때만 저렇지, 그 다음부턴 제정신으로도 ME를 조종할 수 있게 된다. 그리 문제 될 건 없어. 그건 둘째 치고서……."

방금까지 느껴졌던 실피의 반응이 사라졌음을 최준은 느꼈다. 예상했던 대로 소더러 A를 상대하긴 레어 NPC 하나로 너무 벅찼던 것이다. 어차피 그녀의 임무는 시간 끌기였고 실피는 그 임무를 충실히 해냈으니 아까울 건 없다.

"이제 남은 건 6대 마룡과 소더러 A뿐이군. 넌 독 안에 든 쥐다."

어느 누구 하나 일방적인 폭력이 아닌, 상대를 향한 난타전을 벌이고 있었다. 무시무시한 갑각으로 몸을 무장한 채, 괴물 같은 완력으로 공격을 가하는 버그 마듀라나, 자신의 덩치에 5배나 되는 상대에게도 굴하지 않고 온갖 기교를 부리며 싸우는 실리나 둘 모두 피 터지는 육탄전을 벌이고 있다.

현재 실리는 제정신이 아닌 ME 프로그램에 지배되어 있는 상태다. 저 초인적인 캐릭터의 움직임은 모두 ME 프로그램이 조종하는 것으로서 움직임뿐 아닌 캐릭터의 체력, 그 외의 모든 상태도 몇 배나 상승되어 있다. 싸우면서 몸 곳곳에 상처가 생겼지만 그녀의 움직임은 지칠 줄 몰랐다. 마치 물 만난 물고기마냥 전투를 즐기기라도 하는 듯한 발랄한 움직임이다. 이젠 그와는 반대로 버그 마듀라의 움직임은 필사적인 수준에까지 와 있었다. 실전 격투기, 혹은 레슬링에서나 나올 법한 무지막지한 공격들이 실리와 함께 묘리코 건물을 파괴시킨다.

일반 유저였더라면 한 번에 아웃되었을 만한 치명타 공격을 가볍게 받아내며, 실리의 뒤꿈치 올려차기 공격이 버그 마듀라의 턱에 명중되었다. 공격한 발을 크게 반원으로 그리며, 그 원심력을 이용해 몸을 한 바퀴 회전한 뒤 반대쪽 발로 또다시 턱을 명중.

버그 마듀라는 두 번의 공격을 꿋꿋이 견뎌내며 한 손으로 실리의 멱살을 움켜잡고는 박치기를 가했다. 이마에서 피가 터졌지만 실리도 역시 아랑곳 않고 버그 마듀라의 팔에 온몸을 감싸며 매달렸다. 이어서 한쪽 다리로 상대의 머리를 꺾어 감싸 눕힌 후 팔 꺾어 십자 굳히기에 들어갔다.

우두둑!

버그 마듀라의 팔꿈치가 실리의 힘을 버티지 못하고 부러졌다. 팔꿈치를 부러뜨리자마자 버그 마듀라를 엎드려 눕힌 뒤 부러뜨린 팔을 등 뒤로 돌려 어깨를 꺾었다. 한쪽 팔을 못 쓰게 완전히 부러뜨릴 심산인 듯. 이 상태에서 어깨에 조금만 더 각도를 주면 버그 마듀라의 어깨는 완전히 부러진다.

하지만 어깨가 꺾여 있는 상태의 버그 마듀라가 등 뒤로 꺾여진 자신의 팔을 힘껏 땅바닥에 내려쳤다. 그와 함께 팔을 붙잡고 있던 실리의 몸체가 땅바닥에 내리찍혔다. 전혀 힘을 줄 수 없는 상태에서 팔을 움직이다니, 놀라운 신체 구조다.

안면의 충격 때문에 움직이지 못하는 실리에게로 버그 마듀라의 뒤꿈치 내려찍기가 떨어졌다. 공격이 머리에 떨어지기 직전, 실리의 몸이 아슬아슬한 차이로 공중으로 뛰어올랐다. 버그 마듀라의 내려찍기 공격이 땅바닥에 떨어지자, 공중에 떠오른 실리의 드롭킥이 버그 마듀라에게로 작렬! 실리의 드롭킥을 얼굴에 정통으로 가격당해 버린 버그 마듀라가 뒤로 넘어가 건물 벽에 등을 박고 축 늘어졌다.

그대로 움직임 불능 상태가 된 것이다.

"이제 끝인가?"

멀찌감치서 상황을 지켜보고 있던 최준의 표정이 일순 밝아졌다. 그리고 최준의 표정과는 대조적으로 다른 다섯 명의 인원은 황당한 표정밖에 지을 수 없었다. 자기네들이 달려들 땐 꼼짝도 안 하더니만, ME 프로그램에 버그 마듀라가 이렇게 무너질 줄 상상이나 했겠는가? 왠지 모르게 주눅이 드는 다섯이다.

이제 저대로 내버려 두기만 해도 버그 마듀라는 락 다운에 걸려 움직이지 못하리란 걸 최준은 예측했다. 이제 실리가 없어도 자신들이 충분히 버그 마듀라를 제압할 수 있을 정도다.

하지만 아직 분이 덜 풀린 것일까? 실리가 쏜살같이 달려나가 쓰러진 버그 마듀라의 눈 사이에 주먹을 떨어뜨렸다. 버그 마듀라의 머리가 건물 벽에 쑤셔 박혔다. 이어서 양손을 깍지 낀 뒤, 가슴을 가격! 강철 같은 버그 마듀라의 갑각이 찌그러질 대로 찌그러져 보기 흉하게 되어버렸다. 이대로 뒀다간 락 다운이 발동되기도 전에 버그 마듀라가 먼저 죽겠다.

상황을 정리하려 걸어나가려던 최준은 발걸음을 멈출 수밖에 없었다. 실리는 왜 멈추지 않는 거지? ME 프로그램에는 시간의 제한이라는 것이 있다. 캐릭터마다 그 시간이 길 수도, 짧을 수도 있지만 처음에는 기본적으로 5분밖에 지배되지 않는다… 고 최준은 알고 있다. 지금까지 실리는 상당히 긴 시간(약 10분) 동안 ME에 지배되었다고 할 수 있다. 정상이라면 지금쯤 ME 상태에서 빠져나올 때가 되었는데…

"저거 우리가 뜯어말려야 하는 거 아냐?"

"다가갔다간 우리가 얻어터질 것 같은데요."

술타르와 시린터가 실리를 보며 질린 말투로 그렇게 내뱉었다. 현재 실리의 공격은 무서울 정도로 이어지고 있었다. 실리의 공격으로 버그 마듀라의 위치가 계속해서 바뀌다 보니 락 다운은 여전히 발동되지 못하고 있었다. 이미 게임은 끝난 상황인데도 마무리를 짓지 못하니 게임상의 최준이나 게임 밖의 운영자들이나 초조함에 지쳐 버렸다.

한동안 실리를 계속해서 지켜보던 다섯 중 타미야가 날카로운 눈빛으로 실리를 지적했다. 뭔가 이상한 감을 느낀 것이다.

"에실리스의 캐릭터가 움직임을 거부하는군. 몸에 문제가 생긴 건가?"

"움직임을 거부한다?"

최준이 타미야의 말을 따라 실리를 자세히 관찰했다. 겉보기에 이상은 전혀 없어 보였다. 시원시원하게 타격을 하고 있다. 그치만 자세히 관찰해 보면, 그 문제점을 알 수 있다.

여섯 명 모두 합창했다.

"주먹이 떨린다!"

실리의 주먹이 아주 조금씩 떨리는 걸 그들은 금방 파악했다. 이 생각을 못하다니?! 어째서 이럴 수가 있단 말인가?

"마, 막아! 막아! 실리를 막아!"

최준이 명령을 내리자 다섯 명의 인원이 실리에게로 달려들었다.

지금까지 실리의 의지로 ME 프로그램이 강제로 움직였단 말인가?

인간의 정신이 프로그램을 조종하다니. 그 이상을 했으면 실리는 과로 사했을지도…

달려든 다섯 명이 실리의 몸을 이곳저곳 포박했다. 학교에서 싸움질 하는 학생을 막듯이, 여섯 명이 꽁꽁 매달려 실리와 버그 마듀라를 떨어뜨렸다. 하지만 실리의 저항이 굉장히 거세어 쉽지 않았다. 버그 마듀라를 상대할 때와 같이 또다시 부딪치고 채이고를 반복했다. 이번 장 내내 맞기만 하는 역할인 듯하다.

한편 최준은 재빨리 로그아웃을 시동했다.

(주) 카마디, 프로그램 관리실.

원래는 넓은 공간이나 여러 기기들로 꽉 들어차 있어서 매우 좁아 보이는 곳이다. 주위는 종이가 날아다니고 먼지가 피어오르는 아수라장이 되어 있었다. 운영자들의 목소리는 소음이 되어 막 PX 헬멧을 벗은 최준의 귀에 날카롭게 울렸다.

최준은 PX 헬멧을 벗자마자 근처에 있는 시 부장을 찾았다. 그는 전방의 모니터와 키보드에서 눈과 손을 떼지 못하고 있었다.

"상황은 어떻습니까?"

매우 바쁜 상황임에도 그는 최준의 질문에 착실히 대답해 주었다.

"이라스 지역 초토화. 그곳 프로그램 복구가 현재 불능 상태. 6대 마룡 중 백룡 프로그램 다운. KDRS-00 레어 NPC 프로그램 다운. 버그로 인한 데이터 손실 18%. 묘리코 마비 상태. ME 개방 중, 원인을 알 수 없는 이유로 프로그램 제어 불능. 유저들의 불만 폭주로 홈페이지 게시판 다운."

"…최악이군요."

"거기에 더 최악인 문제는 곧 사장이 이곳으로 들이닥치면 난 모가지 란 말이지. 나 화장실에 숨어 있을 테니까 사장 오면 나 죽었다고 해."

시 부장이 의자에서 자리를 뜨려 하자 최준이 황급히 그의 어깨를 붙잡고 의자에 앉혔다.

"지금 노숙자 되고 싶습니까? 할 때까지 해봐야지요!"

"할 때까지 했어! 나도 이제 머리가 굳으니까 안 된다고! 으아악!"

시 부장은 머리를 움켜잡으며 절규했다. 그래도 한때는 회사를 움직 이는 원동력이라고까지 불렸던 시 부장인데, 어찌 이리도 한심하게 무 너질 수 있는지 모르겠다.

최준은 한숨을 내쉬며 품속에서 개인용 단말기를 꺼냈다. 그곳의 붉 은색 버튼을 누르며 '신성이' 라고 말하자 통화 연결음이 울렸다. 통화 연결음과 함께, 통화 중이란 메시지가 뜨는 단말기의 화면을 보며 최준 이 시 부장에게 말했다.

"버그 마듀라는 어떻습니까? 락 다운 발동되었습니까?"

"볼래?"

시성진이 키보드의 [Enter]키를 누르자 모니터에 게임 영상이 떴다. 거의 폐허가 되다시피 한 묘리코 동쪽 영상이다. 그곳에 보이는 것은 땅바닥에 널브러져 있는 다섯 명의 남자들과 기절해 있는 실리뿐. 버 그 마듀라는 없는 것으로 보아…

"락 다운. 성공했나?"

저 반대 편 자리에서 모니터를 확인하던 성실이 손을 흔들며 외쳤다.

"락 다운 성공했슴다!"

"오케이! 성실이는 즉시 버그 해킹부와 함께 소더러 A의 행방을 파악하도록!"

"알겠슴다!"

성실의 대답이 들려온 직후, 최준의 단말기에서 신성의 영상과 함께 목소리가 흘러나왔다. 막 잠에서 깬 듯 부시시한 모습으로 신성이 최준을 불렀다.

이제… 이제야 게임의 시작이다. 신성이가 게임에 접속하는 순간 모든 것은 다시 처음으로 돌아간다. 겨우 여기까지 오게 되다니… 최준은 한숨 돌릴 여유를 가질 수 있었다.

"로그인 준비해라, 신성아."

*　　　　*　　　　*

[아이디:sss0226/패스워드1:*******/패스워드2:******]

[로그인되었습니다.]

로그인된 곳은 버그 마듀라가 마계에서 넘어온 묘리코의 한구석이다. 정확히 말하면 버그 마듀라가 락 다운된 장소겠지. 도시의 거리는 완전히 폐허가 되어 있었고, 하늘은 도시 분위기에 맞춰 우중충한 먹구름을 동반하고 있었다. 부서진 콘크리트와 파헤쳐진 땅바닥, 타오르는 불길이 도시를 뒤덮고 있었다. 최준 형에게서 들었던 것보다 상황은 매우 심각했다.

주위는 완전한 어둠.

버그 마듀라가 한차례 휩쓸고 지나간 어두운 새벽 시간임에도 간간이 사람의 목소리—정확히 말하면 신음 소리—가 들렸다. 주위를 둘러보자 몇 구의 시체 같은 것이 보였다.

게임상에 웬 시체? 라는 생각에서 다가가 보니 꽤 낯익은 얼굴들이 보였다.

"카이데스?"

"으으윽! 마듀라……."

시체인 줄 알았던 그가 신음을 흘리며 입을 열었다. 비록 다 떨어져 낡아 빠지고 20번은 꿰매서 게워낸 고무신짝이 된 모습이지만 상대는 분명 카이데스가 맞았다.

랭킹 1위라는 놈의 꼴이 말이 아니다.

"왜 이 꼴이냐?"

"너 때문이잖아, 임마!!"

자식, 어쨌든 이 형님을 위해 수고했다. 상황은 대충 최준 형한테 들어서 알고 있었다. 버그 마듀라 때문에 꽤 많은 고생을 했다고. 이젠 내가 그 바통을 이어받아 소더러 A를 처단하고, 너희들의 넋을 위로하리라.

"그러니까 이제 그만 죽어도 좋아."

"임마! 재수없는 소리 할래! 죽긴 누가 죽어!"

"이럴 땐 죽어야 멋지다고. 전쟁 영화에서 보면 주인공이 쓰러진 전우를 구하러 올 때, 전우는 멋지게 한마디 하고 이렇게 죽는다고. '고향에 있는 내 마누라를 부탁해. 꼴까닥.'"

"웃기지 마라, 임마! 너 유리한테 흑심 품었지? 내일 학교에서 두고 보자. 어제 학교 빠진 거 선생한테 이를 테다."

"내가 유리한테 흑심 품은 게 아니라 유리가 나한테 흑심 품은 거겠지. 요즘 들어 유리의 나를 향한 눈빛이 예사롭지 않아. 나하고 같은 반이라서 그런가?"

"헉! 정말이야?"

"당연히 거짓말이지."

"……."

나에게 칼눈을 치켜뜨는 카이데스에게 관심을 끄곤, 그 옆에 있는 술타르에게 시선을 돌렸다. 건물 잔해에 서 있는 술타르는 기절한 세희를 어깨에 걸치고서 나에게 희미한 미소를 지어 보였다. 고생한 흔적이 역력했다. 그의 뒤에 쓰러져 있는 타미야나 이프, 시린터도 마찬가지. 이미 상황은 최준 형에게 들었기에 술타르 삼인방을 봐도 놀라거나 하진 않았다.

술타르가 말했다.

"너만 믿는다, 마듀라. 소더러 A를 부탁한다."

술타르는 말하기 힘겨운 듯, 주저앉으며 어깨에 걸친 실리를 땅바닥에 내팽개쳐 버리고 말았다. 앗! 쓰러져 버리면 어떡해!

"야, 괜찮냐?!"

"난 괜찮……."

"아니, 너 말고 실리."

"……."

역시 칼눈을 치켜뜨는 술타르를 무시하며, 나는 세희를 땅바닥에 편하게 눕혀주었다. 현재 세희는 현실에서 자는 중이다. 얼마나 정신적으로 스트레스를 받았으면 곯아떨어졌을까.

어쨌든 지금 게임상의 실리의 모습이 매우 상처투성이였으므로 포선을 꺼내 그녀의 상처를 치료해 주기로 했다. 하지만 그럴 시간도 아까운지 술타르가 날 재촉했다.

"지금 그럴 때가 아니야. 어서 이라스로 가."

"알아. 급하다는 거. 하지만 서두른다고 어쩔 수 있는 것도 아니잖아? 고작해야 운영자들이 좀 더 고생하는 거밖에 더 있어?"

"고작 그 정도가 아니라구. 지금 상황에서 태평해도 정도가 있지. 지금 이렇게 여유 부릴 상황이 아니란 거, 네가 더 잘 알 텐데?"

상처투성이가 된 실리의 얼굴에 포션을 뿌리며 말했다.

"잘 알지. 수적 우세인데도 용태의 막강 길드가 17대 길드에게 연패를 당하고 있다는 것부터, 게임상의 6대 마룡들이 소더러 A의 손에 놀아나고 있단 것."

"그것뿐만이 아니야, 이제 곧……!"

"다 알아."

"……."

그쯤은 나도 알고 있다고. 나도 멍청이는 아니니까.

세희의 치료를 대충 마쳤다고 생각한 나는, 동쪽을 향하며 몸을 일으켰다.

"시작도 내가 했고, 끝도 내가 맺는다. 절대 소더러 A가 하도록 내버려 두지 않아."

동쪽 방향으로 가다 보면 금세 이라스에 도착한다. 그리고 그곳에 소더러 A가 있으리라.

이라스는 묘리코보다 상태가 더 심각했다. 어느 곳은 원래부터 빈 공터였듯이 메마른 모래만이 바람에 굴러다니고 있고, 어느 곳은 건물 형체가 다 녹아 있다. 무너진 건물 잔해 속에선 NPC들의 손발이 간간이 보이고 있고, 아직 불에 타고 있는 건물에선 검은 연기가 검은 하늘을 뒤덮고 있었다. 마치 미사일을 도시에 퍼부은 것 같은 광경이다. 부양 함선 이백여 척 정도가 이라스에 정면으로 추락했다면 모를까, 내가 공격을 이리저리 퍼부어도 이렇게는 안 될 텐데.

이젠 도시라고 부를 수 없는 이라스를 빛 하나 의지하지 않고 가로질러, 이라스의 중앙이 있던 자리로 걸어가는 중이다.

새벽 어둠 속을 걷던 도중 건물 잔해 언덕 너머에서 불빛이 다가왔다. 빛을 밝히는 라이트 마법이다. 일단 이 구역은 소더러 A의 구역이라고 할 수 있기 때문에 나는 경계 태세를 갖추었다.

라이트 마법을 밝히는 사내와 나는 건물 언덕, 끝에서 마주쳤다. 상대가 말했다.

"저기요, 이라스 중앙 쪽으로 가는 중입니까?"

나는 그와 눈을 마주치며 고개를 끄덕였다.

"네. 그런데요."

"아, 저… 아닙니다. 그럼…….."

상대는 말할까 말까 망설이는 듯하더니 고개를 꾸벅 숙이곤 빠른 걸음으로 달아나다시피 사라졌다. 저 사람… 무슨 일이 있는 건가? 뭔가 껄끄러운 걸 봤다는 표정이었는데. 게임병이라고 할 것까진 모르겠지만, 몇 년 동안 게임을 접해본 나는 이런 유저들의 행동조차 쉽게 간파할 수 있었다.

자연히 이라스 중앙으로 가는 발걸음이 빨라졌다. 왠지 중앙으로 갈수록 불안한 느낌을 지울 수가 없었다. 뭐가 불안한 걸까? 그… 이라스 중앙으로 가면 뭔가 있을 것 같은 느낌? 소더러 A인가? 아니면 그와 다른 무언가?

이라스 석이 있어야 할 중앙 광장에 들어섰을 때, 있어야 할 이라스 석은 보이지 않고 웬 기다란 은빛의 꼬챙이와 유저들만이 보이고 있음을 알 수 있었다. 당연 호기심이 발동한 나는 유저들 사이를 헤쳐 나가 그들의 시선이 향하는 광경을 보았다. 그리고 나는 순간 뒷걸음질칠 뻔했다.

"실피?"

그것은 온몸이 창으로 관통당한 채 죽어 있는 실피의 시체였다. 왼쪽 가슴과 오른쪽 허벅지, 왼손 손바닥, 오른쪽 눈, 그리고 심장이 그 기다란 창에 박혀 있고, 검붉은 피딱지와 피멍으로 도배된 온몸은 상처로 가득했다. 피눈물을 흘린 왼쪽 눈은 퀭하니 하늘을 바라보고 있는데, 그 눈 때문인지 유저들은 실피에게 다가가지 못하고 있었다.

누가 이런 잔인한 짓을!

"야, 실피!"

나는 그녀의 몸에 박힌 창을 빼내려 다가갔다. 그런 나를 주위의 유저들이 막았다.

"다가가면 안 돼요!"

"이거 놔! 아는 녀석이라고!"

"다가가면 죽는다고요!"

나는 달려나가려던 걸음을 뚝 멈췄다.

"죽는다고?"

"저 창을 뽑으려 했다가 몇몇 아웃된 유저들이 있습니다."

"……"

아웃되면 소더러 A를 상대할 수 없잖아. 아직 아웃될 순 없어. 그치만… 소더러 A, 그 녀석이 실피를 이렇게 한 것이 틀림없다. 놈이 실피를 죽인 거야. 이 자시이이익!

유저들을 밀치고 실피의 앞에 다가선 나는, 그녀의 가슴에 박힌 창을 잡았다. 순간 눈에 보이지 않는 전류가 내 몸속을 통하고 지나갔다. 전격 마법이 걸려 있는 건가? 몸속에 찌릿한 감각이 스치고 지나감에 이어서 전류가 내 팔을 찢을 듯 살을 뒤틀었다. 손가락 마디마디가 저려오는 것이, 곧 부러질 것만 같다. 하지만 이딴 거에 난 안 죽어!

퍼석!

실피의 가슴에서 창을 빼내자 내 몸을 찢어발길 듯 요동 치던 전류가 그쳤다. 10m 길이쯤 되는 그 기다란 창을 땅바닥에 내팽개치고, 이어서 실피의 허벅지에 박힌 창도 빼냈다. 이번에도 역시 전류가 몸속을 흘렀지만 개의치 않았다.

이 정도쯤은 나한테 안 통한다고!

"허억! 허억!"

어느새 체력이 이렇게 떨어졌지? 그러고 보니 나 재접속하고서부터 포션 하나 안 사용했잖아? 빨리 지칠 만하다. 허벅지에 박힌 창도 빼내고 아이템 창에서 포션을 꺼내려 하는데, 내 뒤에서 누군가 체력 회복 마법을 걸어줬다. 뒤를 돌아보자 신관 로브 복장의 몇몇 사람들이 나에게 웃어 보인다. 설마 저들이 나에게 도움을 줄 줄은 몰랐는데, 별일이 다 있군.

나는 꺼내려던 포션을 도로 집어넣으며 실피에게 다시 고개를 돌렸다. 하지만 1초도 안 되어 고개를 다시 유저들 쪽으로 돌렸다.

경악하는 내 눈을 본 건지, 유저들이 고개를 갸웃하기도 전에…

"피해!"

유저들 사이를 가로질러, 대형 갈고리가 번뜩였다. 순식간에 유저 서넛의 몸뚱이가 분리되며 그 대형의 갈고리가 내 발 앞에 육중한 소리를 일으키며 떨어졌다. 갈고리에 이어진 쇠사슬이 팽팽하게 당겨지며 내 앞에 검은색 실루엣이 쇠사슬을 타고 날아왔다. 몸을 옆으로 피하자마자 상대가 땅에 발을 디디며 땅에 박힌 갈고리를 뽑아 나에게 휘둘렀다.

한 차례의 공격을 피하고 두 차례의 공격이 들어오기 전, 안테멜도를 소환해 상대의 갈고리를 낚아채듯이 붙잡았다.

예고도 없이 공격해 들어오다니!

상대가 말했다.

"마듀라! 결판을 내자."

흉측하게 일그러진 도깨비 가면에서 목소리가 흘러나왔다. 목소리로 보아 전에 마계 진입로에서 만났던 바로 그 녀석이 틀림없다. 나에게 몇 대 맞고 뻗어버린 걸로 아는데, 가소롭게도 또 싸우자고?

"미안하지만, 나는 계속해서 덤비는 조무래기에게 관용을 베풀 만큼의 위인은 아니라고."

잡아챈 갈고리를 옆으로 치운 뒤 상대의 품속에 파고들어 박치기를 가했다. 뒤로 주춤 물러나는 상대의 목에 그대로 발차기 공격을 가했다. 순간적으로 숨 쉬기가 불가능해지면서 몸을 빠르게 움직이기가 힘들어질 거다. 목에 일격을 받은 상대는 뒤로 물러나며 손에 쥔 갈고리를 나에게 던졌지만, 이미 그의 움직임을 예측한 나는 몸을 훌쩍 뛰어그 공격을 피해낸 뒤 상대의 정수리에 공중 뒤꿈치 찍기를 가했다. 일반 뒤꿈치 찍기에 파괴력이 배가된 일격이니 무사하지 못하리라.

공격을 받고 자리에서 몸을 한차례 떤 상대가 그 상태로 움직이지 않았다. 도깨비 가면 아래로 피가 뚝뚝 떨어지는 채 그대로 동작 상실인 듯 보였다.

몇 번을 덤벼도 마찬가지다. 어느 정도 유명세가 있는 유저인 것 같지만 지금의 나에겐 1대 1로써 절대 이길 수 없다.

어쨌든 상대를 살려줄 관용은 없었기에 메킨저 키스에게 마지막 일격을 가하려 다가갔다. 그런데 내 앞으로 모여드는 희뿌연 무언가가 날 가로막았다. 이건 뭐지? 하는 순간, 안개가 손의 모양을 만들어 내 가슴 앞에 나타났다.

이건…

"고스티스터?!"

가슴에서 둔탁한 충격이 느껴짐과 동시에 난 뒤로 날아가 반대 편 건물 잔해에 등을 박았다. 기침이 세차게 뿜어져 나오며 목구멍에 피가 찼다. 늑골이 나간 듯 가슴이 저리다. 이런 불의의 기습을 당하다니.

"방심… 쿨럭! 했다. 쿨럭! 콜록!"

상대의 공격은 정권이나 사권보다 강하다는 손바닥 공격, 장권이다. 실제 장풍이 날아가는 공격은 아니지만, 제대로 맞으면 데미지가 굉장히 크다. 그런 걸 급소에 정통으로 당할 뻔했으니…

안개가 뭉치며 그곳에서 사람의 형체가 나타났다. 예상했던 대로 상대는 고스티스터다.

"대단해. 그 상태에서 급소를 피하다니."

"쿨럭! 여느 무협 소설에서나 나올 법한 대사는 하지 마."

"우선 칭찬부터 해줄까? 버그 마듀라를 뚫고 이렇게 이라스까지 올 수 있다니. 이제 게임에서 사라져 줘야겠다."

"최소한 너한테 사라지진 않는다. 쿨럭! 소더러 A를 불러와."

나는 아이템 창에서 포션을 꺼내 들었다. 이거, 이 상황에서 놈이 먼저 공격을 해오면 완전히 당하겠는데? 수다 떨면서 시간을 버는 게 최우선이다.

"소더러 A는 이제 너 따위와 상대할 시간이 없다. 네가 상대해야 할 것은 나와 5대 마룡이다."

"웃기지 마! 소더러 A가 원하던 건 나 아니었나?"

"너라구?"

그가 살짝 조롱 섞인 비웃음을 흘렸다.

"그래. 처음 목적은 너였지. 하지만 그와 우리, 그리고 일본 유저들 전체의 목적은 따로 있었다. 생각해 봐라, 고작 네놈을 죽이겠다는 소더러 A의 사사로운 감정으로 일본 유저 전체가 움직일 필요가 있었을까?"

"응."

"……."

내 가벼운 대답에 타케루의 이마에 살짝 땀방울이 맺혔지만, 곧 표정을 굳혔다.

"소더러 A는 인터넷 마피아를… 아니, 말하기 전에 인터넷 마피아는 알고 있겠지?"

"그게 뭐지?"

"뉴스를 안 보는군."

"국회의원 돈 뻥땅치는 이야기밖에 안 나오는데 보긴 뭘 봐."

타케루는 작게 한숨을 내쉬었다.

"됐다. 설명할 필요성을 못 느끼겠군. 마듀라, 내가 너에게 한 가지만 경고하지. 넌 소더러 A와 만나면 다시 버그 마듀라가 된다."

"난 똑같은 수법에 두 번 당하지 않아."

"아무리 너라도 버그는 피할 수 없어. 아니, 운영자라도 소더러 A의 버그는 파훼할 수 없어. 소더러 A는 인터넷 마피아와 대등한 최고의 해킹 실력을 가지고 있다. 이미 그 사이에서도 인정받은 실력이지.”

“못 알아듣는 소리 집어치우고, 소더러 A가 있는 곳을 불지 않겠다면 덤벼!”

“후, 후하하핫! 마듀라, 너는 정말 겁대가리를 상실했군. 그래, 시간이 얼마 없으니 금세 끝내주마. 너에게 소더러 A의 작품을 보여주마.”

멍청한 녀석, 네가 수다 떠는 동안 나는 이미 치료를 끝마쳤다. 회복된 몸을 일으켜 자리에서 일어선 순간, 하늘에서 불어오는 바람이 내 얼굴을 스치고 지나갔다. 웬 바람? 이란 생각에 하늘을 올려다본 순간… 구름을 뚫고 나타난 거대한 무언가를 볼 수 있었다. 네 개의 거체, 드래곤이다!

“소더러 A가 운영자에게서 해킹한 카도라스 최강의 생물체들이지. 고전하긴 했지만 레어 NPC를 처리한 게 바로 이들이다. 이젠 네가 이들의 두 번째 희생양이 되는 거다, 마듀라.”

＊　　　＊　　　＊

알 수 없는 미지의 장소.

어두컴컴한 밀실의 공간에 붉은색, 검은색, 파란색의 수많은 코드가 연결되어 있다. 코드는 자리에 있는 세 명을 중심으로, 그들이 착용한 PX 헬멧에 연결되어 있었다. 그 셋은 모두 시트에 누운 채, 머리엔 PX 헬멧을 장착한 상태다.

요란한 기계음이 울리는 그 안에서 세 명의 사내 중 한 명이 입을 열었다. 중후한 느낌이 드는 목소리로 알 수 있듯 나이는 50대 초, 중반. PX 헬멧의 아래로 드문드문한 턱수염이 살짝 보인다.

"소더러 A가 해킹을 시작했군."

그는 헬멧 속의 화면에 보이는 메시지를 보며 말했다. 그들은 실시간 전산 시스템으로 현실과 가상 안팎으로 모든 정보를 공유할 수 있었다. 현재 자신의 정보가 유출될 수 있는 상황에도 그는 태연자약했다.

중년인이 그렇게 말하자 그의 오른쪽 시트에 누워 있던 사내가 입을 열었다. 나이는 10대 후반에서 20대 초반으로 신성과 같은 또래다.

"소용없다는 걸 모르는 듯하군. 확실히 소더러 A의 해킹 실력은 인터넷 마피아 내에서도 상위를 다투지만, 어림도 없어."

또 한 명의 사내가 말했다.

"결국 소더러 A는 배신자로서 처단할 건가, 마스터?"

"아니아니, 그건 아니지."

마스터라 불린 중년의 목소리가 다시 끼어들었다. 그는 전 세계 각국에 퍼져 있는 가상 현실 전산망을 위협하는 인터넷 마피아, 그중 우두머리 격 인물이다. 수많은 가상 현실 게임들을 폭주시키며 게임 회사들을 전멸시켜 간 그의 악행은, 전 세계적으로 수천억 원에 달하는 피해를 불러일으켰다. 한국에서의 전적은 아직 없지만, 전 유럽과 아메리카에 무려 9개에 달하는 게임을 폭주시킨 전적이 있는 그다.

그런 인터넷 마피아의 이번 카도라스 공격은 아시아 가상 게임 망의 최초 공격이라 할 수 있는 것이다.

"아까운 인재를 함부로 버릴 순 없지. 놈에게도 가상 세상의 종말을 보여줘야 하지 않겠어?"

카도라스에서 만난 최고의 해커, 소더러 A의 발견은 그들에겐 더없는 행운이었다. 운영자의 프로그램을 마음대로 해킹하고, 버그들을 손쉽게 만들어내고, 게다가 일본의 유저들까지 대대적으로 끌어 모으는 인맥까지 겸비했다. 그를 이용한다면 더욱 쉽게 아시아의 게임들을 없애 버릴 수 있으리라.

그들은 그렇게 믿어 의심치 않았었다. 그런데 지금은 소더러 A가 자신의 능력을 칼로 바꾸어 인터넷 마피아들을 겨냥하고 있다는 것이 문제였다. 이미 소더러 A의 곁에 심복을 보내서 그의 움직임을 모두 예상했지만.

"그리고 이건 칭찬해 줄 만한 일이 아닌가? 우리를 상대로 덤비겠다니. 목숨까지 버린다는 게 가상하지 않나?"

"…그도 그렇군. 그나저나 마스터, 마듀라와 운영자들은 어쩔 셈이지?"

젊은 사내가 그렇게 묻자, 마스터가 씨익 미소를 걸쳤다. PX 헬멧에 가려져 있는 굉장히 기분 나쁜 미소다.

"언제나 그랬듯 선전 포고를 해줘야겠지. 대충 저들의 상황이 끝났다 싶으면 나서도록 하지."

"마스터도 나설 건가?"

"글쎄?"

그가 손으로 턱수염을 만지작거리자 젊은 사내가 다시 말했다.

"이번 일에 마스터가 나설 필요는 없다고 생각한다. 괜히 많은 사람들 앞에서 쓸데없이 얼굴 팔릴 필요는 없지."

"크큭! 그렇군. 아, 맞아. 나 대신 그게 있었지. 소더러 A의 옆에 두었던 첩보원 NPC. 그 녀석을 내 대신 내보내면 되겠군."

＊　　　　＊　　　　＊

나는 피를 왈칵 쏟아내며 무릎을 꿇었다. 치명타 공격들은 모두 피했는데, 역습을 가한다거나 하는 건 절대 무리였다. 6대 1로 어떻게 싸우란 말이야! 이 마룡들은 지금까지 내가 상대한 드래곤들 중 가장 치사하고 비겁한 드래곤들이 아닌가 싶다.

"지금까지 잘 버텼다, 마듀라."

하지만 비겁하고 치사한 마룡보다, 뒤에 드래곤 빽 믿고 까부는 고스티스터 놈이 더 싫다. 나는 꿇었던 무릎을 다시 세우고, 자리에서 일어섰다. 비틀비틀… 몸에 중심이 잘 잡히지 않는다. 드래곤 마법을 열댓 개 맞으니 캐릭터에 체력이 없는 게 당연할 테지.

고스티스터가 말했다.

"이제 두 번 다시 게임에 발을 들이지 마라… 고 소더러 A가 너에게 전해달라 했지."

"웃기지 마. 게임에 발을 들여선 안 될 놈이 누군데!"

"바로 너다, 마듀라!"

나는 강하게 대꾸하려다, 상대가 말을 가로채는 소리에 멈칫했다.

"의리와 신의를 저버리고 동료를 적에게 팔아넘긴 비겁한 인간. 얼굴 뒷그림자에 과거의 일을 숨기며, 유저들의 추앙을 독차지하고, 운영자의 뒤에 숨어 위선자 행세를 떨치는 비굴한 인간. 우리들이 하는 일이라면 무조건 방해하고 보며, 오로지 자신만의 정의를 내세우는 이기적이며, 또는 모순적인 인간. 소더러 A뿐만이 아닌 수많은 유저들이 너에게 피해를 봤으리라 생각한다. 그리고 그 피해를 다 합쳐 죗값으로 따지자면 넌 게임 자격권 박탈일 것이 틀림없다. 이 인간 이하!"

"……."

아니, 어쩌면 나의 악행을 토씨 하나 안 틀리고 저렇게 간단명료 정확하게 정리할 수가 있지? 나보다 나를 더 잘 아는 녀석이 존재할 줄이야. 내가 생각해도 난 인간 이하일지도… 가 아니라! 이놈이 지금까지 날 인간으로 보지 않았다는 거 아냐!

"그, 그래! 인정한다! 그럼 너희는 뭔데? 너흰 인간 이상이냐? 네놈들 하는 짓거리는 위대한 것이라도 되는가 보지? 겨우 게임상에 어슬렁거리면서 버그나 처 바르는 주제에! 그렇게 따지면 나나 소더러 A나 게임의 룰을 어긴 거니까 다 같이 나쁜 놈 아냐!"

"아무것도 모르면서 주둥아리 놀리지 마!"

주둥아리 놀리는 건 네 녀석이다! 라고 말하고 싶은 걸, 난 꾸욱 참아냈다. 상대의 기세에 눌린 건 절대 아니다. 이렇게 버럭버럭 화만 내봐야 나만 손해란 걸 알기 때문이다.

"겨우 네놈 하나 잡기 위해 6대 마룡을 조종하는 거라 착각하지 마라. 우리의 진짜 적은 유저가 아니야. 이 첨단 정보화 시대의 적이라할 수 있는 최강의 해커……."

"그래서? 노벨 평화상 백만 개 줘?"

퍼억!

꼬리말과 함께, 라이트훅을 고스티스터의 왼쪽 안면에 떨어뜨렸다.

상대의 고개가 90도 이상으로 돌아가는 듯하더니, 온몸이 주먹이 날아
간 방향으로 회전하며 땅바닥에 철퍼덕 녹다운되어 버렸다.

이 주먹을 우습게 보면 안 되지!

"나는 말이야, 싫어하는 인간 부류가 참 많은 것 같아. 시린터같이
눈치 살피면서 비굴하게 나가는 녀석, 옆에서 까불대는 용태 녀석, 래
퍼같이 소심하면서 뒤에서 뒤통수치는 녀석. 추가로 너같이 장편 소설
계획만 줄줄이 만들어놓고 실천엔 옮기지 못하는 녀석."

"……."

고스티스터가 서서히 몸을 일으켰다. 골렘을 연상시킬 정도로 육중
한 근육을 가지고 있는 데다 덩치도 나보다 더 크지만, 나는 전혀 위축
되지 않았다. 인천에 있는 중학교에 다녔을 때 다른 학교 애들과 패싸
움에 나갔을 때는 저보다 더 큰 거구하고도 맞짱 뜬 경험이 있었기 때
문이다.

내가 공격 자세를 취하자 상대는 주먹을 자신의 너덜너덜한 턱 아래
로 가져갔다. 내가 훅을 날렸을 때 턱이 빠져 버렸나 보다.

빠진 턱을 끼울 생각인가?

턱 아래로 가져간 주먹을 위로 올려치자, 상대의 이빨이 따닥— 크
게 부딪치는 소리를 일으켰다. 게임이라서 그런진 모르겠지만, 턱뼈를
저렇게 맞추는 것도 가능한가 보군.

손으로 턱을 이리저리 움직이며 교정을 하던 고스티스터가 말했다.

"대단해, 방금까지 죽을 것만 같이 비틀거리던 녀석의 펀치가 이 정
도라니. 네놈은 정말 게임상에서 한 번도 사망해 본 적이 없는 건가?"

"물론 있지. 마공왕하고 싸웠을 때. 하지만 지금의 나는 풀파워

300%라서, 저런 도마뱀 다섯 마리를 데려와 봤자, 날 아웃시킬 순 없다고."

나는 내 주위를 에워싼 마룡들에게 가득 비웃음을 날렸다. 표정으로 드러나진 않지만 저 드래곤들, 굉장히 화났다는 걸 알 수 있었다. 가뜩이나 콧대 높은 드래곤들이 자존심에 큰 상처를 입었겠지.

나는 계속해서 큰소리쳤다.

"목이 잘리지 않는 한, 뼈와 살이 분리되지 않는 한, 몸에 치명적인 무리가 가지 않는 한 나는 죽지 않는다. 그것이 게임이든, 게임이 아니든 간에!"

두근!

가슴이 크게 한번 진동했다. 내 몸에서 일어난 반응인가? 그리… 나쁘진 않은데? 이게 최준 형이 말한 그것이 틀림없다. 카도라스 마스터의 바로 전 단계의 최강 단계. 마스터 엠페러.

가슴이 두근거릴 때마다 땅을 디디고 있는 발에서부터 공기를 울리는 육중한 파장 같은 것이 원형으로 퍼졌다. 파장을 만들어내고 있는 그것이 검기라는 걸 안 것은 얼마 지나지 않아서였다.

"아무래도 발동이 걸린 모양인데? 최준 형한테서 들었는데, 마스터 엠페러의 경지에 처음으로 들어섰을 땐 캐릭터가 자기 본능으로 전투를 한다더군. 버그 마듀라처럼 말이야. 하지만 그 다음부턴 나 자신이 마스터 엠페러의 힘을 스스로 부릴 수 있다고 하지. 5분의 제한 시간이 있지만, 그 안에 도마뱀들을 해치우고 네놈을 상대하기까지 충분해."

오른발을 땅에 내디디며 자세를 낮추고, 있는 힘껏 하늘로 튀어 올랐다. 투명형의―마스터 엠페러의―힘이 도약한 위치에서부터 내 발 아래에 긴 꼬리를 물고 따라왔다. 공중에 커다란 곡선을 그리며 아룡의 앞에 빠르게 도달한 나는, 그의 코에 정면으로 미사일 박치기를 가했다. 코뼈가 부러지는 듯한 요란한 소리와 함께 아룡의 기다란 목이 기역 자로 꺾였다. 그 100m에 가까운 몸체가 뒤로 나자빠지며 이라스를 깔아뭉갰다. 이딴 도마뱀, 백 마리도 거뜬하다고!

아룡의 언덕 같은 배에 올라타, 고스티스터를 향했다.

"간다!"

"……."

남은 네 마리의 마룡이 마법을 발동시키기 직전, 마룡의 앞에 보이지 않는 얇은 검기의 막을 만들었다. 상대의 공격을 다시 상대에게 돌려주는 반사 검기막이다. 멍청하게 마법을 사용하다간 되려 자신들이 당해 버리고 마는 초특급 카운터 매직!

드래곤들이 마법을 시동하자마자, 그들 앞에 큰 폭발이 일었다. 하나같이 뒤로 쓰러지는 마룡들을 확인할 필요도 없었다. 다음 적을 향해 돌진할 뿐!

고스티스터의 뒤로 텔레포트를 시동하여 오른손에 마법 불꽃을 만들어내 상대의 머리를 후려쳤다. 그전에 고스티스터가 안개로 변해 내 공격은 무산. 제법 재빠른데.

오른손에 만들어진 마법 불꽃을 구체화시켜 안개 속에 날렸다. 놈의 안개는 가연성 가스로 만들어져서 불에 쉽게 붙는다는 걸 이미 파악하고 있었다.

이로써 게임 오버다! 라고 외치기도 전에 안개 사이로 구멍이 만들어지며, 불꽃 구체가 그 사이를 빠져나가 건물 잔해 너머에서 터졌다.

불꽃을 그냥 흘려보내다니. 저걸 지능 플레이라고 하는 건가?

상대가 안개의 모습에서 서서히 본래 형태로 모습을 갖추었다.

"처음 보는 힘. 마스터 엠페러라는 것이 그것이냐?"

"아직 모든 힘을 사용하지 않았지만, 그렇다."

"후후! 과연, 소더러 A에게 들은 것 이상으로 또 강해졌군. 아무리 너에 대한 자료를 분석하고 알아내어도, 넌 언제나 그 이상으로 강해졌지. 이번에도 마찬가지야."

"나도 여기까지 혼자 온 건 아니야. 주위 사람들이 도와주지 않았다면 나도 이 정도의 수준에 도달할 수 없었을 거다."

특히 최준 형과 운영자들의 힘이 없었으면 난 지금 이 자리에 있을 수도 없었다고.

"빨리 끝내려고 생각한 내가 어리석었어. 모든 전력을 다해주마!"

그렇게 말하며 고스티스터가 주머니에서 꺼낸 것은 자그마한 구슬이었다. 알사탕 모양으로, 뭔가 기분 나쁜 붉은 빛을 내뿜고 있다. 일시적으로 힘이 세진다거나 하는 유니크 아이템… 같은 건 아니겠지? 왠지 그럴 것 같은 분위기가 팍팍 풍긴다. 이쯤에서 내가 놈을 해치우는 걸로 끝내지, 왜 이렇게 페이지 때우는 걸까?

상대가 그것을 입에 넣고 씹었다.

"고스티스터는 다른 유저들이 낼 수 없는 특수한 능력을 부릴 수가 있다. 와타나베의 끈, 가베사와의 불, 나의 안개 조종 능력. 그 능력을 잘만 활용하면 카도라스를 정복하는 것쯤은 일도 아니지. 하지만 반대로 적에게 약점을 들키면 나 자신이 엄청난 피해를 볼 수 있다."

그래서 고스티스터의 능력을 전부 파해한 나는 놈을 애 부리듯이 상대할 수 있다. 고스티스터는 한번 약점이 잡히면 그 다음부터 자신의 능력이 쓸모없어지게 되는 것이다. 지금 상황에서 그 이야기를 꺼내봤자 소용없다는 걸 녀석이 더 잘 알고 있을 텐데?

"하지만 약점이 없는 고스티스터라면 어떨까? 우리 고스티스터는 2차 직업, 정령사 클래스에서, 엘리멘탈 마스터와 고스티스터로 분리된 마스터 클래스 중 하나다. 즉, 마스터 스킬, 마스터 무기도 존재한다. 비록 그 마스터 무기가 일회용이긴 하지만 말이야."

"…너 설마?"

"그 설마가 바로 그것이다. 방금 내가 먹었던 사탕, 나의 약점을 숨겨주는 마스터 무기지. 거기에 소더러 A가 버그를 추가해서 공격력, 방어력, 순발력을 포함한 모든 전투력이 몇 단계 이상 상승했다. 아마 버그 마듀라와 동등, 아니면 그 이상으로 능력이 증폭되었을 것이다."

"……."

나는 머리 속으로 빠르게 계산했다. 마계에 있을 때 잠깐 봤는데, 버그 마듀라가 얼마나 센지 알고 있다. 하지만 마스터 엠페러의 힘은 나도 어디까지인지 잘은 모른다. 이번이 처음으로 마스터 엠페러의 힘을 조종하는 거니까.

모르긴 몰라도 장기전으로 들어가면 내가 질 것이 확실하고…

"그나저나 그 마스터 엠페러의 힘이란 거 5분이라고 하지 않았나? 제한 시간 말이야."

"……!"

아차! 그러고 보니 그런 소릴 한 번 했었다! 오 마이 갓! 내 약점을 내가 직접 발설하다니!

나는 오른손 손바닥을 펼쳐 상대에게로 향했다. 마스터 무기의 힘이란 게 어느 정도의 영향을 미치는진 모르겠지만, 세봐야 얼마나 더 세졌겠어? 결국엔 넌 나에게 죽는 스토리야!

고스티스터가 안개로 변했다. 이때다!

"파이어 스팀!"

손바닥 앞에 나타난 불꽃 구체가 연속으로 고스티스터에게로 날아갔다. 분당 100발을 자랑하는 연사 속도다. 피할 수 있으면 피하고 막을 수 있으면 막아보시지!

쏘아 보내는 불꽃은 밤 공기를 붉게 물들이며 고스티스터의 안개를 뚫고, 건물 잔해를 이리저리 파헤쳤다. 불꽃에 닿아도 상대의 안개는 불타오르지 않았다. 오히려 불꽃을 뚫고 나에게 다가왔다.

즉시 공격을 멈추고 앞에 검기막을 펼치자, 다가오던 안개가 검기막을 중심으로 양분되었다. 검기막 바깥의 안개와 검기막 안쪽의 안개.

검기막 안쪽으로 들어온 안개 사이에서 주먹이 튀어나와 나의 안면을 때렸다. 고개가 뒤로 꺾이며 허리까지 뒤로 넘어갔다. 제법 강한 일격이다. 충격을 느끼면서도 재빨리 오른손, 중지와 엄지를 마찰시켜 소리를 일으키자마자 고스티스터의 안개가 있던 자리 아래에 검은빛의 검기가 솟구쳤다. 위로 솟구쳐 올라 상대를 태워 버리는 검기 기둥 폭포, 검구대진폭광이다. 공격이 이루어지자 고스티스터의 안개가 검구대진폭광의 범위를 중심으로 고리 모양을 만들었다.

분명 고스티스터에게는 막을 수 없는 기습적인 일격이었을 텐데, 피했다!

"말했었지? 모든 전투 능력이 상승되었다고."

안개 사이에서 고스티스터의 기다란 다리가 튀어나와 뒤돌려 차기를 가했다. 반사적으로 자세를 낮추자마자 이번엔 안개 사이에서 주먹이 튀어나와 복부를 쳤다. 급소를 맞아 충격이 큰 듯 목구멍에서 피가 숫구쳤다. 데미지가 장난 아니잖아!

"쿨럭! 우욱!"

"마스터 엠페러? 웃기는군. 그까짓 거, 이미 소더러 A는 파해한 지 오래다. 운영자의 프로그램은 버그에 뒤처질 수밖에 없어. 게다가 너의 공격 패턴은 이미 파악했다."

무릎을 꿇고 잠시 숨을 고르고 있자, 녀석은 나의 약점에 대해 폭설하기 시작했다. 이대로 가다간 시간만 끌 뿐이군. 마스터 엠페러 상태는 이제 3분 남았는데.

"네가 전투하는 걸 몇 번 지켜봤는데, 너는 상대를 공격하는 데 있어서 매우 정직한 기술을 걸더군. 그것도 고도의 발 기술을 이용한. 그것은 네가 현실에서 무술이나, 격투기 등을 배웠다는 거겠지. 분명 뒷골목에서 곧이곧대로 배운 공격법은 아니란 거야. 이런 네게 약점은 변칙적인 상대의 공격에 있다. 보시다시피 나는 고스티스터의 힘을 이용해 손이면 손만, 발이면 발만 따로 불러내 공격을 할 수 있다. 지금 나의 주먹이 너의 얼굴을 향해도, 동시에 나의 다리는 너의 허리나 뒤통수를 공격할 수 있다. 너에겐 이런 나의 공격을 막을 방법이 없어. 혹시나 해서 말하는데, 고스티스터의 능력을 30초 동안밖에 사용할 수 없다는 약점도 이미 극복한 상태다. 시간을 계산한 공격도 소용없어."

"별 소릴 다 지껄이네. 그게 뭐 어쨌다고?"

"넌 날 이길 수 없다는 거다."

"내가 아까 했던 말 중에 알아들은 소리는 티끌만큼이군. 분명 말했지? 나는 아직 나의 힘을 전부 사용하지 않았다고."

녀석에게 차인 복부에서 손을 떼고 자리에서 일어섰다. 배에서 욱신거리는 저림이 계속해서 느껴졌지만 캐릭터는 꿋꿋이 버텼다. 나와 5년간이나 죽을 고비를 넘겨온 캐릭터다. 수많은 적들을 상대해 와, 몸 이곳저곳이 상처로 가득한 녀석. 이젠 이런 고통쯤은 아무것도 아니라고!

"그럼 네놈도 전력을 다해봐! 너의 의지를 보여보란 말이다!"

고스티스터의 안개가 내 주위에 짙게 퍼졌다. 내가 노리는 순간은 녀석이 본체로 돌아오는 때다. 상대를 본체로 돌아오게 하려면 일단 도발을 할 수밖에 없다. 모든 것을 한 방에 끝내 버리는 도발.

퍼억!

"우윽!"

상대의 손끝 찌르기가 나의 급소에 정확히 떨어졌다. 쇄골의 바로 옆…

"이 부분은 운월(雲月). 견갑골이 있는 부분이지. 나의 힘으로 정면으로 가격당했을 시, 캐릭터에 돌아가는 충격은 체력의 5.8%."

연이어 상대의 양 손끝 찌르기가 나의 가슴 아래를 동시에 찔렀다. 몸속이 울리는 느낌으로 알 수 있었다. 늑골이 부러졌다.

"이 부분은 안하(雁下). 6번째 늑골이 있는 곳이지. 캐릭터에 돌아가는 충격은 체력의 6.1%."

제기랄! 좀처럼 본체로 돌아오질 않는다. 계속해서 급소를 당하기만 하면 제아무리 나라도 녀석에게 패할 수밖에 없다. 시간은 1분밖에 없는데.

이러는 와중에도 나는 상대에게 계속해서 급소를 유린당했다. 피할 수가 없다. 그렇다고 막아낼 수 있는 것도 아니다. 공격이 어디로 떨어질지 전혀 예측할 수가 없었다.

"도처(稻妻)! 협음(脇陰)! 전전광(前電光)! 모두 합해서 캐릭터에 돌아가는 충격은 19.7%! 그럼 이제 정중선으로 넘어가 볼까? 뭐 하나, 마듀라! 방어라도 하라구! 우선 인중(人中)!"

"……?!"

이번엔 어쩔 수 없이 나도 모르게 공격을 피하고 말았다. 상대가 복부에 집중된 급소 공격에서 얼굴로 공격 방향을 바꿨다. 게다가 정중선 공격이라면 캐릭터에 돌아가는 충격은 어마어마할 것.

자세를 낮춰 상대의 주먹을 피하자마자, 내 목으로 상대의 손날 수도가 들어왔다. 마치 칼 같은 공격이다.

"염천(廉泉)!"

"컥!"

목젖을 향해 들어온 수도를 막지 못하고 뒤로 비틀거리고 말았다. 숨이 쉬어지지 않는다. 이대로 얼마 못 버티겠어. 이제 그만 본모습을 보여라!

"신도(神道)!"

이번엔 등 뒤를 공격당했다. 견갑골(날개뼈) 사이의 척추 부분. 발끝으로 정확히 공격당한 듯, 날카로운 칼에 찔린 것 같은 느낌이다. 이대로 가다간 정말 죽겠다. 뻔뻔스럽게 안 죽는다고까지 선전했는데.

"아아앗!"

조금 더 버티리란 생각을 떨쳐 내고, 뒤를 향해 발차기를 가했다. 하지만 나의 공격은 안개만을 가로지를 뿐이었다. 놈은 나에게 최후의 일격을 먹이려 분명 본체로 돌아올 텐데. 내 생각이 틀렸나?

"작전은 좋았다만, 끝났다."

"……?!"

뒤에서 들려오는 목소리를 포착하여 돌아보기도 전에, 내 양 귀에 거대한 손바닥 공격이 떨어졌다. 순간 뇌 속을 강타하는 묵직한 소리가 고막을 찢었다. 눈앞이 아찔해진다. 겨우 마스터 엠페러의 힘을 얻었는데, 버그 따위한테 당해 버리다니…….

"이중(耳中). 캐릭터에 돌아가는 충격은 체력의 4%밖에 안 되지만, 충격으로 귀가 안 들릴 거다. 뇌 속까지 멍해져 캐릭터는 일시적인 패닉에 빠지지. 이제 끝이다!"

다음 공격이 일격이다. 놈은 방심하고 있다. 본체로 돌아왔는진 모르겠지만, 막지 않으면 난 죽을 수도 있다. 그런데 무슨 공격이지? 상대는 내 뒤, 뒤에서 노릴 수 있는 급소 부위라면 아문(啞門)? 아니면 독고(獨鈷)? 목 공격이 아니라면, 머리 공격 중에 정중선을 향하는 것이…

백회(百會), 정수리다!

"하압!"

양손을 위로 엑스 자로 쳐올리자마자, 상대의 수도 공격이 나의 팔에 정확히 잡혔다. 이 팔의 묵직함과 느낌. 내 예상이 맞았어! 엑스 자로 교차해서 막은 상대의 팔을 똑바로 움켜잡은 뒤, 마스터 엠페러가 가지고 있는 모든 힘을 끌어올려……!

"엎어치기!"

쿠궁!!!

고스티스터의 머리가 정확히 땅에 떨어져 박혔다. 있는 힘껏 내던진 일격이었다. 정수리를 맨땅에 박았으니 캐릭터의 체력에 돌아가는 충격은,

"80%. 나머지 20%는……."

당연히 확인 사살이지.

손에 무형참황검을 떠올린 나는 쓰러진 고스티스터의 가슴에 검을 찔러 넣었다. 이로써 1승 추가. 고스티스터의 몸체가 서서히 가루가 되어 사라졌다. 제아무리 캐릭터가 강하다 해도, 캐릭터를 조종하는 유저의 정신엔 약점이 있기 마련이다. 그리고 상대의 방심을 노려 일격을 가한 내가 고스티스터보다 약간 앞섰을 뿐. 내 생각은 틀리지 않았어.

한순간 긴장이 풀려 몸이 힘없이 주저앉고 말았다.

"후우! 후아!"

운영자들, 그리고 소더러 A. 봤냐? 날 봤냔 말이야!

"좀 더 강한 적을 데려오라고!"

하늘을 향해 승리의 광소를 내뱉자마자, 마스터 엠페러의 힘도 때맞춰 사라졌다. 벌써 제한 시간 5분이 훌쩍 지나가 버렸군. 이제 최준 형한테 보고하는 일만 남았나? 고스티스터도 사라졌겠다, 6대 마룡은…

가만, 마룡들은 죽지 않았어!

황급히 주위를 둘러보자 마룡들이 날 향하고 있었다. 내 주위를 둘러싼 채 마치 조직 폭력배가 몰매를 쳐 버릴 것 같은 위압감으로 서 있다. 내가 간과한 게 있었군. 마룡을 조종하는 건 소더러 A라는 거.

아까 더 강한 놈 데려오란 거 취소!

—인간, 우리 마룡을 능멸한 죄로 죽여 버린다!

—브레스로 태워주마!

—발톱으로 갈기갈기 찢어주겠어!

—쿠오오오오!

무지막지한 마룡들의 살기로 인해 나는 뒤로 물러섰다. 누가 나 좀 도와줘! 운영자들! 거기 지켜보고 있는 거 다 알아! 어서 나오지 못해, 최준 형! 모른 척하는 거 다 알아! 소더러 A 자식! 진짜 죽여 버린다! 으아아아!

"아아아악! 나 다시 돌아갈래~!!"

혼자 별 발광을 하며 절규하고 있을 때 갑자기 마룡 중 하나의 목이 하늘로 덩그러니 튀어 올랐다. 나의 비명은 뚝 끊어져 버리며, 울던 아이 울음 그친 것마냥 조용해졌다. 새벽의 그림자에 가려 잘 보이진 않지만, 분명 마룡의 머리 하나가 공중으로 튀어 오르더니 사라진 것이다.

원군이 와준 건가?

뒤이어 남은 세 마룡의 목이 동시에 떨어졌다. 눈에 보이지도 않았다. 선행자의 실력인가? 아님 최준 형? 그도 아니면, 소더러 A? 아니, 소더러 A일 리는 없을 텐데.

"마듀라!"

주변을 둘러보며 사람의 인기척을 찾기에 바빴다. 주변이 너무 고요하다 보니 찾기가 여간 쉽지 않았지만.

"마듀라! 야!"

　주변을 빙 둘러보던 도중 나는 한 지점에 시선이 머물렀다. 유저, 사람이 있었다. 마룡이 나타난 후로 유저들은 거의 모두 도망쳤을 텐데, 이곳에 유저라니?

　아니, 그보다 저자는…

　"카이드!"

　위로 삐죽 세운 머리카락과 이마에 질끈 동여맨 끈. 형형이 빛나는 눈빛과 다부진 체격. 저번에 배틀 퀘스트 존에서 만났던 카이드가 확실했다. 어째서 카이드가 이곳에 있지?

　"그리 오래된 건 아니지만, 이렇게 만나니 감회가 새로운데?"

　그가 입을 뻥긋거리며 뭔가를 말했다. 하지만 아까 고스티스터의 공격으로 고막이 터져 버려 나는 아무 소리도 들을 수 없었다.

　아이템 창에서 포션을 꺼내 마시고서야 주위의 소리에 집중할 수 있게 되었다.

　카이드가 말했다.

　"뭐야～ 마스터 엠페러라는 게 얼마나 강한지 구경 한번 해보려 했더니, 벌써 끝나 버린 거야?"

　이게 갑자기 나타나선 날 동물원 원숭이 취급하네.

　"넌 뭐야! 갑자기 나타나선!"

　"도마뱀한테 둘러싸여 죽을 뻔한 걸 간신히 살려줬는데 화내는 건 너무한 거 아냐? 뭐, 내가 살려준 건 아니지만."

　갑자기 누군가 내 어깨에 손을 얹었다. 깜짝 놀라 버렸다. 인기척을 못 느꼈는데, 내 뒤에 누군가 있었단 말인가?

　내 어깨에 손을 얹은 상대는 역시 배틀 퀘스트 존에서 만났던 아레

쥬다. 검은색의 짝 달라붙은 닌자 복장, 평범한 얼굴엔 무뚝뚝한 표정
이 깔려 있다. 아니, 전에 보았던 것은 그냥 무뚝뚝함이었지만, 지금은
그 무뚝뚝함이 굉장히 무섭게 보인다. 이 녀석…

"……."

"……."

상대는 나와 눈을 한번 마주치고는 내 옆을 지나쳐 카이드의 옆에
섰다. 나는 좀체 이 녀석들의 등장의 의미를 알지 못했다.

"재회의 인사는 이쯤으로 하고, 자아~ 운영자들, 들리나? 모니터링
으로 보고 있는 중이겠지?"

저놈이 미쳤나? 이 상황에서 운영자를 찾다니. 아니, 그보다 운영자
가 이곳을 지켜보고 있단 걸 어떻게 안 거지? 나야 최준 형한테 들었으
니 알고 있지만…

나는 허공을 향해 외치는 카이드에게 말했다.

"갑자기 나타나서 뭐 하는 거냐? 어째서 너희들이 이곳에 있는 거
지?"

질문의 뜻이 애매했지만 카이드는 빙긋 웃으며 대답했다.

"왜? 나는 이곳에 있으면 안 되는 건가?"

"아니, 그건 아닌데……."

"그럼 운영자들도 보고 있겠다, 몇 마디만 중얼거리고 사라지지. 어
차피 지금 당장 공격할 의사는 없어. 선전이라구, 선전."

"……?"

"그리고 메킨저. 이제 그만 가면 벗어도 된다고."

카이드가 오른쪽을 돌아보자, 나도 따라서 그곳으로 시선이 돌아갔

다. 그곳엔 아까 내가 상대하다 만 메킨저 키스가 그대로 서 있는 채,
기절해 있었다. 나에게 중상을 당해 움직이지 못하는 상태일 텐데, 메
킨저 키스가 자세를 고쳐 잡고 움직였다.

메킨저 키스의 가면 속에서 목소리가 흘러나왔다.

"기절한 척하느라 혼났다. 고스티스터인지 뭔지가 시간을 너무 끌더
군."

덥다는 듯이, 메킨저 키스가 자신의 몸을 뒤덮고 있던 로브를 벗어
던지자, 그의 호리호리한 몸체가 드러났다. 하반신은 검은색 가죽 바
지만을 입고 있고, 상반신은 붕대로 감겨 있다. 붕대는 복부와 팔목,
어깨에만 감겨 있고, 대부분은 노출된 상태다. 로브에 이어 그가 가면
에 손을 가져갔다. 가면을 벗자, 눈과 코를 붕대로 감은 상대의 얼굴이
드러났다. 보이는 것은 오로지 입뿐.

이 녀석, 유저가 아니다! 전혀 느끼지 못했는데.

"마듀라, 너는 우리의 정체에 대해 아무것도 모르고 있겠지?"

카이드가 묻자, 나는 메킨저 키스에게서 시선을 떼고 크게 긍정의
고개를 끄덕였다.

"물론이다. 지금 네가 왜 이 자리에 있는지도 모르겠다."

"네가 운영자와 친분이 있다면 알고 있으리라 생각했는데. 뭐, 좋아.
지금부터 천천히 알아가도 될 사항이니까. 우린 우리 할 말만 하고 사
라지지. 운영자들, 똑바로 듣도록 해. 우리의 배신자 소더러 A는 힘을
잃었고, 게임상의 버그는 모두 차단되었다."

카이드의 말을 그 옆의 아레쥬가 받았다.

"지금 이 자리에서 정식으로 선포하지. 우리 인터넷 마피아는 정식

으로 카도라스에 전쟁을 선포한다. 앞으로 6개월 내로, 카도라스는 가
상 게임상에서 사라진다."

*   *   *

[모든 인터넷 시스템 기능 마비. 접속 불@·%#$%#&@능…
ER*$@(%!@#$]

[Error]

글자는 점점 깨지기 시작하더니 마지막엔 에러라는 붉은색 문구만
이 깜박였다. 그리고 그것을 끝으로, 그의 컴퓨터는 모든 기능이 마비
되었다. 역추적 해킹을 당해 컴퓨터가 바이러스에 잠식되어 버린 것이
다. 결국엔 그도 어쩔 수 없었다. 1년이 넘는 노력이 이렇게 물거품이
될 줄이야.

이제 더 이상 이것을 쓰고 있을 이유가 없었다. 그는 힘없이 PX 헬
멧을 벗었다. 온몸에서 힘이 빠져나가 한숨 자고 싶었다. 며칠째 계속
되는 피곤에 그는 매우 지쳐 있는 상태였다.

"이제 끝이군."

결국 그가 지키려던 이상 세계는 사라진다. 그리고 곧 자신에게도
인터넷 마피아의 처벌이 이어지겠지. 지금껏 자신이 이루어낸 것은 아
무것도 없는데, 허송 세월을 보냈다는 게 조금 억울하기도 했다.

이제 그가 의지할 곳은 없다.

"후우~"

방 안의 탁한 공기를 폐부 속까지 깊숙이 들이쉬고, 길게 내뱉었다.

지금 그가 앉아 있는 곳은 매우 어지러운 침대다. 좀 더 포괄적으로 보면 매우 어지러운 원룸 안. 조도는 굉장히 어두컴컴하다. 그 평범한 원룸 여관방에는 지금 그가 있는 침실과 거실이 겨우 커튼 하나 사이로 나뉘어져 있었다. 싸구려 여관방답게 꾸며진 방 안이 매우 을씨년스럽다.

PX 헬멧을 벗은 지 1분 되었을까?

커튼 너머에서 발걸음 소리가 들려온 것을 그는 눈치 챘다. 그리고 그가 누구인지도 동시에 알아차렸다. 벌써 인터넷 마피아가 집에 들이닥치진 않았을 테니, 집에 들어온 것은 그다.

"도망치지 않는다. 술타… 아니지, 강인준이라 불러야겠지."

그는 게임상의 닉네임을 부를 뻔하다, 상대의 본명으로 호칭을 정정했다. 강인준, 술타르의 현실 이름이었다. 그동안 자신의 위치를 수소문해서 찾아왔으리라. 자신의 정보를 철저히 막아놨는데, 용케도 그걸 찾아내다니.

커튼 너머에서 가상에서와 다를 바 없는 술타르의 목소리가 흘러나왔다.

"서로에게 꺼림칙할 테니 얼굴을 마주 보는 건 삼가도록 하지. 그보다, 굉장히 초라한 집에 사는군. 겨우 원룸 여관방이라니."

"남이사."

소더러 A는 전혀 신경 쓰지 않는다는 듯 태연한 태도로 그렇게 대꾸했다.

"뭐, 큰집이었으면 미련이 남았었겠군. 차라리 이런 여관방이 도망쳐 다니기엔 더 좋겠지. 언제부터 가출했는지 물어도 될… 아니, 지금 이런 대화 나눌 때가 아니지."

"……."

인준이 잠시 말을 쉬었다. 이제 그에게도, 소더러 A에게도 이곳에 있을 시간은 얼마 남지 않았다. 고작해야 한 시간?

"고생이겠군. 첩보 영화에서처럼 쫓고 쫓기는 추격전이라도 벌일 건가?"

"그래야겠지."

성의없는 대답. 자신이 위험에 처한 줄 알면서도 소더러 A는 침대에서 움직일 생각을 하지 않고 있었다.

하지만 그것은 여유로운 척하는 것이란 걸 술타르는 알고 있었다. 소더러 A의 목소리가 점차 떨리고 있는 걸 술타르는 느꼈다.

"일본 유저들이 상당히 안타까워하겠군. 이로써 좋아할 사람들은 운영자와 인터넷 마피아뿐인가."

소더러 A가 버럭 성난 목소리로 외쳤다.

"피곤해. 어서 꺼져!"

그가 흥분하는 건 당연했다. 인터넷 마피아에게 대항하려 컴퓨터 앞에만 앉아 있던 게 1년이 넘는다. 그 시간과 계획과 자신과 함께했던 일본 동료들이 한순간에 물거품이 되어버렸다. 그것도 마듀라와 운영자들에게. 하필 또 마듀라가 자신의 앞을 가로막다니. 버그조차 간파해 버리는 그 녀석을… 이제 더 이상 상대할 마음이 없었다. 그리고 상대할 방법도 없고.

"안 그래도 한마디만 하고 갈 생각이었어."

"……."

소더러 A의 어깨에 얹어진 무게를 조금이라도 덜어주고픈 마음에서 내뱉을 한마디. 이 말을 전해주기 위해 그는 이곳까지 찾아온 것이다. 지금까지 그가 겪어왔을 많은 일들을 모르는 건 아니었다.

"한… 민욱. 힘내라. 아직 가상 세계는 끝나지 않았어."

*　　　　*　　　　*

"으윽! 더럽게 안 빠져."

실피의 가슴에 박힌 마지막 창을 빼내고서야, 실피는 한 줌의 가루가 되어 부스러졌다. 그것을 보니 왠지 가슴 한 켠이 아려오는 느낌이 든다. 이로써 나와 가까웠던 NPC는 모두 사라진 셈이다. 사람이든, 프로그램이든, 정든 것이 떠나갈 때의 슬픔이라는 건 어쩔 수 없나 보다. 환생… 이라고 할 수 있을지 모르겠지만 다음번에 다시 프로그램이 복구되면 그땐 나 같은 놈 만나지 마라, 실피. 그럼 3초간 묵념.

"……."

묵념 후에 나는 실피가 사라진 자리에 털썩 주저앉았다. 고스티스터도 없고, 카이드와 아레쥬가 잠깐 나타나 지들끼리 쑥덕거리곤 사라졌으니 이곳에 남은 건 나뿐이다. 그런데 카이드하고 아레쥬가 했던 말 때문인데, 아까 아레쥬가 말했던 카도라스가 가상 게임상에서 사라진단 말의 의미는 무엇이었을까? 단순한 헛소리였을까, 아니면 진심일까? 혹시 놈들이 한 얘기가 고스티스터가 말했던 인터넷 마피아와 관련이 있는 걸까? 으… 워낙 뉴스를 보지 않으니 세상이 어떻게 돌아가는지 모르겠다. 생각할수록 의문점만 늘어가네.

나는 자리에 오도카니 앉아 최준 형을 기다렸다. 미리 약속해 둔 건 아니고, 최준 형이 이곳에 올 거란 걸 어느 정도 예상했다. 지금 나 보고 있는 거 다 알아, 운영자 씨들!

예상대로 얼마 지나지 않아 내 앞으로 최준 형이 나타났다. 평소와는 많이 다른 모습으로 나타난 것에 나는 적잖이 놀랐다. 패싸움이라도 하고 온 건가?

"형, 뭐야, 그 꼴이?"

"너 때문이잖아, 임마!!"

다들 나만 보면 흥분하네. 카이데스하고 술따러 녀석도 그러던데. 그나저나 유저라도 찾아서 치료를 해야 할 텐데. 아까 드래곤들이 활개 친 덕분에 유저들이 또 사라져 버렸다. 제길. 겁쟁이 놈들 같으니라고. 내 포션도 아까 귀 치료한 걸로 다 떨어졌는데.

최준 형은 내 앞에 힘없이 주저앉아 대뜸 입을 열었다.

"끝났다. 소더러 A는."

"……."

나는 아무 반응 없이 먼 산만을 향했다.

"안 궁금하냐? 방금 그 녀석들이 뭐였는지, 소더러 A는 어떻게 될지 같은 거."

"아직은."

"……."

나는 잠시 쉬었다가 말을 이었다.

"실피가 죽었어."

"뭐, 예상은 했으니까."

“왜 갑자기 실피를 깨운 거지? 분명 락 다운되었을 텐데. 최준 형의 손에.”

“그랬지. 하지만 궁금하지 않다며?”

“…….”

나는 얘기하라고 외칠 뻔한 걸 간신히 집어삼켰다. 완전 날 가지고 놀고 있잖아. 내 생각은 다 알고 있듯이.

“아직도 날 가지고 노는 거야?”

“가지고 노는 게 아니야. 다만, 조금 늦게 가르쳐 주려는 것뿐이야. 조만간 모든 걸 알게 될 테니까, 그렇게 초조해할 필요 없다구.”

마계의 석을 얻은 것을 시작으로 인터넷 마피아가 선전 포고를 하기까지, 모든 상황은 종결되었다. 소더러 A가 유포시킨 버그는 모두 제거되었고, 카도라스는 다시 질서를 잡고 정상으로 돌아왔다.

이번 일로 유저들의 불만은 이만저만이 아니었다. 마룡이 이라스에 난입하지 않느냐는 등 경고문도 없었냐는 등 그동안 너무 무책임했던 카마디의 운영자들에게 쌓였던 걸 폭파시키느라 카마디의 게시판은 유저들의 항의 글로 도배가 되어버렸다(정작 일본 유저들은 가만있지만).

하지만 나를 포함해서 이 일의 진상을 아는 몇 명은 운영자들의 태도는 바람직하다고 보고 있다. 유저들의 피해를 '버그로 이렇게 된 걸 말 못해' 한다면 유저들의 피해 보상은 안 할 수 있게 되는 것이다(유저들은 이 사건이 버그로 인한 것이란 걸 모르기 때문에 피해 보상을 청구할 수가 없다). 만약 카마디가 '이번 일은 버그의 유포로 이래저래 하여 이렇게 되었습니다' 라고 떠들어댔다면, 유저들은 피해 보상 문제로 더 시끄러웠을 것이다. 역시 세상사는 나서야 할 때와 나서지 않아야 할 때를 알아야 오래 산다는 말이 딱 들어맞는다.

하지만 상황이 이렇다고 (주) 카마디의 직원들이 모두 평안하다고는 볼 수 없었다. 아버지가 있는 프로그램 부는 사장한테 욕을 바가지로 얻어먹었고, 그 때문에 아버진 회사 직원들 사이에서 왕따를 당하게 되었다. 절대 사장의 히스테리로 회사 전체에 특별 보너스가 취소되어 그런 것이 아니다… 고 생각하자.

괜히 그런 거에 연연했다간 면접에서 좋은 모습을 보여줄 수 없다고.

"자, 출격 준비 완료. 어때?"

현관 거울 앞에서 마지막 복장 점검을 끝낸 뒤, 세희에게 깍듯이 보고했다. 그 일이 있은 지 겨우 한 달이다. 그 한 달 새에 세희는 고등학교 때의 소녀 티를 완전히 벗고 대학생의 성숙한 여성이 되었다. 아직 대학교에 입학하려면 두 달이나 더 있어야 되지만 말이다. 이거 대학교에 들어가면 세희의 미모에 반해 버릴 대학 캠퍼스의 남성들 눈을 어떻게든 따돌려야지 싶은데…

세희가 손으로 수화를 건넸다.

'오늘 신성이 너무 멋있어. 긴장 풀고 열심히 해.'

"하하핫! 면접 합격 의미로 키스해 주면 더 힘이 생겨서 면접 합격할 거 같은데."

내 가벼운 농담에 세희가 얼굴을 발갛게 물들였다. 아직 키스라는 것에 부끄러움을 타는 것이다. 우리가 동거한 지 두 달이 다 되어가는데 아직 어깨동무와 포옹이 고작이었으니, 이러는 것도 당연한가?

세희는 잠시 망설이더니, 내 볼에 살짝 입술을 맞추고 떼었다. 오오! 오늘은 성과가 좋은데?

"그럼 다녀올게."

나는 기분 좋은 발걸음으로 집을 나섰다. 그리고 세희는 내가 안 보일 때까지 현관에서 나를 배웅했다. 골목길의 꺾어진 길을 돌아 세희가 날 볼 수 없을 때, 나는 한숨을 내쉬었다.

"후유~"

세희 앞에선 도저히 긴장한 모습을 보일 수 없어. 원래는 이렇게 가볍게 걸을 수 있는 상황이 아닌데 말이야. 사실 이번 면접, 굉장히 긴장된다. 카마디에 사장과 부사장 다음으로 가장 막강한 힘을 가지고 있는 아버지와 이벤트 개발부 실장, 최준 형은 이번 면접에서 날 밀어줄 든든한 버팀목이었다. '버팀목이다' 란 표현이 '버팀목이었다' 로, 과거형이 된 것이다.

설명했다시피 아버지는 현재 회사에서 왕따 중이고, 최준 형은 실장의 직책이다. 면접에선 각 부서의 부장들만이 심사로 나오기 때문에 '실장 따윈' 아무 도움이 되어주질 못한다. 결국 믿을 게 없다는 소리지.

그나저나 카마디가 있는 인천까지 택시를 타고 가야 하나, 아니면 버스를 타고 가야 하나? 카마디에 도착하면 최준 형부터 만나야 할까? 아니면 아버지부터 만나야 할까?

이런저런 시시한 계획을 세우며 동네 골목길을 거닐던 도중 나는 뜻

밖의 인물과 마주쳤다. 짧은 스포츠 머리에 무테 안경의 무늬만 범생이. 졸업 이후 처음 만나보는 용태였다. 이 녀석, 고등학교 졸업하고 취업 간다고 하더니 이런 곳에서 어슬렁거리는 걸로 보아 백수로 직업을 전향했나 보다.

나는 용태에게 다가가 어깨를 툭 쳤다.

"용태야."

"아, 깜짝이야!"

나는 백수에게 내뱉는 직장인의 마음가짐으로 용태에게 우쭐하며 말했다.

"용태야, 나 오늘 면접 보러 가."

"어, 그래? 뭐 하는 회사야?"

"그냥 조그만(?) 게임 회사야."

"크기가 뭔 상관이야. 가서 말아먹어!"

"옛! 알겠습… 야, 이 자식아!"

아침부터 용태를 지끈 밟으니 기분이 좋지 않다가도 좋구나. 이 녀석은 그냥 집에 틀어박혀서 게임이나 할 것이지 밖엔 왜 싸돌아다니나 몰라?

"으윽! 사실 내가 백수가 된 이유는 따로 있지."

"백수가 되고 싶어서 되는 거냐? 능력이 모자라서 되는 거지."

"후후! 멍청하긴. 나는 이 어려운 세상에서 살아남기 위한 가장 확실한 방법으로써 독자적 삶의 질 향상과 그에 따른 경제적 유희 효과를 한꺼번에 거둘 수 있는 기틀을 마련하기 위해 이 추운 날에도 밖을 서성이며 돌아다니는 중이지. 이것은 우리 나라 경제적 노동 절감을 위한 대책이기도 하는 최선책일뿐더러……."

아무래도 어머니께 쫓겨났나 보구나. 요즘 세상에 백수 아들을 집에 틀어박아 놓는 부모가 어디 있겠니?

구구절절 대사를 내뱉는 용태를 등 뒤로 한 나는, 핸드폰으로 시간을 확인한 뒤에 직행 버스 역으로 향했다. 그리고 그곳에서 인천행 버스를 타고 가는 동안 다시 과거의 일을 떠올렸다.

그때 만났던 카이드와 아레쥬. 그들의 정체는 정말 인터넷 마피아였을까? 외국에선 인터넷 마피아란 집단이 굉장히 유명한 걸로 알려져 있지만, 우리 나라에서는 몇몇 기사에서 간간이 보도되었던 것이 전부였다. 최준 형한테 물어도 대답은, 나중에 가르쳐 준단 말뿐이다. 게다가 요즘 최준 형은 일에 빠져 연락이 거의 되지 않는다. 언제쯤에 뭘 말해 주려나 생각하며 최준 형을 기다리다 보니, 어느새 고등학교를 졸업하고, 새해가 다가오고, 지금 이렇게 회사 면접 시험을 보는 날이 되었다.

현재 시각이 10시 40분. 버스만 2시간가량 타고 왔다. 면접은 11시라, 아직 20분이나 남은 상태다.

미리 전해 받은 응시생 번호표를 왼쪽 가슴에 부착한 뒤, 긴장을 풀기 위해 긴 숨을 내뱉었다. 이곳은 (주) 카마디의 면접 응시자 대기실이다. 주위에는 수많은 면접 응시자들이 가슴에 번호표를 달고 의자에 초조한 표정들로 앉아 있었다. 몇몇은 긴장을 풀려고 자판기 커피를 뽑아 마시기도 하고, 몇몇은 면접 도중에 실수하지 않도록 입 운동을 하기도 했다. 이들은 모두 1차 원서 합격과 2차 입사 시험을 거치고 나온 사람들이다.

그때 당시 1차 원서를 제출한 사람은 천 명 가까이 되었고, 그중에서 통과한 사람은 200명뿐이다. 그리고 그 200명 중 입사 시험에 통과한 인원은 날 포함한 50명이다. 내가 어떻게 그 50명에 들었느냐 하는 질문을 한다면 사실 나는 턱걸이 수준에도 못 미치는 성적으로 200명 중 55등의 성적을 거뒀다. 그런데 50명 안에 들었던 5명 중 3명이 다른 회사로 이직해 버렸고, 2명은 면접 응시를 포기했다. 그래서 5명의 빈자리를 채우며 50명 안에 들 수 있게 된, 놀라운 행운이 일어나게 된 것이다.

아버지한테 이 말을 듣고 나서 속으로 얼마나 웃었는지 모른다. 세희에게는 당당히 '이런 시험쯤이야 1등으로 통과했지' 라고 뽐내기도 했다(결국엔 들통나서 창피만 당했지만).

다시 넘어가서, 이곳에 있는 건 95% 이상이 여자들이다. 내 옆 자리에도 여자들이고, 내 앞 자리에도 여자들이다.

이 상황에 나는 더욱 위축될 수밖에 없었다. 상대는 여자다. 하지만 겨우 여자라는 생각은 버려야 한다. 지금 사회가 어느 땐데? 면접상에서 여자라는 건 굉장한 의미를 지닌다. 요즘 세상에 인텔리 풍의 커리어 우먼들이 얼마나 많은가?

내 앞을 지나가는 저 여자만 봐도 그렇다. 금발 머리를 올려 묶고서 날카로운 안경을 쓴 게 굉장히 지적이면서도 섹시하게 보인다. 나라도 저런 여자를 뽑고 싶겠다.

방금 지나간 여자는 지적인데다 똑똑해 보이고, 저 여자는… 생긴 건 별로지만 뭔가 좀 있어 보인다. 그리고 저 여자는… 헉! 너무 예뻐서 안 돼! 되도록이면 면접 보는 데 같이 안 걸렸음 좋겠다.

혼자 갖은 짓거리를 다 해대며 여자들에게 시선을 파는 도중 응시자 대기실 문에서 회사 직원이 나왔다.

"면접을 시작하겠습니다. 1번, 2번, 3번 분, 면접실로 들어가 주세요."

내 번호표 번호는 9번이다. 3명씩 시험을 보니까 내 차례는 3번째로군. 파이팅이다, 시신성!

*　　　*　　　*

가뜩이나 인터넷 마피아 소동으로 바쁜데, 거기에 더해져 내 아들 녀석이 말썽이다. 대학까지 다니면서 직장이라니. 세희 때문인지 뭔진 몰라도 힘이 철철 남아도나 보다. 나는 대학을 졸업한 후에 직장에 들어갔고 최준이는 직장을 위해 대학을 포기했는데, 아버지로서 지금 아들의 선택이 걱정스러운 건 당연했다.

지금 신성이의 선택이 옳은지 옳지 못한지를 따질 게 아니라, 신성이가 견딜 수 있는지 없는지의 문제였다. 신성이를 나보다 더 잘 알고 있는 최준에게 상담해 보니, 최준이는 이런 신성이의 입장을 단 한 마디로 표현해 버리더라.

'아직 젊잖아요.'

그래, 아직 스무 살도 안됐으니까 젊다 못해 파릇파릇하다. 무엇이든 하고픈 욕망으로 가득 찬 불꽃과도 같은 나이이다. 문제는 일과 학업이라는 기름이 섞이면, 가정이라는 불을 끄지 못해 대형 화재를 낳고 만다는 것이지.

나는 한동안 신성이의 원서를 골똘히 바라보며 생각에 잠겼다. 내 아들 놈의 원서를 받아본 첫 느낌은…

'뭐야, 이게?'

…였다.

원서에 적힌 중학교 때부터 고등학교 때까지의 성적은 최상위권으로, 거의 다 우수수다. 아니, 얘가 언제 이렇게 공부를 하고 다녔지? 중학교 때까지만 해도 싸움질만 하고 다녀서 유희가 하루를 멀다 하고 학교, 경찰서로 불려가곤 했었는데.

그런데도 공부를 좀 한 걸 보면 머리만은 좋은가 보다, 이 아빠를 닮아서. 짜식~

나는 신성이의 원서를 다른 이들의 원서와 함께 한자리에 쌓아놓았다. 원서 심사는 내가 하는 것이 아니기 때문에 이것을 조작한다거나 할 생각은 없었다.

어차피 신성이 혼자 힘으로 1차 합격과 2차 합격을 한다 해도 3차 합격은 불가능했다. 결국 신성인 대학 후에야 이곳에 들어올 수 있게 된다. 사장님에게도 그렇게 말했고, 최준이도 그렇게 알고 있다. 그 안엔 자기가 대학을 다니면서 다른 직장을 구하든 어쩌든 나는 신성이에게 도움을 주지 않을 것이다. 부디 입사 시험에 떨어졌다고 상심하지 말아야 할 텐데.

며칠 후 신성이가 2차 입사 시험에서 55등을 기록했다고 최준에게 전해 들었다. 처음엔 그리 착잡하지도 않고, 이상할 것도 없었다. 오히려 2차에서 끝났으니 미련이 별로 안 남겠지 생각했다. 그런데 그로부터 이틀 후, 신성이가 2차 입사 시험을 통과했다고 들었다. 신성이의 앞에 있던 통과자 다섯 명이 3차 면접을 포기한 것이다.

참 운도 좋아. 이제 3차 면접 시험을 보게 되었으니 나와 회사에서 직접 얼굴을 마주 보게 되었다. 남처럼 서로를 향하며.

"예, 수고하셨습니다."

4, 5, 6번의 면접이 끝나고, 다음은 7, 8, 9번 차례다. 드디어 신성이 차례인가?

내 옆 자리에 앉아 있는 사장이 조그맣게 말했다. 생긴 것답게 성격도 더럽고 깐깐하기로 소문난 사장이다. 과거에 마공왕 이벤트 때 신성이랑 한 번 싸웠던 경험도 있다.

"다음은 자네 아들 차례인가?"

"그렇습니다."

"음~ 2차 시험을 턱걸이로 올라왔다지?"

"운이 좋았죠."

"3차 떨어지면 아들에게 술이라도 사주게."

"시간과 보너스만 주신다면……."

"됐네."

곧 이어 신성이가 면접실에 들어섰다. 옆에는 지적인 분위기를 풍기는 여성 둘을 대동한 채. 으헉! 녀석, 여자들한테 둘러싸여 기가 죽었잖아!

"안녕하십니까, 7번 최나림입니다."

"안녕하십니까, 8번 김지혜입니다."

"아, 안녕하세요. 9번 시신성… 입니다."

셋은 예의 바르게 인사를 하곤 일제히 자신의 자리에 앉았다. 가운데에 책상 하나를 두고 그렇게 5대 3 면접은 시작되었다.

신성이는 들어온 순서상 가장 왼쪽 자리에 앉았고, 나는 그 반대 편, 오른쪽 두 번째 자리에 앉아 신성일 마주 보았다. 저 진땀 빼고 있는 거 봐라. 신성이의 눈빛에 '아버지, 부탁합니다!' 라고 쓰여 있다. 내 아들이 여자 앞에서 저렇게 기가 죽은 모습은 본 적이 없는 것 같은데.

사장을 포함한 나와 부장들, 다섯은 세 번째 똑같은 인사를 반복했다. 사장이 제일 먼저 셋에게 질문을 던졌다.

"어째서 이 회사에 지원을 하셨습니까?"

좀 딱딱하다 싶은 질문이다. 이 질문에 대한 답은 지금까지 여러 가지가 나왔었다. 카마디를 세계 최고의 게임 회사로 만들기 위해서, 가상 현실 게임이 사회에 주는 영향과 그에 따른 종교적 대책 마련을 만들기 위해서, 게임상의 이득을 국가 경제적으로 따져 보아 국가 예산안을 연구하기 위해 등등… 알아듣지도 못할 대답을 많이 한다.

7번 여성이 아나운서 뺨치듯 수려한 말솜씨로 대답했다.

"가상 현실 게임이 전 세계적으로 널리 퍼진 현 시점에, 유저들의 눈은 한층 높아져 가고 있고, 그에 따른 경제적 수요 효과를 거두기 위해선 타 게임 기업들의 기획을 수용하고, 자국뿐이 아닌 타국과의 국제적 교류를 통해…(중략)… 그러므로 게임 산업에 기여하는 투자자들의 정책적 자금 예산은 정부의 현 법만으론 불가능하다고 사료되어…(중략)… 그러므로 제가 가지고 있는 모든 힘을 다해, 회사를 이끌겠습니다. 이상입니다."

사장과 우리 부장들은 그녀의 말솜씨에 놀라 한동안 입을 벌리고 있었다. 경제 이야기가 나온 것 같은데, 내가 알아들은 건 끝 부분의 인사말뿐이다.

일단 체크해 두자. 말솜씨, 굉장히 또박또박함. 복장, 세련되고 단정. 능력, 너무 출중해 보여 내 자리가 위험해질 수 있음.

다음은 8번 여성이 대답했다. 단정한 단발머리에 인텔리 풍의 미녀다. 자료에는 서울대를 수석으로 졸업하고 게임 프로그램 개발에 많은 소질을 가진 데다, 대기업 회장의 딸이라고 쓰여 있다. 아직 대학 입학도 안 한 신성이하고는 경험, 학력, 재질부터가 다르다.

그녀는 머뭇거리더니 겸연쩍은 듯 웃었다.

"죄송합니다. 저도 7번 분이 말씀한 것처럼 준비를 해왔는데 다 까먹어 버렸네요. 앞 분이 너무 말솜씨가 좋으셔서요."

그녀가 웃자 사장과 부장들이 같이 따라 웃었다. 미녀가 웃는데 실없이 따라 웃는 것뿐이다.

그녀는 가볍게 웃어넘기며 여유있는 말투로 대답했다.

"그저 저의 경험과 지식을 이곳에서 확인해 보고자, 그리고 열심히 일하기 위해 이 회사에 지원한 것입니다. 이 이상으로 하면 제 옆에서 기다리고 계신 멋진 남성 분이 할 말이 없을 것 같네요."

그녀는 신성을 염두해 두고 그렇게 패스해 버렸다. 전혀 기분 나쁜 감 없는 말투와 야무진 태도다. 아마 나뿐만 아닌 다른 부장들도 그녀에게 후한 점수를 주리라.

이제 신성이 차례였다. 내가 다 떨리네.

"그럼 9번. 그렇게 쫄 거… 아니, 긴장할 거 없습니다."

사장이 신성이의 굳은 어깨를 풀어주려 그렇게 말했다. 경어를 써야

하는 걸, 워낙에 성격이 개 같… 아니, 안 좋다 보니 하마터면 반말이
나올 뻔한 사장이었다. 지금은 이 정도에서 그치지만 일단 회사에 들
어오면 언제 그랬냐는 듯이 반말을 찍찍 내뱉을 것이 틀림없다. 지금
나한테 그러는 것처럼.

신성이 기어들어 가는 목소리로 대답했다.

"저는 …있습니다."

"……? 응, 뭐가? 아니, 무슨 소리죠?"

작게 말하는 소리를 못 들었는지 사장이 다시 한 번 귀를 기울이며
물었다. 신성이 조금 더 작은 목소리로 말했다. 숫기없게…

"저는… 있다구요. 그러니까……."

"좀 더 크게 말해 보십시오. 안 들려서."

신성이가 정말 많이 긴장한 걸 알 수 있었다. 우황청심환 먹으라고
하는 걸 깜박했군.

나는 신성이의 원서에 하나하나 채점했다. 복장, 그럭저럭. 지식, 글
쎄? 말솜씨, 별로. 마지막엔 합격 불가라고 빨간 볼펜으로 적으려다,
갑자기 신성이의 벼락과도 같은 목소리가 들려왔다.

"저는… 그러니까! 집에 책임져야 할 여자가 있습니다! 이번 면접에
서 떨어지면 우린 먹고살 수가 없습니다! 솔직히 말씀드려, 회사에 취
직할 이유가 뭐 있겠습니까? 당연히 돈 벌려고 온 거죠! 학력은 고졸이
지만, 대학 다닐 거구요. 자격증은 컴퓨터 워드 3급 땄습니다! 재질이
라면 워드 3급에 대한 거라면 뭐든지요! 이 정도면 됐습니까?"

"헉!"

"……."

자리에 있는 이들이 모두 신성이에게 시선을 향했다. 오로지 내가 잡고 있던 펜이 악력을 견디지 못하고 부러지는 소리가 잠깐 들렸을 뿐, 주위는 고요 그 자체다. 워드 1급도 아니라 3급이라니… 아니아니, 이게 아니지.

나는 당장에 자리에서 탈피하고픈 마음을 느꼈다. 과연… 내 앞에 있는 이 9번 후보가 내 아들이 맞단 말인가?!

당장에…

'이런 개념없는 녀석!'

하며 사장의 솥뚜껑 싸대기가 얼굴을 후려쳐야 정상일 상황.

신성이 한숨을 내뱉으며 뒤늦게 사죄의 말을 올렸다. 이미 10초간의 패닉이 지나간 후다.

"죄송합니다. 본의 아니게 큰 소리를 쳐 버리고 말았군요. 용서하십시오."

분위기는 추락할 대로 추락해 버려 어정쩡하게 되어버렸지만.

"아닙니다. 오히려 솔직해서 좋군요. 하, 하하하!"

의외로 사장은 태연하게 받아넘기며 웃었다. 이거 참 의외로세.

"난 또 그 아버지에 그 아들인 줄 알았는데, 잘못 생각했군요. 용서하십시오."

"별말씀을… 용서를 구해야 할 사람은 접니다."

"……."

사장이 말한 그 아버지란 날 의미하는 것일 텐데, 대체 그 뜻이 좋아 보이지 않는 건 왜일까?

약간은 어정쩡하지만 일은 좋게 무마되었고, 상황은 금세 정리되었다.

다시 본론으로 넘어와 사장이 다시 질문했다.

“그럼 각자 어떤 부서를 지원하고 싶습니까? 이유도 함께 말씀해 주십쇼.”

7번 여성이 대답했다.

“저는 유저들에게 새로운 즐거움을 주기 위해 이벤트 개발부를 지원하고 싶습니다.”

이벤트 개발부는 최준이 있는 부서인데, 가장 지원자가 많은 곳이다. 웬만한 창의성만 있다면 그리 어려울 것이 없기 때문이다.

이번엔 8번 여성이 대답했다.

“저는 게임의 정보 안정을 위해, 프로그램 부를 지원하고 싶습니다.”

그럼 내 부서에 지원한다는 소리군. 일단 적어두자.

다음은 신성이 대답했다.

“저는 버그 해킹 관리부를 지원하고 싶습니다.”

“……?”

왜 하필 그곳이지? 내 아들이지만 좀체 그 생각을 알 수 없었다. 나는 신성이도 분명 프로그램 부를 지원할 걸로 알고 있었기 때문이다. 최준에게도 그렇게 들었는데?

“이유가 뭐지요?”

내가 공적인 어조로 그렇게 묻자 신성이의 표정에 약간 당황함이 스쳤다. 무슨 그런 질문을 하냐는 표정으로 날 향하고 있다.

“예? 저는 제가 하고 싶은 일이 게임상의 버그와 해킹을 관리하는 것이온데, 어찌 그것을 지원하나 물으시면 그냥 먹고살려 그러는 것이온데…….”

“…….”

저렇게 얼버무리지만, 버그 해킹 관리부가 게임 안에서 하는 작업이 많다 보니 지원한 것이 틀림없다는 걸 뒤늦게 파악했다. 그냥 먹고산다는 걸로 얼렁뚱땅 넘어가려 해도 아버지의 눈은 못 속인단다!

나는 붉은색 볼펜으로 신성이의 원서에 당당히 ‘합격 불가’ 라 적었다.

몇 번의 질문이 더 오가고 신성이의 면접이 끝났다. 되도록 쉬운 질문을 해서 신성이도 나름대로 만족할 것이다. 처음엔 긴장되어 있던 녀석의 표정이 면접이 끝나자 많이 여유로워 보였다.

신성이 면접실을 나가자 사장이 말문을 열었다.

“아깝군. 솔직한 것도 그렇고, 당당한 것도 그렇고, 맘에 들었는데. 프로젝트 임원만 아니었으면 당장 합격이었을 거야.”

사장님이 신성일 높이 평가해 줬단 것에 나는 적잖이 놀랐다.

“사장님이 웬일이십니까? 남 칭찬을 다 하고?”

“왜? 난 남의 아들 칭찬하면 안 되나?”

“아뇨. 그건 아닌데…….”

“흥! 별 볼일 없는 줄 알았더니, 아들 녀석은 잘 키웠구만.”

“하하핫! 제가 키웠나요? 지 혼자 자라준 거지.”

나는 일에 바빠 집에서 신성이를 맡아줄 입장이 못 되었고, 유희는 신성이의 바람 같은 성격을 말릴 수가 없었다. 19년 중 유희가 신성일 키운 건 고작 8년 정도? 8살 이후로 막 가는 문제아가 되었던 신성이다.

사장의 질문이 이어졌다.

"이제 어쩔 텐가? 불합격시켜 버리면 먹고살 수가 없다잖아. 곧 결혼도 한다며?"

"네. 하지만 그건 제 권한 밖입니다. 모두 신성이가 알아서 할 테죠. 자기가 3D업종에 종사해서 벌어먹든지, 뭘 하든지."

사장님은 잠시 나에게 희미한 미소를 걸치는 듯하더니, 허공으로 시선을 돌렸다. 면접실 문으로 새로운 면접자가 들어오고 있었다.

그는 그리 크지 않는 목소리로 빠르게 말했다.

"매정하군, 자기 자식한테. 뒤끝이 없도록 신성 군에게 모든 걸 말해주게."

"그건 이미 최준에게 부탁했습니다."

떨린 걸 참느라 대단히 혼난 20분이었다. 너무 떨려서 아무 말이나 막 해댄 것 같은 느낌도 들고… 부디 사장이 날 어여쁘게 봐줬으면 좋겠다. 그리고 아버지도. 면접 볼 때 그렇게 눈 사인을 줬으니, 잘했겠지?

이제 면접 결과만이 남은 상태에서 매우 떨린다. 마음이 너무 긴장되다 보니 게임도 안 되고, 안 먹어도 배부르고, 잠도 안 오고, 공부는 언제나 그렇듯 되지 않는다.

세희도 그건 마찬가지인지 간혹 멍하니 있는 시간이 많아지는 것 같다. 아마 초조한 거겠지. 만약 내가 면접에서 떨어지면 어떤 상황이 되어버릴까?

'돈도 못 벌어다 주는 신성인 필요없어!'

라며 날 버릴까? 아니면 날 위해 대학까지 포기하면서 직장에 다닐까? 나는 나 때문에 세희가 대학을 포기하는 건 원치 않으니 그런 경우는 없었으면 좋겠다. 이 몸이 죽고 죽어 일백 번 고쳐 죽어 백골이 진토되어 넋이라도 있고 없는다 한들, 세희의 손에 굳은살을 박히게 할 순 없다!

결과를 기다리는 3일이란 시간은 어느 때보다 빨리 지나갔다.

내가 일어난 시각은 3일째 되는 날, 아침 5시 48분. 세희는 아직 자고 있는 시간이다. 나는 더 잘 생각이 없었기에 간단히 몸을 씻고서, 옷장에서 옷을 챙겨 입었다. 그리고 핸드폰과 지갑을 확인한 뒤, 아침 일찍 집을 나섰다.

오늘 결과가 나오는 날이다. 3일간 쌓여 있던 초조함을 견딜 수 없어, 더 이상 집에 틀어박혀 있기 불가능했다. 도저히 세희하고 면접 결과를 같이 볼 용기가 나지 않는다. 면접에서 떨어지면 세희에게 뭐라고 말해야 할지 3일간 그 답을 찾지 못했기 때문이다.

집에서 떨어진 조용한 장소가 어디 없을까? 세희가 없는 곳이라면 어디든 좋다. 조용히 혼자 있을 수 있는 곳을 찾다 보니 어느새 처음 보는 곳이 나타났다. 조그만 공원이다.

나는 그 작은 공원 한 켠에 마련된 벤치에 앉아 잠시 숨을 골랐다. 차가운 1월의 공기가 폐 속 깊숙이 들어갔다 나오며 몸속을 서늘하게 만든다. 좀 정신이 드는 기분이다. 이제쯤 전화해서 확인해 보면 알 수 있겠지.

결과가 좋으면, 세희하고 하루 종일 놀이공원에서 놀까? 결과가 나쁘면… 접시 물에 코 박고 죽어버리리라!

주머니에서 핸드폰을 꺼내자마자, 갑자기 핸드폰 벨소리가 울렸다.

「띠리링~ '최준 형' 님의 화상 전화입니다.」

최준 형이 아침부터 전화를? 그것도 화상 전화? 하지만 아침부터 최준 형 얼굴을 보고 싶지 않았기에 화상 모드를 끄고, 전화를 받았다.

"아침부터 웬일이야?"

「웬일은 무슨. 아직 면접 결과 못 봤지?」

"응. 방금 전화하려던 참이었는데."

「잘됐네. 지금 거기 어디야? 옥상? 저수지?」

왜 갑자기 옥상을 찾고 저수지를 찾아?

"용건만 말해."

「아~ 우리 불쌍한 신성이. 면접 결과가 나와서 연락한 거다.」

"그러니까 어떻게 됐냐고!"

남은 진지한데 자꾸 까불면 짜증난단 말이야! 자연스레 높아진 내 언성에 최준 형이 정색했다.

「음음! 그럼 충격받지 말고 듣기 바란다. 너의 면접 번호 9번은…….」

"……."

「통과…….」

"……?"

「되지…….」

나는 최준 형의 말을 다 듣기도 전에 핸드폰 플립을 닫았다. 그대로 얼음 상태가 되어버렸다는 게 맞을 것이다. 더 이상 움직일 수가 없을 것 같아. 심장이 정지해 버린 것만 같아. 숨은 확실히 정지했다. 머리

속에 번개가 내리꽂히며, 몸속이 타 들어가는 것만 같다.

혹시 그 말, 장난이었을까? 통과되지 않았다는 듯이 말하는 것 같았는데. 통과되지 않았어? 내가?

"그럴 리가 없잖아!"

나는 당장 핸드폰 플립을 연 뒤, 통화 버튼을 누르고 통화할 대상을 외쳤다.

"카마디! 통화!"

짧은 통화 연결음과 함께 한 여성의 음성이 들렸다. 카마디 회사의 직원이다.

말실수하지 말고 똑바로 말하자. 나는 애써 불안감을 떨쳐 버렸다.

"3차 면접 시험 확인 전화입니다. 면접 번호 9번… 합격되었습니까?"

「9번 시신성님 말씀이십니까? 본인이 맞으십니까? 주민등록번호 앞자리를 말씀해 주시기 바랍니다.」

"170226입니다."

「예. 9번 시신성님은 불합격되셨습니다.」

"……."

어떻게 그리도 매정하게 딱 잘라 말할 수 있지? 거짓말! 이건 거짓말이야! 내가 왜 불합격이냐고? 아버지도 있었고, 사장한테 실수한 것도 없었… 다고는 말할 수 없지만.

"여보세요! 다시 한 번 확인해 보세요! 그럴 리가 없잖아요!"

「맞습니다. 불합격입니다.」

"왜? 뭣 때문에! 이봐!"

뚜뚜뚜―

「통화가 종료되었습니다. 통화 내용을 저장하시겠…….」

나는 벤치에 앉을 힘도 없이, 벤치 위에 옆으로 폭 고꾸라졌다. 머리가 백지화되는 것 같다. 불안했지만, 그래도 합격될 줄 알았는데. 왜 내가 불합격이 된 거지? 말도 안 돼. 말도 안 돼! 이제 세희는 어떻게 먹여 살리고, 대학 등록금을 어떻게 내란 말이야!

"X발! 최준 형!"

욕설을 내뱉자마자 핸드폰으로 최준 형의 음성 메시지가 도착했다.

「확인했지? 들은 그대로 넌 불합격됐다. 세희한테는 잘 말하도록 해. 그리고 다른 곳에 원서 접수를 할 거라면 내가 추천해 줄 수 있으니까, 연락하고. 아참, 조만간 집에 찾아가마.」

뒤이어 세희에게서 문자 메시지가 도착했다.

신성아, 지금 어디 있어? 아침부터 어딜 나갔어, 춥게. 오늘 면접 결과 나오지? 기대된다. 맛있는 거 해놓고 기다리고 있을게, 빨리 와.

정신을 차리고 보니 나는 사람이 많이 지나다니는 대로가를 걷고 있었다. 내가 왜 걷고 있지란 생각을 하고서 시계를 보니 오전 11시다. 아침을 안 먹고 나왔더니 배고프다. 집에 가서 세희가 지은 따뜻한 밥을 먹고 싶지만 집에 갈 용기가 나지 않는다.

"후아~"

아침에 나올 땐 몰랐는데, 이제 보니 오늘의 날씨는 내가 굉장히 싫어하는 날씨였다. 먹구름은 우중충하게 끼어 있는데 비는 안 내리는 날씨. 내 기분을 따라 하늘도 저기압이다.

이제 집에 돌아가면 세희에게 뭐라고 말해야 할까.

진실대로 말한다면… 이렇게 되지 않을까?

'세희야, 나 면접 떨어졌어.'

'뭐? 이런 능력도 없는 신성이! 이제 대학은 어떻게 다니고 밥은 어떻게 먹고살아! 꼴도 보기 싫어, 중국으로 가버릴 거야!'

'세희야, 날 버리지 마~!'

이런 미쳐 버릴 것만 같은 상황이 눈에 선하게 비춰진다.

요즘 여자들은 능력없는 남자를 0순위로 싫어한다고 한다. 아시다시피 청년 실업도 엄청나고 일자리 창출도 어렵고, 3D만 늘어가는 경제다. 거기에 여성부의 힘까지 더해져 남성이 설 자리를 잃어가고 있다. 전에 면접에서 보았지 않았는가? 2차 입사 시험에서 통과한 사람 중에 남자는 나를 포함한 두 명뿐이었다. 나머지 48명이 여자인 것이다.

정말 이런 생각은 하면 안 되지만, 죽고 싶다. 접시 물에 코 박아 죽으려고 했는데 접시가 없어서 못 죽는 현실이라니. 흑흑! 게다가 믿었던 사장이 어떻게 나한테 이럴 수 있어. 과거에 좀 싸웠다고(마공왕 이벤트 때) 보복하는 건가? 쪼잔한 사장 같으니라고!

어깨를 축 늘어뜨린 채 이리저리 떠도는 도중.

우리 동네 골목길에 들어섰다. 그냥 이런 곳에서 어슬렁거릴 게 아니라 멀리 나갔다가 올까? 부산까지. 아니, 제주도까지 갔다 와버려? 그치만 집에 세희를 두고 혼자 말없이 떠나 버리면,

'흑흑! 신성일 믿었던 내가 바보였어.'

라면서 날 저주하겠지. 그런 상황만은 세희가 날 차버리는 상황보다 더 싫다. 나름대로의 책임감을 가지고 세희를 어렵게 중국에서 데려왔는데.

갈피를 잡을 수가 없다. 면접을 기다리는 3일 동안 너무 방심한 게 아닐까 생각된다. 이런 병X 같은 놈. 난 이제 어디서부터 시작해야 하는 거지?

"야 임~마! 시신~서어어어엉!!"

넋 놓고 길을 가는 도중 내 이름을 부르는 목소리에 나는 뒤를 돌아보았다. 그야말로 광풍 같은 스피드로 내 얼굴을 향해 날아드는 손바닥이 눈에 포착되었다. 살기를 대동한 채 다가오는 손바닥이 나의 안면을 강타하려는 순간!

"……"

손바닥이 내 얼굴 앞에서 우뚝 멈췄다. 손을 뒤따라오는 바람이 내 얼굴에 화악 밀려들며, 나는 그 차가운 바람에 몸을 움찔 떨었다. 이 자식, 날 죽이려고 했어!

손바닥의 주인공은 다름 아닌 용태였다.

"진짜로 때려 버릴 생각이었는데, 왜 안 피했나?"

"……"

"훗! 나의 살기에 얼었군."

한 대 치려다 말았다.

지금은 이 몸이 매우 피곤하니 곤히 사라져 줬음 좋겠다. 백수와 얘기를 하면 백수 바이러스에 전염될지 모른다고.

용태가 말했다.

“야, 무슨 안 좋은 일 있었냐? 표정이 왜 그래? 면접 불합격이라도 됐어?”

“헉!”

뭐야? 어떻게 그 사실을 한 번에 알아맞출 수가 있지? 이것이 말로만 전해 내려오던 백수 5초식 비장의 신공, 관심법?! 고등학교 졸업하고 백수로 전향한 지 얼마 되지도 않았을 텐데 상당한 고수의 경지에 이르렀군. 백수에 소질이 있어 보여.

내 표정을 눈치 챘는지 용태가 날카롭게 파고들었다.

“너… 설마 진짜로 면접 떨어졌냐? 으하! 너 아버지가 그 회사 부장이라며! 그런데도 떨어졌단 말야? 야~ 아버지란 빽이 있어도 취업을 못할 정도로 취업난이 심각하긴 심각하구나. 어떡하냐, 너? 이제 세희 어떻게 먹여 살리려고?”

“시끄러워, 임마! 이 사실이 세희의 귀에 들어가면 세희가 걱정한단 말야.”

“……”

순간 용태의 표정이 음흉하게 빛났다. 아뿔사! 내가 백수에게 해선 안 되는 말을 하고 말다니!

‘아직 세희는 신성이가 면접에서 떨어진 걸 모르는 모양이군. 그리고 신성인 세희가 진실을 알길 꺼려하는 것 같고! 1년치 이용해 먹을 감이다!’

그렇게 생각하는 게 표정으로 다 보인단다, 용태야.

“아~ 이거이거, 세희에게도 알려주지 못할 비밀을 나에게 그렇게 토로하다니. 역시 신성인 나의 베스트 프렌드야. 신성아, 이런 일이 있

을 땐 함께 술이라도 마시며 스트레스를 풀자꾸나. 계산은 내가 할 테
니까, 술값은 네가 내렴."

"…술?"

술이라… 이제 고등학교도 졸업했으니까 마셔도 괜찮겠지? 술로써
현실을 잠시나마 잊는 건 좋겠는데. 술값을 내가 낼 줄은 몰랐다. 제
길!

중학교 때 이후로 3년 만에 술이란 걸 다시 마셔보게 되었다. 나는
술을 마시면 폭주(暴酒)하는 편이다. 물론 건강에 나쁘단 걸 알지만, 나
는 술이 세다 보니 마시면 계속해서 넘어간다. 중학교 땐 그 어린 나이
에 무슨 고민이 많아서 술을 그렇게 처먹어댔는지. 사나이는 깡이란
생각에 안주도 없이 깡소주를 몇 병이나 들이켰던 것도 기억한다. 그
리고 술 마신 다음날 아침에 피 토하고 병원에 실려갔던 것도 기억한
다. 정말 죽을 뻔했지. 지금에서야 그때의 내가 반쯤 미쳤었다는 걸 새
삼 깨닫게 된다.

나와 용태는 대낮부터 포장마차에 둘러앉아 술을 들이켰다. 테이블
엔 맥주 두 병과 술잔, 꼼장어 한 그릇이 전부였다. 소주를 먹으려고
했는데 빨리 취하면 대낮부터 추태 부릴 것 같아서 맥주를 시켰다.

술을 한 잔 깨끗이 들이킨 용태가 카아~ 하는 겉멋 들인 상쾌감을
표출하며 꼼장어를 찍어 먹었다.

"세상이 원래 이런 거 아니냐. 경제는 날로 안 좋아지고, 일자리는
점점 감소하고, 국회의원은 비리로 들끓고. 쩝… 요즘엔 나 같은 백수
가 가장 편한 직업이지, 뭐."

"바보야. 일을 하지 않으면 밥은 어떻게 먹고, 옷은 어떻게 사고, 잠은 어디서 자냐? 여자 만나서 결혼은? 부모님은 어떻게 봉양할 건데?"

"글쎄… 백수로 정 못 먹고살겠으면 콱 군대에 들어갈까 생각 중인데."

"고졸이 군대를 갈 수 있냐?"

군대도 좋은 생각이라고 할 순 없다. 통일 이후로 의무 징병제가 사라졌지만 지금은 오히려 취업이 안 되니 직업 군인으로 전향하는 사람들이 많아졌다. 요즘엔 여자들도 돈 벌려고 군대를 지향한다더라. 군대 간다는 사람들이 그렇게 늘어나다 보니 군 입대 조건이 정해졌는데, 대학 재학 중에 성적은 중위권 이상, 자격증을 아무거나 한 개 이상 취득하여야 한다.

겨우 고졸뿐인 용태는 군대도 들어갈 수 없는 찬밥 신세인 것이다.

"걱정 마. 내 팔촌 형의 친구의 아버지가 육군 대령이라고 하더라. 잘 말해 보면 어떻게든 되겠지."

"참 가까운 사이구나. 팔촌 형의 친구의 아버지?"

의무 징병을 했던 과거 사람이 본다면 지금은 정말 웃긴 세상이 되어버렸다. 내가 태어나기 이전엔 군대 가기 싫어서 외국으로 도망가고, 등에 문신도 하고, 원정 출산에, 없는 병도 만들어내고, 군 면제 비리까지 했다는데. 지금은 오히려 군대 가고 싶어서 비리를 꽤 하는 용태 같은 놈이 나타나다니. 이런 썩을 놈의 세상.

나도 술과 함께 꼼장어를 주섬주섬 집어 먹었다.

"후유~ 그 소리 들었냐? 선미 걔, 취직했다드라? 꽤 큰 출판사에 취직한 모양이야."

“출판사? 걔가 출판사 일도 할 줄 아냐?”

“응. 잘은 모르겠지만 운 좋게 붙었대. 그… 쩡어람인가, 청어랑인가 하는 출판사던데, 잘 기억은 안 난다.”

“……”

어디서 들어본 것 같은 출판산데. 어쨌든 축하할 일이네. 그 왈가닥 선미가 출판사 일을 잘할 수 있을지는 모르겠지만.

나는 선미 생각을 떨쳐 버리고 계속해서 술을 들이켰다. 술을 좋아하는 사람들은 술을 달콤하다라고 표현하곤 하는데, 나는 그저 취하는 용도로만 마시기 때문에 술에 별 매력을 느끼지 못했다. 입 안 가득, 목구멍 가득 맥주 특유의 술 내음이 싸하게 퍼지며, 뒤끝이 남는다.

입 안 가득 꼼장어를 씹으며 용태가 말했다.

“그리고 태민이하고 유리는 대학에서 공부만 한다고 하고.”

“둘이 공부를 할 리가 없잖아. 매일 닭살 짓만 떨 텐데.”

나는 꼼장어에 시선을 가져가다, 그릇에 있던 꼼장어가 어느새 3개밖에 남지 않았다는 것을 알았다. 용태 녀석, 이걸 다 먹어치우다니.

“임마! 술 사는 건 난데 왜 니가 다 먹어?”

“야야, 이 가게는 내 단골이라서 안주는 아줌마가 공짜로 해줘.”

“아, 그러냐? 아줌마, 여기 꼼장어 한 그릇 더 주세요. 맥주도 세 병 더 주시구요.”

꼼장어와 술을 더 시킨 뒤 우리는 다시 대화를 나눴다. 같은 반에 있던 누구가 어쨌다느니 하는 화제가 중점적이었다. 졸업한 지 얼마 되지도 않았는데 다들 취직했다느니, 떨어졌다느니, 많은 일들을 하고, 또 준비하고 있다는 걸 알았다. 그리고 그 화제부터 시작해서, 그 국회의원 또 단식해서 짜증난다느니, 이젠 비자금을 비행기에 실어서 비행기째 돈을 준다느니 하는 시시껄렁한 대화까지 오가고 나자 어느새 화제는 나에게로 돌아와 있었다.

"그래서 세희한테 아무 말 못하는 거구나."

"그래, 네가 내 입장이 되어봐. 막막하다. 세희가 중국으로 떠나면 나 진짜 콱! 양동이에 대가리 박고 죽어버릴지 몰라."

"으음~ 너, 아직 세희 건드려 본 적 없다고 했지?"

"응. 난 아직 순수하다고."

"그럼 해! 해서 만들어놓으면 세희를 꽉 움켜잡을 수 있다고!"

헛! 어찌 그런 말을 서슴지 않고 꺼내다니. 원래 그런 놈이란 건 알고 있었지만 사람들 많은 곳에서 그렇게 떠들면 창피하잖아.

"그건 내가 일자리를 가졌을 때엔 가장 좋은 방법이겠지. 하지만 아무것도 벌어먹을 게 없는 상태에서 세희하고 만들어 버리면 더블로 어떻게 감당해."

"음~ 그런가?"

나는 술 한 잔을 마저 비웠다. 어느새 또 한 병이 동났군. 나 한 병에 용태 한 병 반인가? 아직 정신은 둘 다 말짱하다. 맥주 한두 병 정도야 음료수지.

어디 보자, 지금 시간이 12시. 별로 안 지났네? 세희가 집에서 걱정하고 있겠다. 하지만 무슨 낯짝으로 세희를 보냐.

"그냥 세희가 사실을 알 때까지 외박하고 있을까?"

"어머나. 재미없는 이야기들 나누시네요?"

"……?"

나와 용태 사이를 끼어드는 여성의 목소리에, 우린 고개를 돌렸다. 웬 늘씬하게 빠진 미모의 여성이 우리 앞에 서 있는 것이 아닌가? 단정한 단발머리에 잘 빠진 몸매의 여성으로, 자신감 넘치는 표정에서 지적인 분위기가 느껴지는 인텔리 풍의 미녀다. 갑작스런 그녀의 등장에 용태는 벌린 입을 다물 줄 몰랐다. 나도 같이 놀랐지만 용태와는 조금 다른 의미에서였다. 내가 이 여자를 언제 한 번 본 것 같은 기분인데?

"안녕하세요. 기억하시나요? 전에 같이 면접 보았던 8번 김지혜예요. 정말 우연히 뵙게 되네요. 9번 시신성 씨."

"…아! 그……."

생각났다. 내 옆에서 같이 면접 보았던 8번 여자. 크으! 사실 내가 이번 면접에 떨어진 건 이 여자하고 7번 여자 때문이 아니었을까? 딱 보기만 해도 돈 있고, 능력있어 보이는 여자이니, 면접 전에 내가 위축된 건 당연했다. 한마디로 기 싸움에서 밀렸다는 것이다.

나원참, 지난 일을 여자에게 핑계대다니. 시신성, 취했구나.

김지혜라 밝힌 그녀가 다소곳이 물었다.

"괜찮다면 합석해도 될까요? 혼자 술 마시긴 꿀꿀한 날이네요."

"물론입죠!! 아줌마! 여기 맥주 두 병하고 꼼장어 두 접시 추가요! 술잔 하나 더 주시구요."

용태가 기꺼이 승낙하며 그녀의 앞에 의자를 대령했다. 내 의견도 안 묻고 바로 대답하는 걸 보니 이 여자가 한눈에 좋게 보였나 보다.

지혜 씨가 자리에 앉자마자 포장마차 아주머니가 술과 꼼장어를 테이블에 내놓았다.

"젊은 사람들이 대낮부터 낮술을 들이키는 걸 보니 직장에서 떨어졌나 보구려. 에휴~ 많이 먹어."

용태는 아주머니가 내온 맥주병의 병 뚜껑을 따고, 술잔을 지혜 씨에게 건넸다. 아주 신이 나셨구만. 예쁜 여자라면 사족을 못 쓴다니까.

"고마워요. 저……."

"전용태입니다."

"고마워요. 용태 씨."

"별말씀을. 헤헤!"

용태가 따라주는 술을 살짝 입에 가져간 그녀가 반대로 용태에게 술을 따랐다. 그리고 나에게도 따라주었다. 여자한테 술 받는 건 처음이네. 겨우 얼굴 한번 마주쳐 본 사이인데 이렇게 친하게 굴어도 되는 건가?

따라주는 술을 받으며 말했다.

"여긴 어쩐 일로 오셨습니까?"

그러자 그 질문이 나올 줄 알았다는 듯이 웃는 그녀.

"면접 결과 보고 집에 돌아가는 길이에요. 집이 이 근처거든요."

"앗! 그게 정말이십니까? 집이 이 근처라면 저랑 자주 마주칠 수도 있겠는데요?"

"어머? 그래요?"

용태가 끼어드는 소리도 무시하며 그녀에게 질문했다.

"붙었습니까?"

"떨어졌어요."

떨어졌다고? 왜지? 이런 여자라면 붙을 것 같았는데. 이번 입사 지원자들이 그렇게 실력이 출중했나? 나는 그녀에게 이유를 물을까 하다가 관뒀다. 이유 같은 걸 따지면 더 괴롭다는 걸 누구보다 잘 알고 있으니까.

"물어보니까 6등으로 불합격이래요. 믿지 못해서 회사까지 직접 찾아갔지만……."

"안타깝군요."

나는 몇 등으로 불합격됐을라나? 뭐, 6등으로 불합격이 되든 꼴등으로 불합격이 되든 불합격은 불합격이니까 따질 건 안 되겠지? 그래, 나는 절대 저 여자에게 뒤떨어지지 않아! 그렇게 위안 삼자.

지혜 씨는 침울한 표정으로 술잔을 비웠다… 가 갑자기 기침을 토했다.

"켁켁! 간만에 마셔보는 술이라서 그런지 입에 안 맞네요. 콜록!"

"여기, 꼼장어 드십쇼!"

기회는 이때다 싶은 용태가 젓가락으로 꼼장어를 집어 그녀에게 먹여주었다. 저거 용태가 빨던 젓가락을…

용태가 회심의 미소를 지으며 나에게 슬쩍 브이 자를 그렸다. 녀석, 부럽다… 가 아니지. 내가 왜 세희 아닌 다른 여자에게 시선을 팔지?

"고마워요, 용태 씨. 그리고 신성 씨, 이제 어쩌실 거예요? 취업 말예요. 카마디는 불합격되었으니 다른 게임 회사에 취직할 생각인가요?"

"네? 어떻게 제가 불합격이란 걸 알죠? 가르쳐 준 적 없는 것 같은데."

"합격되었으면 이런 곳에서 술이나 마실 리가 없잖아요. 그리고 표정에 불합격이라고 쓰여 있는걸요. 그나저나 집에 책임져야 할 여자가 있다면서요. 어떻게 먹고살 거예요?"

역시 나보다 정신 연령 높은 누님이라 그런지 눈치 하난 기가 막히군.

나는 뒷머리를 긁적였다.

"일단 다른 곳에 원서를 제출해 봐야겠죠."

"괜찮겠어요? 카마디는 게임 회사 중에선 그나마 경쟁률이 적은 편이라고요. 다른 곳의 경쟁률은 기본이 천 대 일인 데다가, 야간 대학을 다니면서 직장을 다니는 사람들을 하위로 쳐서 더 어려울 거예요."

그렇다고 대학 졸업하고 취업을 나간다면 대학을 다니는 4년 동안 나하고 세희는 어떻게 먹고살라고? 4년 동안 굶으란 말인가? 아버지와 어머니는 전혀 관여를 하지 않겠다고 하고, 최준 형에게 빌어먹자니 한계가 있는 법이다.

그런데 왜 자꾸 내 얘기가 화젯거리가 되는 거지? 나는 화제를 지혜 씨 쪽으로 돌렸다.

"지혜 씨야말로 어떡하실 겁니까?"

"어쩌기는요. 이제 선이나 보러 다녀야죠. 직장에 붙지 못하면 결혼한다고 부모님과 약속했거든요. 후유~"

그녀가 술병을 찾자, 지금까지 잠자코 있던 용태가 재빨리 그녀의 술잔에 술을 따랐다. 고맙단 인사말과 함께 그녀가 술잔을 기울였다.

"결혼하기 정말 싫은데 말이죠. 원래는 결혼 안 하려고 직장에 붙기 위해 죽어라 공부했던 건데. 다 물거품이 되어버렸네요."

나는 결혼 빨리 하고 싶은데도 못하는데. 이 여자는 결혼하기 싫어서 공부를 했단다. 대단하시구려.

슬슬 취기가 발동했는지 지혜 씨의 얼굴이 붉어지기 시작했다. 술에 약한 체질인가?

"후아~ 우리 아버진 짱 큰 회사의 회장이에요. 굉장히 보수적인 편이라 때에 맞지 않게 남녀 차별이 심하죠. 그래서인지 외동딸인 저에게 회사를 물려주려 하지 않아요. 그까짓 짱 큰 회사는 어차피 백만 개 줘도 필요없는데. 아버지는 제 배우자에게 회사를 물려주려고 날 빨리 결혼시키려 하는 거예요. 헤유~ 불쌍하지 않아요? 괜히 배신감이 느껴지더라구요. 회사를 물려줄 후계자를 위해 날 24년 동안 키운 걸까 하고 말이죠. 전 그런 아버지에게 반항했어요. 그리고 크게 싸운 끝에 저와 아버진 약속을 한 가지 하게 되었죠, 제가 취직하면 마음대로 해도 된다고."

"흐으억! 가슴 아픈 스토립니다."

용태가 가슴 찡한 표정으로 눈물을 흘렸다. 그게 그렇게 눈물을 흘릴 만한 내용인가? 이제 꼼짝없이 배우자를 기다려야 하는 여자의 처지가 되어버린 지혜 씨의 입장이라… 침울한 표정인 지혜 씨의 옆얼굴에서 세희가 보이는 것은 왜일까?

술을 마시며 자신의 처지를 털어놓는 지혜 씨를 보니, 왠지 연민의 감정이 스친다. 용태처럼 눈물 흘릴 정도는 아니지만.

"후우~ 죄송해요, 제가 주책이죠? 이렇게 제 처지를 털어놓은 적이 한 번도 없었는데, 신성 씨와 용태 씨 앞에서 제 비밀을 털어놓게 되네요. 그런데 되게 덥네요? 옷 좀 벗어도 될까요?"

"네! 물론 환영……."

"술 마셔서 몸에 열이 오른 것 같습니다. 벗으면 금세 추워져서 감기 걸립니다. 입고 계세요."

용태가 테이블 아래로 내 정강이를 걷어차며 조용히 속삭였다.

"야! 너 왜 그래? 좋은 구경 하게 됐는데."

"니가 색마냐? 백수 주제에 여자 밝히면 못써!"

갑자기 지혜 씨가 끙끙 앓는 소리를 냈다.

"죄송해요. 제가 술에 약해서… 머리가 어지러운데, 어디 누울 데 없나요?"

이런 곳에 누울 곳이 있을 리가.

"그냥 집에 들어가서 주무시죠. 바래다 드리겠습니다."

"집엔 가기 싫어요. 아버지와 어머니가 있는 집은. 저, 신성 씨 집에 데려다 주시면 안 돼요? 조금만 누웠다 가고 싶은데."

그건 말도 안 된다. 겨우 두 번 마주친 상대를 집에 들이다니. 그리고 이 여자, 다 큰 처자가 남자 집에 가겠다니(남자만 있는 건 아니지만). 철이 없군.

난 딱 부러지게 거절했다.

"죄송합니다, 지혜 씨. 저희 집엔 들일 수 없겠군요. 용태야, 너희 집은?"

"나 외박한 지 일주일째잖아. 집에 혼자 들어가도 죽는데 여자까지 데리고 들어가면 엄마한테 더블로 죽어."

"그럼 이 근처에 여관방 있었지? 그곳으로 데려가자."

"어머나! 건장한 남자 둘이서 저 한 명을……?!"

"이상한 짓을 할 리가 없잖아요!"

"남자는 늑대라서 믿을 게 못 된다고 친구한테서 들었는데."

친구를 잘못 사귀었군.

"…그럼 그냥 있으시죠."

"아, 저… 그럼 어깨에 기댈 수 있게 해주실래요? 머리가 무거워요. 네? 신성 씨."

아, 왜 자꾸 나한테만 말을 걸고 나한테만 이러는 걸까? 유혹이라도 하는 건가? 옆에 잔뜩 근육을 불려놓은 용태의 어깨가 더 넓고 좋은데. 용태는 나를 굉장히 부러운 눈으로 쳐다보았다. 그거 내가 하면 안 될까? 라는 표정이다.

하지만 내가 지혜 씨의 부탁을 거절하기도 전에, 지혜 씨는 내 어깨에 머릴 기대고 있었다. 거참, 처음 말을 튼 여자에게 어깨를 빌려주다니. 그나저나 무슨 샴푸 쓰지? 향기 좋네.

"지금 제 머리 향기 생각하고 계셨죠?"

"헉!"

지혜 씨가 싱긋 웃었다.

"생각하는 건 좋은데, 이상한 짓은 금물이에요. 그럼 저 신경 쓰지 말고 계속 이야기 나누세요."

"……."

이야기가 나눠질 리 있나.

그렇게 먹고, 싸고, 자길 여러 번. 시계의 시간은 오후 5시를 가리키고 있었다. 날은 어둑어둑 저물고, 그와 함께 테이블의 술병은 늘어만 갔다. 정말 시간 때우기로 느릿느릿 먹어댔다. 술은 안 채우고 꼼장어만 뱃속에 넣어놨단 얘기다. 술에 취하기 전에 꼼장어에 취해 버리겠네.

"너 의외로 술이 세구나. 딸꾹!"

"후후! 잘 취하지 않는 체질이라서 말이지. 끅! 너야말로 술 센데? 몇 병째냐?"

"열 병째다. 그런데 꼼장어만 먹어대서 배부르다. 끅!"

"이걸로 오늘 점심하고 저녁은 해결했네. 딸꾹!"

윽! 이거 너무 마셨나? 눈앞이 멍해진다. 테이블에 엎드려 눈을 감았다. 이대로 곯아떨어지면 누가 날 집까지 데려다 주려나?

용태는 지치지도 않는지 술을 한 잔 더 비웠다.

"아이, 쉬파. 오늘은 백 병째 기록 세우려고 했는데."

"술 가지고 기록 재는 것만큼 바보 같은 짓도 없다."

"끄으… 오줌 마려워. 나 잠시 나갔다 온다."

"노상 방뇨냐?"

"이 근처에 경찰 없어."

용태는 비틀비틀 일어나 포장마차에서 나갔다. 자리에 남은 건 나와 내 어깨에 아직까지 기대어 자고 있는 지혜 씨뿐이다. 추울까 봐서 용태가 입고 있던 자신의 외투를 그녀에게 덮어준 상태다. 그냥 집에 들어갈 것이지. 이런 곳에서 낯선 남자와 술 마시는 걸 알면 부모님이 걱정할 텐데.

"……."

생각해 보니 나나 지혜 씨나 같은 처지구나. 세희도 지금쯤 날 걱정하겠지? 아무 말도 하지 않고 나왔으니까.

남 말 할 처지가 아니었네.

나는 술을 다시 들이켰다. 내일 숙취 따윈 아무 상관 없었다. 오늘은 취해서 죽고 싶다.

“이제 그만 드세요.”

“…….”

지혜 씨의 목소리와 함께 내 어깨가 가벼워졌다. 이제야 깨어나다니. 나는 굳은 어깨를 풀며 그녀에게 말했다.

“언제부터 깨셨습니까?”

“용태 씨가 나갈 때부터요.”

“말 놓으십쇼. 전 열아홉살이라구요. 다섯 살 차이 아닙니까.”

“그래도 그럴 순 없죠. 다 같은 백수 동료인데.”

나하고 용태는 백수일지언정 당신은 돈도 많고, 솔직히 직장 없어도 잘 사는 상류층 사람 아니유. 그저 잘난 남자 만나서 결혼만 하면 되는.

술을 계속해서 기울여도 그녀는 날 굳이 말리지 않았다. 대신 새로운 질문을 해왔다.

“신성 씨 집에 있다는 애인 때문에 절 집에 들이지 않는 거죠?”

족집게시네. 면접도 떨어졌는데다 취한 여자까지 집에 들이면 세희가 날 어떻게 보겠니? 아무리 순진한 여자라도 오해하고 말걸?

나는 아무 말도 하지 않고 술잔만을 기울였다. 그녀가 다시 물었다.

“예쁜가요? 그 애인.”

“예쁩니다. 저랑 동갑이고, 제가 대전에 있는 고등학교로 전학 오면서 2학년 때부터 친구가 되었습니다. 서로 가까워지다 보니 어느새 장래까지 약속한 사이가 되었구요.”

“음~ 친구에서 애인으로 발전한 거네요?”

“그렇죠.”

또 한 잔을 비우고 나자, 어느새 또 한 병이 동났다. 이제 몇 병째인지 기억도 안 난다. 너무 어지럽다. 더 이상은 무리다. 이제 어딘가로 가긴 가야 하는데. 집이냐, 여관이냐, 지하철이냐…

"신성 씨, 괜찮아요?"

괜찮을 리가 없잖수. 아무리 나라도 취하면 돌아버린다고.

"괜찮아요, 아직은. 이제 그만 들어가 봐야……."

혀 꼬이는 소리를 내며 자리에서 일어서려 하자, 지혜 씨가 날 붙잡고 부축했다.

"저, 신성 씨, 부탁이 있어요."

"네? 부탁이라뇨?"

"신성 씨의 핸드폰 번호, 알 수 있을까요?"

용태와 지혜 씨와 헤어진 뒤, 길을 걷는 중이다. 내가 집 쪽으로 가는 것 같다. 길을 가는 도중에 구토를 몇 번이나 했는지 모른다. 으윽! 아까운 꼼장어. 너무 구토를 많이 하다 보니 배가 홀쭉해졌다.

"우엑! 우욱! 웩!"

동네 사람들이 보면 뭐라 그러겠다. 빨리 도망가자.

눈앞은 휘청휘청 찌그러져 보이는데도 정신은 말짱했다. 아까 전까진 취했다라고 생각했는데, 지금은 취한 건지 안 취한 건지 감을 잡을 수가 없었다. 마치 저 전봇대가 서로를 부둥켜안고 있는 모습이, 진짜 현실인 것마냥 보인다. 전봇대는 원래 부둥켜안고 있었지, 라고 인식되어 버린 것이다. 나만 이런 생각을 하는 건가?

그런데 왜 이렇게 중심이 안 잡히냐? 아~ 원래 내 다리가 여덟 개였지. 그래서 중심이 안 잡혔던 거구나.

“딸꾹!”

길을 걷던 중 갑자기 골목 벽과 길바닥에서 뭔가가 튀어나왔다. 어라? 저놈은 벽. 저놈은 땅바닥? 가만, 지금이 게임인가? 신종 몬스터?

고개를 흔들며 시야를 바로잡았지만 벽과 땅바닥은 여전히 내 주위를 어슬렁거렸다. 그러던 중 벽이 은근슬쩍 나와의 거리를 좁혔다. 그리곤 난데없이 스트레이트 펀치를 날렸다!

쾅!

“으윽!”

내가 맞아본 펀치 중에 가장 강력했다. 고스티스터의 펀치보다 13.475배 더 세다. 이런 펵치기꾼 같은 놈! 나에게 덤빈 걸 후회하게 해주겠어! 나는 벽을 향해 있는 힘껏 주먹을 날렸다. 하지만 그것은 허공만을 가로지를 뿐이었고, 이어진 땅바닥의 발차기에 오른쪽 훅을 얻어맞고 녹다운되고 말았다.

“으억! 으…….”

이마에서 피가 나고 있어. 나, 펵치기당한 건가?

눈을 떴다. 시야에 들어온 건 낯익은 천장. 느껴지는 건 축축한 스펀지 같은 몸이다. 내가 지금 집에 있는 건가? 내가 왜 집에 있지? 벽하고 땅바닥한테 퍽치기당한 것까지 기억하는데, 그 이상은 전혀 기억이 안 난다. 필름이 끊겨 버렸군.

몸을 일으켰다. 머리가 깨질 듯이 아파왔다. 간만에 느껴보는 최악의 두통이다. 어디 꿀물 없나? 집에 꿀이 있을 텐데…

거실로 향하려 침대에서 일어났다. 그때 방문이 열리며 쟁반에 그릇을 담아 가져온 세희가 나타났다. 세희와 눈을 마주치는 순간 화살 하나가 내 머리에 푹 하고 박힌다. 세희의 저 무미건조한 표정을 보라! 이럴 땐 뭐라고 말해야 하지?

"세, 세, 세… 세희… 야."

“…….”

세희는 내 방 책상에 그릇을 올려놓고는 손으로 수화를 그렸다. 나는 머리가 깨질 듯이 아픈 와중에도 그걸 해석하는 데 바빴다.

'어제 걱정돼서 나가봤더니, 네가 길에 쓰러져 있었어.'

라고 한 건가? 혹시 벽하고 땅바닥 못 봤니?

'무슨 술을 그렇게 마신 거야? 무슨 일 있었어?'

무슨 일이야 당연히 있고말고. 하지만 면접에서 떨어진 사실을 곧이곧대로 말해 버리면 세희가 정말 실망할 거야. 무슨 수를 써야…

'꿀물 타왔어. 어서 마셔.'

세희가 꿀물이 담긴 그릇을 나에게 건넸다. 나는 그걸 주는 대로 꿀꺽꿀꺽 들이켰다. 말랐던 목이 달콤하게 젖어들며 한결 정신이 드는 기분이다.

그릇을 비우자마자, 세희가 물었다.

'면접은?'

속으로 화들짝 놀랐다. 그, 그, 그… 그게 뭐라고 말해야 하지? 내 머리는 빠른 연산을 수행하고 있었다. 사실대로 말할까? 아니면 거짓말이라도 해야 하나?

나는 떨리는 손을 최대한으로 진정시키며 빈 그릇을 세희에게 돌려주었다. 어서, 어서 말을 해야 돼. 안 하면 더 이상하게 생각할 거야.

“그, 그거 붙었… 어! 하하!”

결국 내 입은 후자를 선택했다. 세희의 눈빛이 놀라움으로 물들었다. 그리고 그것은 곧 환한 미소로 바뀌었다. 전까진 내가 아침 일찍 말없이 나가, 술 마시고 길에 엎어져 있어서 화났을 것이다. 그치만 내가 면접에서 합격했다고 하자 이렇게 기뻐하는 것이리라. 에휴~ 나도 모르겠다.

세희가 수화를 건넸다.

'축하해, 신성아. 이제 한시름 놓고 대학 다닐 수 있겠네? 정말 수고했어.'

으윽! 양심의 화살이 심장 한구석을 무지막지하게 쑤신다.

'그럼 오늘 맛있는 거 해줄게. 축하 의미로. 그런데 어젠 왜 그렇게 술을 마신 거야?'

세희가 수화로 그렇게 묻자, 내 머리는 다시 미칠 듯이 연산을 수행했다. 벌써 뇌파 수치 한계를 넘어선 지 오래다. 뉴턴 디스크가 타버리겠어.

"그, 그, 그게, 그… 최준 형이 축하한다고 술을 좀 사줬어! 하하, 하하하!!"

잘하는 변명이다. 최준 형이 몇 마디 하면 금세 들통날 변명을 하고 말다니. 그냥 용태하고 마셨다고 토로할걸.

이런 궁색한 변명에도 세희는 웃었다. 그렇게 웃을 뿐이다.

밥을 먹고서 세희에게 중학교 동창을 만난다며 거짓말을 하곤 잽싸게 집을 나와 버렸다. 집 안이 가시 방석 같아서 견딜 수가 없었다. 세희를 마주 보고 있으면 그 순진한 눈망울이 내 가슴을 후벼 파, 세희와 한자리에 있을 수 없어진다. 예전엔 보고 있어도 보고 싶었는데, 지금은 보고 싶어도 못 보는 상황이 되어버리다니. 세희와 같이 있을 수 없는 내 처지가 너무도 한심하도다.

　오늘도 따뜻한 집을 뒤로하고 차가운 바람을 맞으니, 술 생각이 절실히 느껴진다. 용태 불러볼까? 핸드폰으로 용태에게 전화를 걸려는데, 뒤늦게 용태가 핸드폰이 없다는 걸 생각했다.

　용태뿐 아니라 요즘 백수들은 거의가 다 핸드폰이 없다. 그들은 진정 사회와 단절되어 살아가는 백수 폐인들로서, 머리 깎고 도 닦으러 들어간 중과 다를 바가 없는 존재다(그보다 핸드폰 요금을 낼 수가 없으니 안 가지고 다니는 게 맞는 말일 것이다). 그저 길 가다가 마주쳐야 할 뿐, 그들과 연락할 수 있는 수단은 없다.

　혹시나 동네 PX방에서 게임하나, 라는 생각으로 인터네셔널 PX방에 들어가 봤지만, 용태의 모습은 보이지 않았다. 지하철에서 아직 자고 있나? 숙취가 덜 깼을 수도 있겠군.

　나는 이 추운 1월에 지하철역에 쪼그려 앉아 오돌오돌 떨고 있는 용태를 생각했다. 차가운 바람이 옷 속을 스미며 연속되는 기침을 만들고, 지하철 지나다니는 소리가 매번 잠을 깨운다. 숙취에 의해 머리가 깨질 듯이 아픈 와중에 노숙자들이 용태를 발로 걷어차고, 자리 싸움이 시작된다. 자리에서 쫓겨난 용태는 결국 어머니가 있는 집에 들어가지만 어머니한테 죽기 일보 직전까지 얻어터지고 쫓겨나게 된다.

　여기서 용태를 '나' 라고 가정하고, 어머니를 '세희' 라 가정한다면, 나도 충분히 그런 상황이 연출될 수 있다. 지금의 내 처지가 그럴 만하니까.

　난 길을 걸으며 한숨만을 연발했다. 오로지 한숨뿐이다. 더 이상의 한숨은 없을 정도로 한숨만 날 뿐이었다.

　돈! 오로지 돈만 있으면 뭐든 할 수 있을 것 같은데. 그놈의 돈이 무엇인지… 사람 하나를 잡을 생각인가?

"후유~"

시끌시끌… 기이잉~ 쾅! 쾅!

내 한숨과 함께 섞여 들어오는 기계 소리. 갑자기 귀가 시끄러워졌다. 사람이 많은 대로가는 아닌데… 어디서 공사하나? 요란한 기계 소리와 함께 사람들의 목소리가 간간이 끼어들었다.

무심코 소리가 나는 방향으로 고개를 돌리자 건축 자재를 나르는 인부들이 보였다. 대부분은 30대에서 50대의 아저씨들이지만 내 또래의 학생들도 열심히 벽돌과 짐을 나르고 있다. 저거 얼마나 힘들까? 보통 막노동판 한 번 뛰면 20만원은 준다고 하던데.

난 아무 생각 없이 그 자리를 돌아섰다… 가 다시 시선을 그쪽으로 돌렸다. 지금 막노동판에라도 뛰어들어야 할 상황이 아니던가, 나는?

과거 아버지가 했던 말 중에 유일하게 기억하는 말이 하나 있다. 공부를 못해도 돈을 못 버는 건 아니다라고. 단지, 공부를 많이 한 사람은 편하게 돈을 벌고, 공부를 못한 사람은 힘들게 돈을 벌 뿐이라고 했다. 물론, 난 공부를 안 했다. 공부를 왜 안 했느냐? 구세대식 주입 교육 사회에 대한 반항이다! 평소에 공부를 안 해도 시험 시간 전 10분만 공부해도 평균 90점을 웃돌 수 있다는 것을 보여주며, 지금의 교육 정책에 반발하고 싶었다. 뭐, 결국엔 무의미한 짓이라는 걸 알았지만. 지금은 약간 후회되기까지 한다.

어쨌든 공부를 잘했든 못했든, 돈 버는 방법이 힘들든 힘들지 않든, 일단은 벌어먹고 사는 게 더 급급한 상황이다. 온몸이 부서진다 해도, 밥을 못 먹는다 해도, 대학을 포기한다 하여도 세희만 내 곁에 있어준다면 막노동판에라도 뛰어들 수 있어!

"비켜요! 비켜!"

아저씨들을 밀치며 있는 힘껏 벽돌을 위층으로 날랐다. 어깨에서 느껴지는 벽돌 무게의 압박으로 뼈가 쑤시고 살에 피멍이 든다. 몸이 열로 후끈 달아오르며 한겨울의 날씨가 마치 한여름처럼 느껴졌다. 헉헉! 하지만 멈출 수야 없지!

시멘트 나르기, 철근 나르기, 파이프 나르기, 모래 고르기, 폐자재 운반까지. 인부 아저씨들의 쉬엄쉬엄 하란 소리도 무시한 채, 죽어라 몸을 움직였다. 그동안 운동으로 다져진 몸이다. 이런 것쯤은…

"헉헉!"

장난이 아니다.

일한 지 한 시간밖에 지나지 않았는데 이리도 빨리 지칠 줄이야. 정말로 쉬엄쉬엄 할 걸 그랬다. 어깨는 내려앉는 듯이 아프고 땀은 한여름 무더위 때처럼 비 오듯 쏟아진다. 곧 땀이 식으면 더 추워질 텐데. 잠시 벽에 등을 기대고 쉬고 있자 인부 감독 아저씨가 날 재촉했다. 저런 깐깐한 아저씨. 좀 쉴 시간은 줘야 할 거 아뇨. 내가 무슨 마징가 제트도 아니고.

사실 요즘은 건물 짓는 거 사람 손으로 하는 게 구시대적인 것이다. 2015년까진 인부들이 하루 일당 받아가며 막노동판을 이리저리 떠돌아다녔는데. 미국은 로봇 건설화가 도입되면서 대부분의 건물들을 막노동Z(?)나 노동V(?)들이 짓는다. 이 로봇의 성능이 꽤 좋아서 로봇 한 대당 인부 세 명의 일을 할 수 있을 정도다. 우리 나라는 2020년부터 이것이 도입되었는데, 로봇의 값이 비싸서 돈 많은 건물주가 아니면 로봇으로 건물을 짓지 않는다. 때문에 이런 작은 건물은 아직도 사람이 짓는 편이다.

뭐, 나야 전까진 건물을 로봇이 짓든, 사람이 짓든 알 바 아니었다. 하지만 지금은 로봇 따윈 사라져야 한다고 주장하고 싶다. 로봇이 인간의 일까지 가로채 가버리면 인간은 뭐 먹고살라고? 어쩌면 지금 경제가 이따위로—잘사는 사람은 잘살고, 못 사는 사람들은 추락해 버리는—되어버린 건 과학 때문이 아닐까라는 생각도 해본다. 뭐, 내가 과학자도 아니고 지껄일 소린 아니지만.

어느새 점심 시간이다.

근처 슈퍼에서 빵하고 우유나 사 먹을까? 주머니에서 지갑을 꺼내보자…… 어라? 어째서 돈이 이거밖에 없는 거지? 어제 술 마시느라 다 써버린 건가? 삼십만 원이나 들어 있었는데 그걸 다 썼을 리가. 어제 분명…

'아줌마, 계산이요.'

'꼼장어 많이 먹었으니까, 꼼장어 값까지 다 내.'

'헉!'

맞아. 포장마차 아주머니가 꼼장어 값까지 다 내놓으라고 해놓구선 지갑에 있는 돈을 다 빼가 버렸다. 용태가 꼼장어는 서비스랬는데… 나중에 죽었어, 전용태!

남은 돈은 천 원뿐. 빵 사 먹기엔 모자라고, 사탕 하나 사 먹을 수 있는 돈이다.

꼬르륵.

나도 절규하고, 내 배도 절규하고, 이 미칠 듯한 처절함이라니. 굶으면서 이 일을 얼마나 할 수 있을까?

"여봐, 신참. 같이 밥 먹으러 갈래? 내가 사줄게."

"헉!"

순간 들려오는 구원의 목소리. 난 나에게 손짓하는 한 인부 아저씨를 바라보았다. 내 목까지 오는 키에 검고 거칠게 그을린 피부, 작은 눈과 탄탄한 근육을 가진 아저씨다. 아아~ 천사표 백만 개 아저씨. 당신에게 세희의 영광이 있으리요.

"정말 사주시는 겁니까, 점심?"

"물론. 따라와."

나는 속으로 나이스와 예스를 적절한 비율로 섞어 외치며 인부 아저씨를 뒤따랐다. 처음 보는 사람에게 밥을 사주는 사람을 믿지 않으면 누굴 믿는단 말인가? 아아~ 이 감동. 아직도 우리 사회에 이런 빛을 가진 아저씨가 있었다니.

아저씨는 날 막노동판에서 얼마 떨어지지 않은 작은 식당에 데려갔다. 그리고 그곳에서 국수 두 그릇을 시켰다. 서로 마주 보는 자리에 앉은 상태에서, 나는 아저씨에게 고마움의 인사를 했다.

"고맙습니다, 아저씨. 마침 돈이 없어서 점심 어떻게 해결하나 고심 중이었는데."

"고맙긴, 뭘. 그나저나 고생이겠어, 젊은 학생이. 취직 불합격됐구만."

"앗! 그걸 어떻게 아시죠?"

"이맘때쯤이면 자네 또래의 학생들이 취직 못해서 이곳으로 굴러 들어오지."

그렇다면 아저씬 이곳에 꽤 오래 있었던 모양이다?

"나도 이곳에서 굴러먹은 지 19년째라고. 누가 어떻게 왜 막노동판에 뛰어드는진 얼굴만 봐도 알 수 있지. 자네는 딱 보니 집에 애인이라도 두고 왔군."

"허억!"

이 아저씨, 지금까지 내가 봐왔던 족집게 중에 최강이다! 최준 형도 능가할지 몰라.

"대단하시군요. 맞습니다."

"쯧쯧! 난 자네 같은 사람을 보면 괜히 동정심이 생긴다니까. 세상이 어떻게 돌아가는지 원. 젊은 사람들이 우수수 떨어져 가는 이 마당에 국회의원들은 뭘 하는 거야?"

"제 말이 그 말이라니까요! 그 소식 들으셨어요? 그저께 야당하고 여당하고 국회에서 또 싸움질했다잖아요. 어떤 딴나라당 놈은 또 단식하고 지X하던데."

"그 소식 알고말고. 어째 그놈은 돈 좀 먹었다 하면 밥을 안 먹겠다냐? 돈은 먹을 대로 먹었으면서 비리가 밝혀지려고 하니까 단식하겠다고. 하! 뱃속에 지방이 세 겹이라도 되는가 보지?"

"보니까 다섯 겹은 되겠던데요?"

"하하핫!"

제대로 알지도 못하는 국회의원 이야기를 하던 중 국수가 나왔다. 조갯살이 들어 있는 칼국수였다. 나는 젓가락을 들기 전에 21세기 매너남답게 아저씨에게 다시 한 번 인사를 올렸다.

"잘 먹겠습니다. 그전에 존함을 여쭈어도 되겠습니까?"

"응. 내 이름은 정대호. 자네는?"

"저는 시신성이라고 합니다. 이 은혜 잊지 않겠습니다."

"그래. 어서 들어."

아저씨가 젓가락을 드는 걸 확인하자마자, 난 국수의 국물부터 쭉 들이켰다. 약간 뜨겁다고 느껴질 만한 따뜻한 국물이 혀와 목구멍을 타고 몸속까지 따뜻하게 흘러들어 간다. 칼국수의 조갯살 맛과 조미료 맛이 입 안 가득 퍼진다. 대단해, 너무 맛있어! 으흑! 눈물날 정도로 맛있어. 이런 말 하기 세희에겐 미안하지만, 세희가 만든 밥보다 더 맛있다. 이건 내가 지금까지 먹어본 밥맛하곤 비교될 것이 아니었다. 중학교 때, 불량배들과 싸움질하고서 반쯤 터진 채로 먹었던 컵라면보다도, 일주일 동안 외박하고 집에 돌아왔을 때 어머니께서 끓여주신 미역국보다도. 지갑을 잃어버려 낙심하고 있을 때 최준 형이 사주었던 그 소보루 빵보다도.

단순히 칼국수가 맛있을 뿐이 아닌, 아저씨의 정이 들어 있기 때문에 더 맛있는 것이 아닐까(공짜라서 더 맛있는 거겠지)?

난 그릇을 빨리 비웠다. 국물 한 방울도 남기지 않고. 이런저런 생각을 하면서도 제법 빨리 먹었다 생각했는데, 아저씬 이미 다 먹고 이쑤시개로 이를 쑤시는 중이었다. 빨리도 드시네.

나와 대호 아저씬 다시 막노동판으로 발걸음을 옮겼다.

"너무 빨리 일을 끝내 버리면 다른 일을 시키고, 너무 일을 느릿느릿하면 쫓아내 버리지. 인부 감독의 눈을 피해가며 쉬엄쉬엄 일을 해야해. 처음에는 힘들지만 며칠 하다 보면 자연히 요령을 터득하게 되지."

"흐음~"

막노동 일에도 요령이 있었구나. 너무 빨라도 안 되고, 너무 느려도 안 된다. 일은 적당적당히. 오케이!

"그리고 오늘 밤하고 내일은 몸이 좀 쑤실 거야. 길면 내일 모레까지도. 처음엔 이 일이 견디기 힘들어. 집에 갈 때 파스라도 사가는 게 좋을걸."

"하하! 아저씨가 절 모르시는군요. 저 이래 뵈도 운동 꽤 했어요. 격하게 움직여도 몸이 아프다거나 하는 건 없다구요."

"야, 운동한 몸이 이 정도밖에 안 되냐?"

이 아저씨가 날 무시하네. 나의 몸을 본 용태와 세희, 고교 같은 반 친구들이 모두 나에게 반했었다는 걸 모르시는군.

"그럼 누가 더 센지, 사나이 대 사나이로 대결해 볼래요? 팔씨름 어떻습니까?"

어른에게 대결 신청을 한다는 게 좀 예의에 어긋나지만, 이대로 넘어가는 건 싫었기에 팔씨름 제의를 했다. 아저씨는 흔쾌히 나의 도전을 받아들였다.

"좋아! 하지만 승부에 내기를 걸어야겠지? 내가 이기면 내일은 네가 점심 사는 거고, 네가 이기면 내일도 내가 점심을 사지. 어때?"

"좋습니다."

후후! 한물 간 아저씨와 팔씨름이라면 내가 질 리가 없지 않은가? 나는 파릇파릇한 청춘이다. 그것도 힘쓰는 일이라면 자신있다. 아씨! 내일도 공짜 밥 얻어먹을 수 있겠네.

나와 아저씬 녹슨 드럼통 위에 팔꿈치를 대고 서로 오른손을 맞잡았다. 준비 완료 후. 하나, 둘, 셋 신호와 함께 팔을 있는 힘껏 꺾었다. 초반 기선 제압이다!

"이야압!"

팔씨름엔 요령이 있는 법. 상대의 팔목을 자신의 몸 안쪽으로 꺾으면 반은 승리한 거다. 그런데 왜 안 꺾이냐, 이 아저씨.

"겨우 이 정도냐? 힘내봐."

말도 안 돼! 어떻게 한물 간 아저씨가 내 완력을 견뎌낼 수가 있지? 나 지금 풀파워데.

있는 힘껏 팔에 힘을 주고 아저씨의 팔을 넘어뜨리려 애썼지만 쉽지 않았다. 꿈쩍도 안 한다. 마치 거대한 바위를 한 손으로 넘어뜨리려는 것 같다. 팔이 석고상도 아니고.

"그만 포기하시지. 역시 약하잖아."

"으윽!"

쿵!

내 손등이 드럼통 위에 가볍게 맞닿았다. 팔씨름이라면 7할의 승리를 자랑하는 내가 이리도 허무하게 깨지다니. 그것도 한물 간 아저씨에게?

"이곳에 있는 아저씨들을 우습게 보지 말라고. 이 몸은 가족의 무게를 감당해야 하는 몸이라서 너같이 파릇파릇한 신참은 상대가 될 수 없단다."

"……."

"에구~ 그냥 한 달 밥 내기를 할 걸 그랬나?"

난 구차하게 변명할 생각 없이 아저씨의 뒤를 따랐다. 내가 우습게

본 게 사실이다. 초반에 방심하지 않았어도 아저씰 이길 수 없었을 텐데.

쉬는 시간이 이제 막 끝나가고 있었다.

저녁 6시가 되어서야 모든 일이 끝났다. 이제 돈 받을 일만 남은 것이다. 몸은 피로에 지쳐 금방이라도 쓰러질 것 같았고, 옷은 땀으로 흠뻑 젖어 기분 나쁘게 축축했다. 당장 샤워하고 싶은 마음이 굴뚝같았다. 흙먼지와 땀으로 범벅된 내 얼굴을 세희가 본다면 어딘가에서 굴러먹다 온 거라고 의심할 게 분명하니까, 집에 들어가기 전에 목욕탕에 들러야겠다. 그리고 아저씨 말대로 파스 사 붙여야겠다. 어깨하고 허리가 너무 쑤시다. 전까진 막노동이 이리도 힘든 줄 몰랐었는데, 완전 곤혹이잖아.

"시신성 씨 급료는 15만원입니다. 아침부터 뛰지 않았기 때문에 깎았어요."

"네. 고맙습니다."

하지만 이렇게 힘들어도 봉투의 돈을 받아 든 순간 나는 기진맥진한 것도 깨끗이 잊어버린 채 힘이 부쩍 솟아오르는 것을 느꼈다. 15만원이면 그리 큰돈이 아니다. 어디 값싼 레스토랑에서 두 명이 한 끼 식사할 수 있는 돈. 그리 크진 않은 액수지만 내가 힘들게 번 돈이라, 그 값어치는 더 크게 느껴진다.

봉투를 옷 속 주머니 깊숙한 곳에 넣은 나는, 대호 아저씨에게로 향했다.

"그럼 가보겠습니다. 내일 또 뵙겠습니다."

"내일 또 올 거야?"

"물론이죠."

"하핫! 드러눕지나 마."

호탕하게 웃는 대호 아저씨를 뒤로하며 급료를 지급하는 컨테이너 박스를 나왔다. 밤 날씨는 굉장히 쌀쌀해, 땀으로 젖은 옷과 몸을 차갑게 지나갔다. 따뜻한 물이 가득한 욕조에 몸이라도 담그고 싶다. 나는 곧장 동네 목욕탕에 가서 먼지와 땀을 씻어버린 뒤 다음으로 약국에 가서 파스를 사고 집으로 돌아왔다.

다음날 아침. 온몸이 근육통에 시달려야 했다. 머리부터 발끝까지
안 쑤시는 곳이 없다. 밤에 파스를 붙이고 잤는데 전혀 효과가 없잖아.
으윽! 이제 내 몸도 한물 간 건가? 20대의 팔팔한 몸인데, 벌써 고장이
나버리다니.

난 날 깨우러 방에 들어온 세희를 고개만 빳빳이 돌려 바라보았다.

"세희야, 나 가위 눌렸나 봐. 일으켜 줄래?"

"……?"

웬 가위? 라는 표정을 지으며 세희가 날 침대에서 반쯤 일으켰다. 통
증이 심하지만 몸을 움직일 순 있을 것 같다. 빨리 준비하고 나가봐야
하는데. 시간이 별로 없다. 아침 먹을 시간도 없었다.

"미안해, 세희야. 오늘도 일찍 나가봐야 할 것 같아."

'어딜?'

"응, 초등학교 동창들 만나려고. 오늘도 인천에 올라가 봐야 할 것 같아."

세희가 수화로 묻는 질문을 대충 얼버무렸다.

'그럼 몇 시에 들어올 건데?'

"늦어도 저녁 7시쯤?"

'오늘은 같이 게임할 수 있겠네? 기다릴게. 아참, 술은 적당히 마셔.'

"알았어. 그리고 아침은 나가서 사 먹을게. 저녁도."

거짓말 하나하나가 굉장히 가슴을 찌르지만 이게 다 우릴 위해서니까 참아줘, 세희야.

복장은 가벼운 청바지와 때 타도 문제없는 면티가 가장 좋다길래 그걸 입고 나왔다. 면티만 입으면 추우니까, 위엔 막노동 아저씨들의 땀 냄새가 배인 거친 점퍼를 걸치고, 손엔 목장갑 한 쌍으로 완전 무장. 아참! 가장 중요한 안전모를 빼먹으면 안 되겠다. 이런 곳에선 낙하물 하나 잘못 맞으면 평생 식물인간이 될 수 있으니 안전모는 가정의 안전을 위해서라도 꼭 착용하도록 하자.

완전 무장을 끝낸 나는 대호 아저씨와 함께 벽돌 나르기 임무를 수행했다. 몸이 쑤셔서 이것만은 피하고 싶었는데, 막노동에서 벽돌 나르긴 피할 수 없는 임무인가 보다.

"어때? 몸은 괜찮아?"

"괜찮을 리가 없죠."

"그래도 다시 나오다니, 칭찬할 만한데? 다른 학생들은 거의가 다 빠졌거든. 아마 골병들어서 죽고 있을걸?"

"하하……."

대호 아저씨의 말에 기운없는 웃음으로 대답하며 벽돌이 가득 담긴 지게를 등에 메었다. 그리고 4층까지 세워진 건물 계단을 한 발 한 발 올라갔다. 아침을 안 먹으니 힘도 안 나고, 속도도 안 붙는다. 몸은 아프고 배는 고프고, 최악이구만. 인부 감독의 눈을 피해서 쉬엄쉬엄 일해야지.

벽돌 나르기를 끝낸 후, 건축 자재, 시멘트, 흙 주머니 등등 별거 별 걸 다 날랐다. 오늘은 실컷 나르기만 하는 날인가?

약 네 시간가량 건축 자재를 지게에 실어 담는 중 갑자기 손바닥이 따끔거렸다. 물집이 잡혔는지 가시가 박혔는지, 목장갑을 벗어보자 손바닥이 다 까져 있었다. 목장갑까지 꼈는데 손바닥이 다 까져 버리다니.

"이런 일 하다 보면 고왔던 손바닥도 다 까져 버린다고. 이제 굳은 살 배긴다."

"으으… 쓰라려."

"담당한테 말하면 약 줄 거야. 갔다 와."

"아닙니다. 알아서 낫겠죠."

쓰라진 통증도 참아내며 목장갑을 다시 끼곤, 건축 자재를 담았다. 온몸이 부서져도 상관없어! 밴드 하나 붙이면 끝나는 상처 따위야 백 개도 좋다. 돈만 있으면 돼! 돈만 벌면 문제없다 이거야!

이런 독기 어린 마음 때문인지 아침부터 점심 시간까지 이어진 작업

동안 몸의 고통이 점차 잊혀져 갔다. 이것이 말로만 듣던, 끝없는 고통 끝에 정신이 육체를 능가해 버린다는 깡폐인 최고의 경지, '고통무극한' 인가? 이 경지에 이르면 몸의 고통을 정신이 제어할 수가 있다고 하여, 몸에 칼이 박혀도 아프다고 생각하지 않으면 아프지 않아진다. 몇몇밖에 도달하지 못하는 대폐인들의 경지라 하는 것인데. 하지만 이렇게 열심히 일하는 깡폐인은 깡폐인이라 할 수 없다. 깡폐인은 오로지 놀고 먹고 싸기만 하는 사람들을 의미하니까. 난 이미 깡폐인이 아닌 몸이니 최강의 경지에 도달했다 하여도 그것은 깡폐인의 그것이라 생각할 수 없는 것이다. 아~ 이걸 기뻐해야 할지, 말아야 할지.

일을 하다 보니 어느새 점심 시간이 다가왔다. 오늘은 내가 대호 아저씨에게 점심을 사주기로 약속한 날이다. 오늘도 역시 그 칼국수 집에서 점심을 해결하기로 했다.

가게는 굉장히 조그맣고 오래되어서 벽지도 많이 낡아빠지고 분위기도 썩 좋지 않았다. 하지만 칼국수는 굉장히 맛있게 만든다. 때에 어울리지 않게 기계로 면을 뽑는 게 아닌, 손으로 직접 반죽해서 만들기 때문일 것이다. 어제 이후로 이 집 칼국수 맛에 반해 버린 것 같다.

"잘 먹을게. 그리고 다 먹고 나면 또 팔씨름할까? 일주일 점심 내기 어때?"

"주머니 거덜나게요?"

"그럼 내일부턴 더치 페이(Dutch pay)로 할 건가?"

"그러죠. 부담이 덜 들 테니."

칼국수가 나오고, 아저씨가 먼저 젓가락을 드는 걸 확인하자마자, 나도 뒤따라 젓가락에 손을 가져갔다. 그때 마침 가게문이 열리며 누군가 들어섰다. 현재 가게엔 나와 대호 아저씨밖에 없었다. 같이 일하는 다른 사람들은 대부분 옆에 돈까스 집이나, 초밥집에 가기 때문에 이곳엔 우리밖에 드나들 사람이 없는 줄 알았는데.

"어머, 신성 씨?"

"……?"

내 이름을 부르는 여성의 목소리에 난 고개를 상대방 쪽으로 돌렸다. 검은색 단발머리에 지식이 철철 넘쳐흐르는 미소를 가진 미녀. 외모에 걸맞게 차림새도 회사 여직원풍의 갈색 양복을 입고 있다. 김지혜 씨가 아닌가?

"지혜 씨? 여기엔 웬일이십니까?"

"웬일은요? 점심 먹으러 왔죠. 그나저나 이런 곳에서 신성 씰 만날 줄은 꿈에도 몰랐는데요? 의외의 장소에서 만나네요."

나야말로 당신하고 여기서 마주칠 줄 몰랐네요. 하필 이곳으로 들이닥칠 줄이야.

"괜찮다면 같이 합석해도 될까요? 옆에 계신 분, 소개시켜 주시겠어요?"

"대호 아저씨, 이분은 그냥 알고 지내는 사람이에요. 김지혜 씨입니다."

"안녕하세요. 김지혜입니다."

대호 아저씨는 자리에서 일어나 자기소개를 했다.

"반가워. 신성군의 고참인 정대호라고 하네."

"잘 부탁드려요."

"잘 부탁할 것까지야. 하핫!"

둘은 초면인데도 껄끄러워하는 것 없이 인사를 나눴다. 한쪽은 당돌하고, 또 한쪽은 당당하고, 제법 성격이 맞는 둘이다. 지혜 씨는 내 옆자리에 앉아 칼국수를 한 그릇 시켰다.

일단 먼저 먹고서 빨리 자리를 떠야겠다. 그런데 대호 아저씬 먹는 속도가 왜 이리 빠른 거야?!

뜨거운 줄도 모르고 칼국수 국물을 삼켜대던 아저씨가 빈 그릇이 된 국수 그릇을 탁자 위에 올려놓고 일어섰다.

"점심 시간은 많이 남아 있으니까, 천천히 대화 나누고 와라. 그럼 다음에 봐, 지혜 양."

"예. 안녕히 가세요."

"아저씨!"

먼저 가버리면 어떡해요! 으으… 난 아무 말도 못하고 뜨거운 칼국수만 삼켰다. 술 마실 땐 반쯤 정신이 나가 있어서 상관없었지만, 칼국수는 취하지 않기 때문에 이 여자하고 있기가 좀 거북했다. 분위기가 이쯤 되면 지혜 씨가 먼저 말을 걸어올 것이 틀림없었다.

"신성 씨, 혹시 제가 그저께 실수한 거 있었나요? 술 마셔서 제정신이 아닌 것 같았는데."

"없었습니다."

짧게 대답하곤 국수를 입에 넣기에 바빴다. 와중에 지혜 씨의 칼국수가 나왔다.

"저 이 집은 단골이에요. 정말 맛있죠? 이 집 칼국수."

"단골이요?"

"네. 일주일에 다섯 번 정도 이곳에서 먹어요. 점심은."

“아, 네.”

“그런데 신성 씨는 이곳에서 막노동 일 하시는 건가요?”

“푸웃!”

난 마시던 국수 국물을 분수처럼 뱉어내 버릴 뻔했다. 고개를 돌리고 입을 막아 최대한 튀기는 걸 방어했는데, 하마터면 못 보여줄 꼴을 보일 뻔했구만.

나는 황급히 휴지로 입가에 묻은 파편을 닦았다.

“아, 네. 이 근처에서 일하고 있습니다.”

“그런데 뭘 그렇게 놀라요?”

당신의 그 날카로운 눈썰미에 놀랐다. 내가 막노동하는 걸 비웃는 투는 아니지만, 속으로 날 실컷 비웃고 있겠지.

‘흥! 면접에서 떨어져서 막노동판에서 일하는 능력없는 남자!’

윽! 김선미 이후로 느껴보는 수치심과 굴욕감이다. 난 그저 돈을 벌어 잘 먹고 잘살려는 마음으로 일을 하는 것뿐인데. 이 여자가 돈 좀 있다고 째는 거야? 부자집 딸내미가 면접 떨어진 거하고, 물려받을 재산 없고 빽없는 남자가 면접 떨어진 거하고, 초라함과 우쭐함이 이렇게 교차하다니.

“힘들지 않아요? 막노동 일이 굉장히 거칠잖아요. 위험하고.”

“어쩔 수 없잖습니까. 지하철에 눌러앉을 수도 없고.”

“차라리 다른 아르바이트를 구해보는 게 어때요? 비교적 쉬운 거요. 식당 일이라든지, 파출부라든지.”

“생각해 주시는 건 고맙습니다만, 됐습니다.”

난 정중히 거절한 뒤 다시 칼국수에 젓가락을 가져갔다. 지혜 씬 칼국수를 몇 젓가락 집어 먹더니, 또다시 질문했다. 짜증나 죽겠다. 그만 좀 질문해라.

"그동안 뭐 하고 지내셨어요?"

할 질문도 다 떨어졌나 보군.

"겨우 이틀 지났는데 무슨 일이 있었겠습니까? 막노동 일만 했습니다."

"음~ 집에 있는 애인이 뭐라 그러지 않아요? 이런 일 한다고."

세희한텐 거짓말을 했으니, 세희 내가 이런 일을 하는 걸 모른다. 최준 형이나 아버지가 세희에게 말하지 않으면 세희 내가 회사에 취직했다고 곧이곧대로 믿을 것이었다. 언젠가 다 들통나 버릴 거짓말이지만.

"저는 술 마신 이후로 집을 나와 버렸어요. 저금통장에 돈도 모두 빼내고, 휴대폰도 버리구. 어차피 일주일 후면 아버지에게 걸릴 테지만."

철없는 중학생도 아니고 다 큰 처녀가 가출이라니. 지혜 씬 똑똑한—똑똑해 보이는—여자라서 가출한다 해도 나쁜 길로 빠질 일은 없겠지만 왠지 불안하다.

"웬만하면 집에 돌아가시죠. 여자 혼자 돌아다니기엔 위험합니다. 부모님도 걱정하실 텐데."

"어떤 의미에서 걱정할지 아세요?"

"그야 회사를 이을 후계자의 현모양처가 될 몸이니까 걱정하겠지요."

"잘 아시네요. 그래서 집에 들어가기 싫어요."

철없는 지지배 같으니. 흥! 나도 몰라. 어찌 되든 내가 상관할 바 아니니까.

국수를 모두 먹고 난 뒤 자리에서 일어나려 했다. 지혜 씨의 질문이 또 이어져도 절대 대답 안 해줄 거다. 자리에서 일어서며 주머니에서 지갑을 꺼내는데,

"신성 씨, 저 걱정 안 돼요? 여자가 집을 나왔는데."

아씨! 왜 자꾸 질문하고 그러세요.

"걱정되니까, 집에 돌아가시라니까요."

"싫어요."

"그럼 말아요!"

살짝 다혈질적인 어투로 그렇게 내뱉자 지혜 씨의 얼굴에 '매정한 사람' 이란 표정이 떠올랐다. 그 표정을 보고 난 머리를 긁으며 자리에 다시 앉을 수밖에 없었다. 아! 난 왜 이렇게 정이 많을까?

"집까지 모셔다 드려요? 집에 전화해 드릴까요?"

"아뇨. 그냥 저 국수 다 먹는 동안 기다려 주시면 안 돼요?"

"죄송합니다만, 일이 바빠서."

"아까 대호 아저씨께서 점심 시간은 많이 남았다고 했잖아요."

으윽! 대호 아저씨가 그런 쓸데없는 소릴 하고 나가 버리다니.

"생각하는 것이 지혜로우셔서, 이름도 지혜로운 지혜 씨께서, 저와 지혜로운 대화라도 나누시고 싶은 겁니까? 저는 지혜롭긴커녕, 지식적인 대화도 나누지 못합니다만."

"제가 이름으로 놀림받은 건 초등학교 때 이후로 처음이네요. 재미없어요."

"……."

지혜 씬 칼국수 국물을 쭈욱 들이키곤, 앞의 깍두기를 집어 먹었다. 어쩜 먹는 자세가 부잣집 여식 같은 티가 풀풀 나니? 나도 웬만큼 큰집에서 살았지만 워낙 밖에서 천박하게 놀다 보니 저런 기품 따윈 사라진 지 오래다. 그리고 난 부자인 거 티내는 사람을 싫어한다. 그러므로 지혜 씨도 싫다(솔직히 말하면 예쁘고, 똑똑해 보이고, 부자인 여자는 부담스럽다. 그렇게 따지면 세희도 완벽하긴 흠 잡을 데 없지만, 세흰 이런저런 의미에서 불쌍하지 않은가?)!

지혜 씨에 대해 혼자 이런저런 생각을 하는 중 지혜 씨가 물었다.

"신성 씨 애인은 이름이 뭐예요?"

"이세희입니다."

"이름 예쁘네요."

"이름만 예쁜 게 아니죠. 얼굴도 예쁘고, 성격도 착하고, 정도 많고 그렇습니다."

"오호~"

몸매도 죽이고, 공부도 잘하고, 무엇보다 지혜 씨보다 낫다! 라고 말하려는 걸 관뒀다.

천장을 바라보며 잠시 생각하던 지혜 씨가 말했다.

"대단하시네요. 그런 완벽한 애인을 둔 신성 씨야말로 대단한데요. 그 정도면 경쟁자가 치열하지 않아요?"

"그게… 경쟁자는 치열하지 않았어요. 세희에게는 나 말고 다른 사람에겐 다가갈 수 없는 이유가 있거든요."

"무슨 뜻이에요? 설마 세뇌?"

세뇌는 무슨. 내가 세희를 개인용 로봇으로 만들기라도 했겠니?

단지, 난 세희를 장애우라고 생각해 본 적이 별로 없지만, 주위 사람들이 세희를 보는 시선이 좋지 않기에 한 소리다. 정확히 말하면 관심 이상은 아니랄까? 그 때문인지 세희를 맘에 두는 남자들이 별로 없더라.

"세희는 말을 못합니다."

"…아!"

내 한마디로 지혜 씨의 얼굴 표정이 놀람이 되어버렸다. 이어서 이해하는 듯한 얼굴을 하는 지혜 씨. 지금 딴생각하는 것보다 칼국수부터 드쇼. 다 불겠다.

"힘들지 않아요? 연인 중 한 사람에게라도 말을 못하는 장애가 있으면 서로에게 상처가 쌓여갈 거예요. 답답하기도 할 거고, 짜증나기도 할 거고."

"아직 그런 건 없습니다. 그리고 제 선택에 후회는 없습니다. 세희를 중국에서 데려온 그때부터 이미 결심했으니까."

"……."

어쩌다 잡소리가 길어졌군. 괜히 쓸데없는 말까지 지껄인 것 같다. 일해야지 일! 그나저나 칼국수 다 불어 터지니까 빨리 먹으래두! 다 먹으면 나 가봐야 한단 말이야. 설마 남길 생각인가?

"먹을 거 남기면 벌받아요."

"아, 네. 빨리 먹을게요. 기다리게 해서 죄송해요."

지혜 씨는 다 식고 불어 터진 칼국수를 급하게 먹다 목에 국수가 걸려 황급히 물을 찾았다. 부잣집 여식에 걸맞지 않게 조심성없는 모습을 보여주기도 하는군. 처음 봤을 땐 굉장히 유능하고 깨끗한 이미지의 미녀였는데. 그제 술 마신 모습을 본 이후로 제법 귀여워 보인단 말이야?

지혜 씨가 점심 식사를 모두 마친 후 우린 가게를 나와 막노동판까지 길을 걸으며 대화를 더 나눴다. 그 와중에 지혜 씨에게서 용태의 행방도 들을 수 있게 되었는데, 용탠 지혜 씨와 같은 여관방을 쓰고 있다고 한다. 허억! 난 이 말 듣고 기절초풍하는 줄 알았다. 다 큰 남자하고 다 큰 여자가 같은 여관방을 쓴다고(그럼 세희하고 동거하는 넌 뭐냐?!)?

하지만 지혜 씨가 말하길, 자신은 낮에 일자리를 찾으러 이리저리 돌아다니다 밤에 여관방에 돌아오고, 용탠 지혜 씨가 없는 낮에 여관방에서 퍼질러 자다가, 밤에 친구들과 술 퍼마시러 다닌단다. 즉, 엇갈리는 여관방 생활을 한단 말이지.

지혜 씨는 별 생각 없는 듯이,

"용태 씨가 너무 불쌍해서요. 술로 만난 친구인데 그 정도도 못해주겠어요?"

라며 태연자약한 태도를 보이고 있다. 용태 녀석이 겉은 범생이 같지만, 속은 매우 음흉해서 언제 지혜 씨를 나락의 구렁텅이에 빠뜨릴지 모른다. 되도록 말리고 싶은 심정이다.

용태 문제로 대화를 나누던 중 막노동판에 다 왔다.

"그만 가십쇼. 먼지가 많아서 몸에 해롭습니다. 그리고 용태가 무슨 사고치면 바로 연락 주시구요. 전에 핸드폰 번호 받아 가셨죠?"

"네. 연락할게요."

막 지혜 씨에게서 돌아서는 때 막노동판 어느 곳에 소동이 벌어진 걸 알 수 있었다. 건물 앞에 웬 구급차와 인부 아저씨들이 몰려 있는 게 아닌가? 구급대원들이 일사불란히 움직이는 모습이 언뜻 보이는 게, 사고라도 났나 보다.

"사고난 거 같은데요? 가봐요, 어서."

"……."

나와 지혜 씬 구급차 쪽으로 빠르게 달려갔다. 겹겹이 둘러싸인 인부 아저씨들을 제치고 안쪽을 향하자 보이는 것은 구급대원들이었다. 그들은 피투성이가 된 인부 한 명을 들것에 싣는 중이었다. 어깨를 다쳤는지, 어깨에서 피가 흐르고 있는 그 인부 아저씨는 내가 익히 잘 알고 있는 아저씨였다.

"대호 아저씨?!"

대호 아저씨가 왜 쓰러져 있는 거야?

"대호 아저씨 아네요? 저 사람?"

난 대호 아저씨를 구급차에 태우는 구급대원들에게 달려갔다. 아까 전까지 같이 국수 먹던 그 아저씨가 이 꼴이라니! 말도 안 돼!

"뭡니까? 어떻게 된 거예요? 대호 아저씨가 왜 이렇게 된 겁니까?"

"낙하물에 머리와 어깨를 맞아 혼수상태입니다. 혹시 보호자 되십니까?"

"보호자는 아니지만, 제가 병원까지 같이 가겠습니다!"

왜 하필 대호 아저씨가 다친 거야?!

*　　　*　　　*

오늘은 출장 건으로 대전에 내려왔다. 어서 빨리 부장으로 승진해야 이 빌어먹을 출장도 그만둘 수 있을 텐데. 출장 전용 바이크를 타고 겨울바람을 쐬는 건 좋지만, 다른 회사 부원들과의 회의가 지겨운 건 지겨운 거다. 일주일 후엔 일본으로 출장 나가야 하는데 걱정이다.

꼬르륵.

아, 배고파. 벌써 점심 시간인가? 저기 있는 편의점에서 간단하게 때워야겠군.

편의점에 들어서서 컵라면을 뜯던 중 난 우연히 편의점 창밖으로 반가운 얼굴을 목격했다.

신성이 아냐? 집에 있을 줄 알았는데 바람 쐬러 나온 건가? 옆의 세희하고 데이트라도 하러 나왔나 보군 …이 아니다! 신성이 옆에 있는 여자는 누구지? 난 눈을 비비고 신성이의 옆에 있는 여자에게 초점을 맞췄다. 제법 몸매 되고 얼굴 예쁜 단발머리 미녀로, 언제 한번 본 것 같은 기분이 드는 여자다. 아! 면접 때 잠깐 본 적 있었던 그 후보자인가? 8번 김지혜라던……? 원서에서 봤던 그 얼굴과 똑같으니 틀림없으리라.

신성이가 저 여자하고 같이 어딜 가는 걸까? 설마 바람피우는 건 아니겠지? 그런데 둘이 하하호호 웃는 걸 보니까 꼭 바람피우는 것 같아 보인다, 왠지.

내가 나설 자리는 아닌 것 같아 보여, 난 괜히 끼어들길 포기했다.

＊   ＊   ＊

'가벼운 뇌진탕과 왼쪽 어깨 관절이 심하게 손상되었습니다. 안전모를 착용하지 않았으면 즉사로 이어질 뻔했는데, 불행 중 다행입니다.'

'그럼 얼마간 치료를 받으면 완쾌될 수 있습니까?'

'전치 4주 진단이 나왔습니다. 그리고 어깨를 인공 관절로 교체해야 할 것 같습니다. 너무 심하게 손상되어서……'

'그럼 어깨를 인공 관절로 교체하면 생활에 지장은 없는 겁니까?'

'물론입니다. 교체한 뒤 치료를 받아야겠지만, 일단 완쾌하고 나면 생활에 불편은 없을 겁니다.'

현대의 뛰어난 의료 기술은 98%의 병을 치료할 수 있게 되었지만, 이런 불의의 사고 같은 경우는 말이 달라진다. 단 한 번의 사고로 어깨를 인공으로 교체해야 한다니. 사람이 이렇게 쉽게 다쳐도 되는 건가 라는 생각도 들고, 기분이 매우 착잡하다.

어쨌든 무사할 거란 얘기를 듣자마자 긴장이 풀려 버려 졸음까지 몰려왔다. 졸음을 몰아내려 애썼지만, 난 병원 의자에서 그대로 눈을 감고 말았다.

일어난 시간은 캄캄한 밤.

머리에서 느껴지는 무언가에 눈을 떴다. 시야가 서서히 밝아지며 보이는 것은… 지혜 씨의 얼굴이 아닌가?! 지혜 씨를 바라보는 이 각도와 몸의 느낌으로 보아, 내가 지금 지혜 씨의 아래에 누워 있는 건가?

난 황급히 지혜 씨의 무릎베개에서 몸을 일으켰다.

"제가 얼마나 잔 겁니까? 지혜 씬 언제 여기에 오셨어요?"

"한 시간 전에 왔어요. 신성 씨가 이곳에서 졸고 있길래 제가 눕혀

드렸어요."

아, 이런. 너무 깊이 잠들어 버렸다. 난 당장 핸드폰을 꺼내 시간을 확인했다. 핸드폰의 시간은 밤 9시를 가리키고 있었다. 오늘 집에 7시까지 들어가기로 했는데, 세희가 걱정하겠다. 핸드폰에 들어온 문자를 확인하자 수신된 메시지가 21통이나 되었다. 모두 세희에게서 온 문자다. 세희에게서 온 문자가 무려 21통이라니…

"미치겠다."

손에 얼굴을 기대고 절망했다. 집엔 가야 되는데 또 세희를 속여야 하나란 생각에 죄책감이 쌓인다. 하루에 두 번 세희를 속여야 하는 게 아닌가? 이번엔 세희에게 뭐라고 말해야 하지? 차라리 안 들어가 버렸음 좋겠어. 세희 얼굴을 못 보겠어.

"왜 그렇게 한숨을 쉬세요?"

"아닙니다."

"고민있으면 저한테 말씀하세요."

"아니라니까요, 아무것도."

이런 일을 딴 사람에게 말해 봐야 뭐가 도움되겠니.

어서 막노동판에 돌아가서 옷부터 갈아입어야겠다. 그리고 오늘은 이곳에서 밤을 새자.

내가 자리에서 일어서자, 지혜 씨도 날 따라 일어서며 물었다.

"대호 아저씨 가족들은요?"

"낮에 통화해 봤는데, 아주머니도 회사에 다니고, 아들까지 밤에 아르바이트를 해서 못 온답니다. 내일 늦게 온다고 하더군요."

"힘든가 봐요, 집이. 맞벌이에, 아들까지 아르바이트를 하는 걸 보면."

요즘 안 힘든 사람이 어딨니. 지혜 씨같이 집이 부자인 곳은 안 힘들겠지만.

"지혜 씨도 이제 그만 들어가시죠, 집이든 여관이든."

"아뇨. 전 여기서 대호 아저씨 간호할래요. 어차피 할 일도 없는걸요."

"그럼 그렇게 하십쇼. 저도 옷 갈아입고 목욕하고서 돌아오겠습니다."

"집에는 안 들어가나요?"

"네."

이제 자주 독수공방(獨守空房)시킬 거 같아서 세희에겐 미안하지만, 어쩔 수 없다. 거짓말이 들통날 때까지, 어떻게든 해보자. 돈을 잔뜩 벌면 세희와 행복할 수 있어. 대학 따윈 포기하고서라도!

다음날.

병원에서 지혜 씨와 밤을 지샌 나는, 아침 일찍 막노동판에 뛰어들었다. 어제보다 더 몸이 쑤시지만, 어떻게든 오늘 일을 끝내고 말리라.

삽 하나 들고서 땅 파길 1시간째.

땀은 비 오듯 쏟아지고, 몸은 피로에 지치고, 한여름처럼 너무 더웠다. 오늘 기온이 영하 3도라는데, 영상 30도 같은 체감 온도다.

"이봐, 빨리빨리 해! 이거 다음엔 시멘트 나르기라구! 일거리가 밀렸어!"

잠시 허리를 펴고 쉬자, 인부 감독이 날 다그쳤다. 그런데 왜 인부 감독이 이거 하나밖에 안 보이지? 곳곳에 배치되어서 인부들을 감시해야 할 인부 감독들이 오늘따라 안 보였다.

그나저나 저 인부 감독 아저씨, 왜 자꾸 나만 감시하는 거야? 허리도 못 펴게.

내가 살아가면서 팔 땅을 여기서 모두 파는 것 같다. 지시한 대로 땅을 실컷 판 뒤, 다음엔 시멘트 나르기였다.

"하아! 하아!"

땀이 눈을 가리는구나. 1층부터 4층까지 40kg 시멘트 포대를 어깨에 짊어지고, 열 번 정도 계단을 오르내리자 어깨는 내려앉을 것 같고 다리는 후들후들 떨렸다. 예전에 TV에서 70세 먹은 꼬부랑 할머니가 막노동 일을 하는 걸 봤었는데. 정말 그 할머니를 존경하게 된다. 할머니의 사정으로 들어보면, 네 자녀를 키우기 위해 막노동 일을 25세 때부터 뛰어들었다는데. 나도 자녀를 가지면 그렇게 강해질 수 있을까?

이런 쓸데없는 데 정신을 팔던 중 갑자기 발에 뭔가가 걸리며 몸의 중심이 앞으로 기울었다.

"으앗!"

쿠당!

계단 앞으로 쓰러지고 말았다. 양손이 어깨 위의 시멘트 포대에 가 있어서, 미처 빠르게 대응하지 못한 나는 계단 모서리에 왼쪽 얼굴을 강타당했고, 이어서 가슴과 몸 여기저기에서 느껴지는 큰 충격에 신음을 질렀다.

"으… 아. 살려."

하지만 날 도와주는 이는 아무도 없었다. 계단을 오르내리는 사람들이 아무도 없었던 것이다. 혼자서 10분 정도 그렇게 끙끙 앓다가 시멘트 포대를 다시 어깨에 지고 4층에 올라가 보자 인부 감독 혼자만이 서 있었다.

"이제야 오는 겁니까? 느려 터지도록 일해서 돈 받을 수 있겠어요? 점심 시간이니까 그 포대 내려놓고 점심 드시고 오세요."

부상까지 당했는데 약도 안 주고, 저런 매정한 사람 같으니. 난 지쳐 버린 몸을 가누며 대호 아저씨가 있는 병원까지 걸어갔다. 대호 아저씨의 수술이 12시부터라 걱정되어서 가보는 것이다. 가족들은 병원에 저녁때야 온다고 하고, 병원에 있는 건 지혜 씨뿐일 텐데, 아마 점심도 아직 안 먹었을 것이다.

난 병원 앞에 있는 지혜 씨와 만났다. 지혜 씨는 내가 온 걸 보자마자 황급히 달려왔다.

"신성 씨! 얼굴이 어떻게 된 거예요?"

"아, 조금……."

계단에 박았다라고 말하려는 걸 관뒀다. 앞으로 넘어갔기에 이 정도였지, 뒤로 넘어갔으면 계단을 굴러서 목숨과 직결됐을 위기였다. 대충 휴지로 피를 닦아냈는데, 흉터는 그대로 남았을 것이다.

"이건 조금이 아니잖아요! 이거 꿰매야 되는 거 아녜요?"

"꿰매다뇨! 전 멀쩡합니다!"

이 잘생긴 얼굴에 바느질을 하다니, 테이프 있음 그냥 붙여도 될 텐데.

난 상처를 뒤로하고, 아저씨에 대해 물었다.

"수술은 언제 끝난다고 합니까?"

"수술 시작한 지 한 시간 됐어요. 아직 두 시간 더 남았어요."

"그렇군요. 수술 끝난 후에 간호 부탁합니다."

"걱정 마세요."

어제 대호 아저씨의 아주머니와 전화해 봤는데, 다행히도 대호 아저씨는 노동자 보험에 가입되어 있다고 한다. 수술비를 대충은 마련할 수 있을 것 같은데, 입원비가 만만치 않다. 어쩔 수 없이 지금까지 대호 아저씨가 막노동판에서 벌었던 급료를 모두 빼와야 한단 건데, 내가 빼올 순 없으므로 가족인 아주머니가 있어야 한다. 난 대호 아저씨의 아주머니에게 전화를 걸어, 저녁때 돈을 찾아오라고 말씀드린 뒤 지혜 씨와 점심을 먹고 다시 막노동판으로 돌아갔다.

"이봐! 그쪽에 있는 벽돌 좀 날라줘!"

"시멘트가 모자라!"

일을 하는 사람은 나를 포함해 모두 15명. 아침엔 18명이었는데 세 명이나 줄었다. 점심 시간에 늦게 들어오면 인부 아저씨한테 혼날 텐데.

그렇게 점심 시간 후, 3시간가량 뼈 빠지도록 오후 일을 하고 있을 때 갑자기 인부 세 명이 어디선가 나타났다.

"이런 X발 새끼들! 건물주가 돈 갖고 튀었어!"

"뭐라고?"

"우리 돈 갖고 날랐단 말야! 파산했다고! 이거 다 때려치워!"

"이런 X놈에 X새끼들! 내 돈 내놔!"

말도 안 돼! 어째서? 어째서 파산이냐고? 건물 망해 버리고, 지금까지 우리가 일했던 노동비를 가지고 튀어?

"인부 감독 새끼 어딨어!"

"그새 튀었어, 그 새끼도! 당장 잡아서 죽여!"

"죽여 버려! 돈 안 내놓으면 죽여 버린다!"

"당장 건설 회사로 갑시다!"

광분한 인부 아저씨들이 삽을 들고 막노동판을 뛰쳐나갔다. 나도 마찬가지로 아저씨들 사이에 섞여 건설 회사로 쳐들어갔다. 상처가 날 정도로 일했는데. 나만 쓰는 게 아니라 세희하고 같이 써야 할 돈인데. 세희만 생각하며 이를 악물고 일했는데, 그걸 낼름 받아먹고 가버려? 오늘 일당 20만원에 나와 세희의 목숨에 걸려 있단 말이야! 대호 아저씨와 그 가족들의 입원비도 걸려 있다구!

막노동판에서 멀리 떨어지지 않은 11층 건물, ○○건설 회사 문을 뚫고 18명의 인부 아저씨들이 난입했다. 막 회사 뒷문으로 나가는 회사 사장과 그 외의 직원들이 보인다.

"내 돈 내놔!! 내 돈 이백만 원 내놓으라고!"

"내 돈은 천만 원이야!"

"내 이십만 원……."

인부 아저씨들과 건물주들 간에 격렬한 몸싸움이 벌어졌다.

＊　　　　＊　　　　＊

우연인지 모르겠지만, 오늘도 신성이가 지혜 씨와 같이 있는 걸 목격했다. ○○병원 앞에서, 지혜 씨와 신성이가 대화를 나누고 있었다. 집에 멀쩡한 세희를 놔두고서 신성이가 왜 지혜 씨 같은 인텔리 여성과 어울리는 걸까? 면접 이후로 계속 만나왔던 건가? 자세한 사정은 잘 모르겠지만 두 차례나 같이 있는 걸 목격하니 의심이 들 수밖에 없었다.

신성이를 뒤로하고, 세희의 집 앞에 왔다. 세희만이 있을 집에 초인 종을 누르자 세희가 날 반갑게 맞이해 주었다. 오늘은 막 출장을 끝내고 집에 돌아가는 길이었는데, 세희하고 대화라도 나눌 겸 찾아와 봤다.

"현실에서 만난 건 오랜만이네. 요즘 게임에도 통 보이지 않고. 무슨 일 있어?"

세희는 부엌에서 타온 차를 거실 테이블에 올려놓으며 수화를 했…

"잠깐! 나 수화 모르거든. 그냥 글로 써줄래?"

그렇게 부탁을 하자, 주머니에 넣어놓았던 PDA를 꺼내 글을 적는 세희.

신성이 일로 걱정이 많아서요.

신성이 일로 걱정이 많다면, 면접에서 떨어진 거 때문인가? 하긴, 심각한 문제이긴 하지. 둘이 살아가는 데 있어서는.

"괜찮아. 잘될 거야. 걔가 면접에서 떨어졌다지만 그걸로 포기할 애 니?"

"……?"

세희가 동그란 눈으로 '그게 무슨 소리예요?' 란 표정을 지었다. 내가 해석을 잘못한 건가? 신성이가 면접 떨어진 거 말고 딴 일이 있다든지?

"그거 말고 다른 일로 걱정하는 게 있어? 외박을 한다든지, 아니면… 밤일에 부실하다든지?"

세희가 도리질을 치며 빠르게 PDA에 글을 적었다.

그게 아니구요. 아까 말했었던, 신성이가 면접에서 떨어졌다니요? 그
게 무슨 소리예요?

"무슨 소리긴? 신성이 걔 면접에서 떨어졌잖아. 어차피 그럴 수밖에
없었으니까. 네가 이해해 줘."
난 찻잔을 입에 가져가다가, 뒤늦게 깜짝 놀라 버렸다! 세희, 얘…
"너 설마 신성이 면접 떨어진 거 몰랐어?"
끄덕.
이런 신성이, 바보 같은 녀석! 진작에 얘기해 줄 것이지! 왜 세희에
게 그 사실을 얘기하지 않은 거야? 난 이제 알았잖아!

신성이가 분명 면접에서 통과했다고 했단 말예요. 최준 오빠가 잘못
알고 있는 거 아녜요?

아니, 그럴 리가. 그 사실은 사장님도, 부장님도 모두 다 아는 사실
이다. 신성이는 절대 카마디에 취직할 수 없는 몸이다.
"아무래도 신성이가 너한테 거짓말을 한 거 같다. 신성이는 불합격
이 확실해."
"……."
세희의 망연자실한 표정이 눈에 선하게 들어온다. 저 측은해 보이는
얼굴을 보라. 격려해 주려고 왔는데, 오히려 힘만 빼버렸군.
내가 아무 말도 못하고 있자, 세희가 힘없이 글을 적었다.

왜 신성이가 저에게 거짓말을 했는지 아세요?

"글쎄… 아무래도 걱정 끼치게 하고 싶지 않아서 그랬던 게 아닐까? 막상 떨어졌다고 말해 버리면 어떻게 해야 할지 걱정하게 될 테니까. 되도록 자기 혼자 처리하려고 생각했겠지."

가장 확실한 답변은 그거밖에 없었다. 이렇게 생각하고 나니까 신성이 녀석, 왠지 무책임한데? 면접에서 떨어진 걸 붙었다고 거짓말까지 했으면 막노동판에라도 뛰어들어야 하는 거 아냐? 그런데 여자나 만나고 다녀? 차라리 세희를 성실이한테 줘버리는 게 어떨까?

"세희야, 신성이 요즘 나가면 집에 몇 시에 들어오냐?"

요즘 동창회에 자주 나가요. 나가면 밤늦게 들어오는 경우가 많구요. 그것도 잔뜩 피곤해 가지고 들어와서 언제나 곯아떨어져요. 그리고 어제는 집에 들어오지도 않았어요.

음~ 그럼 세희에겐 동창회에 나간다고 핑계대 놓고선 여자 만나러 나갔단 말인가? 게다가 외박까지? 이거, 지혜 씨하고 밤새 무슨 짓을 했는지 의심된다. 의심될 수밖에 없다. 이 사실은 말하지 않으려고 했는데, 말해야겠다. 말하지 않으면 오히려 세희에게 큰 상처가 될 수 있는 중대한 문제인 것이다.

"세희야, 잘 들어. 이건 오빠로서 말해야겠다고 생각해서 말하는 거야. 사실 어제하고 오늘, 신성이가 다른 여자하고 같이 있는 걸 봤어."

“……?”

“면접 때 만났던 그 여자가 틀림없어. 오늘 여기 오다가 신성이를 봤는데, 분명 어제 만났던 그 여자와 얘기를 나누고 있었어. 네 얘길 들어보니까 둘의 분위기가 심상치 않던데. 외박까지 했다면 무슨 일을 했는지 알 수 없잖아?”

세희가 당장 도리질을 치며 부정했다. 이렇게 용기가 없어서야.

“바보야! 신성이도 남자라구! 옆에 돈 있고, 집 있고, 빽있고, 예쁘기까지 한 여자가 있으면 어쩔 수 없는 거라구! 게다가 지금같이 면접에서 떨어지고 의지박약 상태일 때가 가장 위험한 거야. 신성이가 다른 여자에게 넘어가 버려도 좋아? 다시 중국으로 돌아가고 싶어?”

“…….”

세희가 빠른 속도로 PDA에 글을 적었다.

너무 나쁜 쪽으로 몰고 가지 마세요! 그냥 우연히 마주친 걸 최준 오빠가 잘못 본 것일 수도 있잖아요!

“너 그렇게 생각하면 네 자신을 두 번 죽이는 거란 걸 몰라? 신성인 면접에 통과했다고 해놓곤 딴 여자와 놀아난 거야. 외박까지 하면서. 네 얘길 들어보니까 딱딱 들어맞는데. 사실 상황이 이쯤 되면 이렇게 의심할 수밖에 없는 거 아니야?”

“…….”

세희는 고개를 숙이며 망설였다. 막상 일어서자니 용기가 나지 않고, 무시하자니 중대한 문제인 것 같아, 이러지도 못하고 저러지도 못하는 것이다.

"멀지 않은 곳에 있어. 아직 같이 있을지도 몰라."

결국 이리저리 방황하던 세희가 결심이 선 듯 자리에서 벌떡 일어났다. 그리곤 현관으로 재빨리 뛰쳐나갔다. 신성이가 어디 있는지나 알고 뛰어나가는 걸까? 나도 세희의 뒤를 따랐다.

*　　　　*　　　　*

그 후. 격렬한 몸싸움 끝에 건물주들 중 3명이 중상을 입고 병원으로 실려가 버렸다. 그리고 인부 아저씨들은 경찰들의 진압으로 경찰서에 붙잡혀 가버렸다. 나만 빼고. 경찰력이 곧 투입될 거란 생각에, 경찰들이 들이닥치기 5분 전에 이미 건물을 탈출해 버린 것이다. 만약 그때 이성을 잃어버렸으면 건물주들의 모가지를 모조리 꺾고 교도소에 수감됐을지도 모른다.

결국 이러나저러나 꼴은 우습게 되어버렸지만.

다 찢어져 누더기가 된 옷을 질질 끌던 중 집에 도착했다. 대호 아저씨가 있는 병원으로 갈까, 세희가 있는 집으로 갈까 망설였는데 결국 이곳에 오고야 말았다.

만약 세희가 지금의 내 꼴을 본다면 어떻게 생각할까? 몸은 상처로 가득하지, 옷은 찢어졌지. 분명 싸움하고 온 걸로 볼 거야. 이제 변명 따윈 싫다. 너무나 지쳐 버렸으니까.

처음엔 뭐든 다 잘될 줄 알았는데 생각보다 사회는 어렵더라, 라고 말하면서 지금까지의 일들을 모두 세희에게 말해 버릴 거다. 그래, 말하는 거다. 면접에 붙었다는 것도 거짓말이라고 하면서, 동창생들과 만났다는 것도 거짓말이라고 하면서 사실대로 다 말할 거다. 내가 그동안 미쳤었지. 세희를 못 믿고 나 혼자 열심히 고심하다가 이 꼴이 나 버리다니.

난 집 앞에서 핸드폰을 꺼냈다. 그리고 지혜 씨에게 통화를 했다. 전에 지혜 씨에게 내 전화번호를 가르쳐 주면서, 지혜 씨의 전화번호를 내 핸드폰에 저장해 놨었다.

수신음이 들려온 후, 지혜 씨의 목소리가 이어졌다.

「여보세요?」

"지혜 씨, 저예요."

「네? 신성 씨? 지금 어디 계세요? 지금 막 대호 아저씨의 수술이 무사히 끝났어요. 지금 깨어나셨는데.」

"죄송합니다만, 오늘 병원에 못 갈 거 같아요. 내일도요. 그리고 아주머니에게 말씀해 주실래요? 대호 아저씨 돈 못 찾는다고."

「네? 그게 무슨 소리예요, 신성 씨?」

뚝—

통화를 종료한 후 핸드폰을 주머니에 집어넣었다. 그리고 과감히 집 안으로 발걸음을 했다.

하지만 세희는 집 안 어디에도 보이지 않았다. 세희가 가지고 있던 PDA만이 거실 테이블에 놓여 있을 뿐.

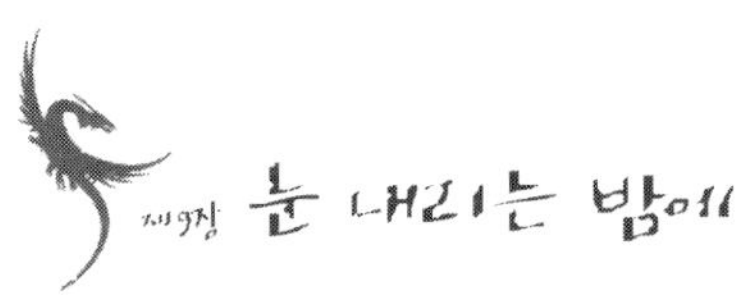

눈에 스미는 밝은 빛이 날 잠에서 깨웠다. 길고, 힘들고, 개운치 않은 꿈에서 깨어난 느낌이다. 답답한 가슴 때문에 몸을 뒤척이던 난 내가 엎드려 있다는 것을 알고 몸을 바로 했다.

내가 지금까지 거실에서 자고 있었던 건가? 어제 세희를 찾다가 갑자기 졸음이 몰려와서 곯아떨어진 걸로 아는데… 맞아! 세희가 보이지 않는다. 얘가 어디로 갔지? PDA도 놔둔 채로. 혹시 친구라도 만나러 나갔나 생각해 봤지만, 만약 약속이 있어서 나간 거라면 내 핸드폰으로 문자가 왔을 텐데, 문자도 들어오지 않았다.

설마 어머니가 계신 옆집에 있나? 가끔 어머니와 얘기를 하러 옆집에 갈 때 나한테 연락을 안 하는 경우도 종종 있었으니까 그럴 수도 있겠다.

누워 있는 상태에서 몸을 뒤척여 주머니에 손을 가져갔다. 하지만 손에 잡혀야 할 핸드폰의 느낌이 없다. 내 핸드폰이 어디로 간 거지?

고개를 이리저리 돌려 주변을 살피자 내 오른편에 핸드폰이 떨어져 있었다. 내가 언제 저걸 저기에 흘린 거야?

핸드폰을 주으려 몸을 일으키려 하자 갑자기 몸에서 이상 신호가 전해졌다.

"으윽!"

근육이 뭉치기라도 했는지 허리가 말을 듣지 않는다. 망치로 허리를 연속으로 때리는 것 같아. 너무 아파 얼굴을 찡그리자 왼쪽 얼굴이 찢어질 듯이 당겨왔다. 반사적으로 양손을 왼쪽 얼굴의 상처 부위로 가져가자 얼굴이 화끈거렸다. 도저히 손을 못 댈 정도로 화끈거려 얼굴에서 손을 떼자, 손에서 축축함이 느껴졌다. 피잖아? 상처가 벌어진 건가? 이럴 줄 알았으면 어제 지혜 씨가 말한 대로 상처를 꿰맬걸. 우선 화장실에 가서 피부터 씻어내자.

쑤시는 허리를 겨우 지탱하여 자리에서 일어서자 갑자기 현관문이 열렸다. 세희가 돌아온 건가? 시선을 현관문으로 집중시키자 세희는 보이지 않고 낯익은 사내 한 명이 집에 들어서고 있었다. 최준 형이 무슨 일로 우리 집에 온 거지?

"최준 형? 어쩐 일이야?"

"어쩐 일은. 너랑 얘기 좀 나누려고 온 거지."

"형하고 나눌 얘기 없어. 세희부터 찾아야 된다고."

"그러니까 세희 얘기 하자는 거 아냐."

나는 눈을 크게 뜨고 최준 형을 향했다. 최준 형은 세희가 어디 있는

지 알고 있는 건가?

　나는 집의 문을 박차고 밖으로 뛰어나갔다. 있는 힘껏 뛰어 동네 골목길을 가로질렀다. 얼굴에서 느껴지는 차가운 피 따윈 닦을 생각도 않은 채 그곳으로 달릴 뿐이다. 내가 그 사실을 왜 이제 알았지? 최준 형이 세희에게 모든 걸 말했다는 것을. 제기랄! 일이 꼬여도 너무 꼬였잖아! 내가 세희에게 진실을 말했으면 일이 이렇게 되진 않았을 텐데.

　"세희가 진실을 알면서 네게 무척 실망했을 거야."
　"그걸……."
　말해 버린 최준 형의 잘못이었다. 그리고 거짓말을 한 내 잘못이기도 했다. 내가 말했으면… 내가 좀 더 일찍 집에 들어와서 세희에게 진실을 말했으면 이렇게 되진 않았을 텐데.
　"그걸 말해 버리면 어떡해!"
　"그럼 세희를 그냥 내버려 두란 말이야? 시신성, 난 네가 세희를 보란 듯이 배신하는 꼴은 못 본다. 누구보다 너희 사이를 잘 알고 있으니까. 차라리 잘된 거 아냐? 이 정도 선에서 끝난걸."
　"누가 배신한다는 거야! 형 미쳤어? 왜 형 혼자 북 치고 장구 치고 지랄이야!"

　골목길을 빠져나와 사람들이 많은 대로가를 달렸다. 제길! 오늘따라 사람들이 왜 이렇게 많은 거야!
　"비켜! 비키라고!"

앞을 가로막는 사람들을 옆으로 밀치며 택시 정류장까지 전속력으로 달렸다. 택시 정류장… 택시 정류장… 제길! 택시 정류장은 보이는데 택시가 보이질 않아! 이대로 공항까지 달려 버릴까?

"뭐? 그럼 지혜 씨하고 만났던 게 그런 이유가 아니란 말이야?"
"형은 이 상처가 뭘로 보이는데? 막노동판에서 굴러서 생긴 상처라고! 내가 왜 생고생을 하면서 여자를 만나!"

얼마나 남았지? 핸드폰을 꺼내 시간을 확인했다. 10시 20분. 공항까진 멀게만 느껴진다. 조금만 더 빨리! 조금만 더 빨리 가야 돼!

"그럼 세희가 어디로 갔는지 형도 몰라?"
"생각해 봐. 남자를 포기한 여자가 과거를 정리할 만한 곳이 어딘지. 드라마에도 나오잖아? 부부 싸움 해서 헤어진 여자가 어디로 가디? 친정 집이잖아?"
친정 집? 그렇다면…
"…중국?!"
"그래. 어림짐작이지만 지금쯤 공항에 있을지도."

다 왔다. 대전 공항이다!
몸은 지칠 대로 지쳤지만 정신이 하나도 없다 보니 힘든지 안 힘든지도 구분할 수가 없었다.
나는 공항의 정문으로 뛰어들어 가 창구 앞에서 멈췄다. 중국행. 중국행 비행기가 어디에 있는지 찾아야 돼. 난 창구 의자에 앉아 있는 스튜어디스에게 다급히 물었다.

"중… 헉! 헉! 중구… 중국행! 허억!"

"네?"

나는 숨을 고르며 다시 물었다.

"중국행 비행기 어딨어요!"

"아, 10번 탑승구입니다. 10시 30분 비행기로 이제 곧 출발합니다만."

제기랄! 지금 시간이 10시 30분? 시간이 없잖아!

"10번 탑승구는 2층에 있습……."

주변을 확인하자 2층으로 올라가는 에스컬레이터가 보였다. 당장 에스컬레이터를 뛰어올라 2층으로 향하자마자 비행기 탑승구가 여럿 보였다. 10번 탑승구… 10번 탑승구만 찾으면 되는데! 제길! 왜 10번 탑승구는 맨 끝에 있는 거야?

조금만 더! 비행기를 탈 수 있으면 돼!

10번 탑승구에 도착하자마자 공항 직원들이 날 붙잡았다.

"손님! 지금은 들어가실 수 없습니다!"

"비켜! 비행기에 타야 된다고!"

"죄송합니다만, 비행기는 이미 출발했습니다, 손님!"

"뭐?"

탑승구 반대 편에 있는 창문으로 시선을 향했다. 비행기가… 날아오르고 있었다. 말도 안 돼! 어째서 이렇게 된 거야? 어째서… 일이 이렇게 꼬였냐고! 돌아와, 세희야!!!

난 그만 다리가 풀려 버려 자리에 주저앉고 말았다.

그로부터 얼마의 시간이 흘렀는지 모르겠다. 공항의 사람들이 차츰 줄어가기 시작하는 때. 밖은 차가운 겨울바람만이 돌아다니는 밤이 되어 있었다.

한동안 충격에서 정신을 차리지 못하던 나였다. 무거운 죄책감이 어깨를 내리누르고 세희를 보낸 나 자신이 저주스럽게 느껴지기까지 했다. 지금이라도 세희를 중국에서 데려오고 싶다. 진실을 말한다면 와줄지도 모른다는 희망을 가진 채. 하지만 반대로, 이런 놈한테 다시 돌아오지 않을지도 모른다는 불안감도 들었다.

이대로 포기하기엔 세희와 함께한 시간이 너무나 아까운데.

"……."

공항의 구석진 의자에 홀로 앉아 있길 수시간. 헝클어진 마음을 정리하긴 아직도 먼 거 같았다.

그렇게 고개를 푹 파묻고 있는 도중 누군가 내 어깨를 두드렸다. 인기척으로 보아 내 뒤에 누군가 있는 것 같은데. 설마 공항 직원이 나여기서 나가라고 하는 건가?

"잠시만 더 있을게요."

10분만… 아니, 5분만 더 있을 테니까, 날 좀 내버려 둬. 나 지금 제정신이 아니라고.

톡톡톡.

"잠시만 더 있겠다니까요."

상대가 계속 어깨를 두드리자 짜증이 솟구쳤다. 분위기 파악 못하고 신경을 건드리는 사람이 꼭 있지! 에잇! 그냥 나가고 만다.

벌떡, 자리에서 일어서서 뒤를 돌아보자마자 나는 깜짝 놀랐다. 그저 상대가 누구인지 확인하려고만 했을 뿐인데.

"세희야!"

고운 얼굴 선에 선량한 눈. 가슴까지 내려오는 기다란 머리카락을 가진 청순녀. 그토록 내 머리 속을 떠나지 않던 세희가 틀림없었다. 어째서 세희가 이곳에 있지? 중국으로 떠났던 거 아니었나? 이거 귀신 아니야? 세희가 맞기는 한 거야?

"세희 맞아? 어째서 여기에 있는 거야?"

세희가 맞는지 확인하기 위해 다가가는데, 그만 의자에 다리가 걸려 볼품없이 넘어지고 말았다. 으아… 갑자기 허리가 다시 아파온다. 세희는 자리에서 일어서려 바둥대는 나를 조심스레 일으켰다. 날 일으키는 세희의 손길이 차가운 건 아마도 겨울바람 때문이리라.

"세희야, 대체 어떻게 된 거야? 난 네가 중국으로 간 줄 알았는데."

세희는 대답하기보다 먼저 옷소매로 내 얼굴의 피딱지를 닦았다. 얼굴의 고통쯤은 아무래도 좋다. 우선 세희가 왜 여기 있는지부터 알아야 했다.

"어떻게 된 거냐니까."

그제야 수화로 답하는 세희.

'최준 오빠한테 얘기 듣고 바로 달려왔어.'

"뭐?"

최준 형한테 얘기 듣고 바로 달려왔다고? 집에 있을 최준 형에게 내가 여기 있다는 걸 전해 들었다면… 길이 엇갈렸다! 내가 집에 있었다면 세희와 만날 수 있던 거였는데. 세희가 중국으로 떠났다고 혼자 낙심하고 있던 나는 혼자 몇 킬로미터를 달리고 개짓거릴 했단 말이야?

자리에서 얼어버린 나에게로 세희가 수화를 그렸다.

'내가 나타나서 깜짝 놀랐어?'

지금 나 놀란 거 안 보이니?

'바보같이. 신성이가 거짓말해서 이렇게 된 거 아니야. 얼마나 고생했으면 입술도 다 터지고, 얼굴도 이렇게 되고. 어서 나한테 사과해.'

허리에 양 주먹을 짚으며 나에게 살짝 화난 표정을 짓는 세희에게 나는 고개를 숙였다. 기쁜 것보단, 여전히 미안한 감이 먼저였다.

"미안해. 사실 진짜 이렇게 될 줄 모르고 거짓말한 거였는데. 지금까지 최준 형을 통해 알고 있던 사실은 다 오해야! 그러니까 믿어줘, 세희야."

"응. 믿어. 다 알고 여기 왔으니까."

"다 알다니? 어떻게 알았는데?"

"최준 오빠에게서 다 들었으니까."

"최준 형한테 들었… 가만."

나는 숙였던 고개를 다시 들어 세희를 바라보았다. 방금 세희의 목소리가 들렸던 것 같았는데. 잘못 들은 건가? 방금 그건 헛소리? 뭐, 아무렴 어떠냐! 세희가 이렇게 내 앞에 나타났는데. 떠난 줄 알았던 세희가 다시 돌아온 것만큼 기쁜 게 어디 있다고. 그런데 눈물이 나려고 한다. 이렇게 기쁜데 웬 눈물이야. 너무 힘들어서 눈물이 나는 건가? 아니면 감동해서?

시큰해진 눈에서 눈물이 떨어지자 세희가 내 옆에 서서 등을 토닥였다. 쑥스럽게… 나는 눈물을 훔치며 웃어 보였다.

"하하… 그냥 눈물이 좀 나네."

"그냥 울어. 울어도 싸."

"그래도 사나이가 쪽팔리게 여자 앞에서……."

울 순 없지라고 말하려다, 세희를 바라보며 표정을 굳혔다. 아까 전
의 목소리, 거짓이 아니었던 건가? 설마… 설마 세희가 말을 튼 거야?

나는 시큰한 눈을 비비고 세희의 얼굴을 양손으로 조심스레 잡았다.

"세희 너……."

"그냥 울라니까. 신성이 바보."

*　　　*　　　*

신성이가 공항으로 뛰쳐나가고 수시간이 흐른 뒤, 밤늦게 세희가 집
에 돌아왔다. 어디에 갔다가 이제 돌아왔는지 모르겠다. 돌아온 세희
에게 신성이에 대한 사실을 모두 말하고 나자 세희도 마찬가지로 집을
뛰쳐나갔고, 다시 집에 남은 건 나 혼자가 되었다. 회사에 돌아가야 했
지만 집을 지켜야 하기에 어쩔 수 없이 이곳에 남아 있는 중이다.

나가기 전에 열쇠라도 주고 나가지. 나 혼자 어쩌라구.

할 수 없이 집에 혼자 남아 담배만을 뻑뻑 피우던 중 핸드폰으로 시
부장님의 전화가 왔다.

「출장은 잘 끝났냐? 출장 끝났으면 안 돌아오고 뭐 해?」

"아, 여기 신성이 집이거든요? 얘네들이 열쇠를 안 주고 나가서 집
지키는 중입니다."

「집을 지켜? 니가 파출부냐? 그보다 신성이에게 얘기는 했어? 그 얘기 말이야.」

그 얘기라면 카도라스의 비밀 말인가? 헉! 그러고 보니 세희에 대해 얘기하다 보니 그거 말하는 걸 깜박했다!

"죄송합니다. 그 얘길 하는 걸 깜박했네요."

「으이구! 그럼 그건 내일 말하고, 지금은 빨리 회사로 돌아와. 집은 방범 장치가 되어 있으니까 걱정 말고.」

"네… 네? 방범 장치?!"

으윽! 그런 게 있었으면 진작에 알려줄 것이지.

통화를 끊고 주머니에서 담배를 꺼내 들었다. 이제 한 개비 남았군. 이 거 하나만 빨고 회사로 돌아가야지. 그런데 신성이하고 세희는 공항에서 만났으려나? 이거 참, 서로 오해하게 만든 것 같아서 미안하네. 잘못하면 나 신성이한테 맞아 죽겠다. 다음부턴 남녀 사이에 끼어들지 말자.

난 거실 창문에 기대어 담배 한 모금을 깊숙이 빨았다. 창문 밖에선 눈이 내리고 있었다. 쌓이진 않는 눈이지만, 이번 겨울에 처음으로 내 리는 눈이다.

"간만에 보는 눈이군."

분위기도 좋은 밤인데, 서로 화해했으면 좋겠다, 신성이하고 세희.

그나저나 카도라스의 비밀은 언제쯤 밝혀지려나? 그냥 이대로 묻혀 버리는 건가?

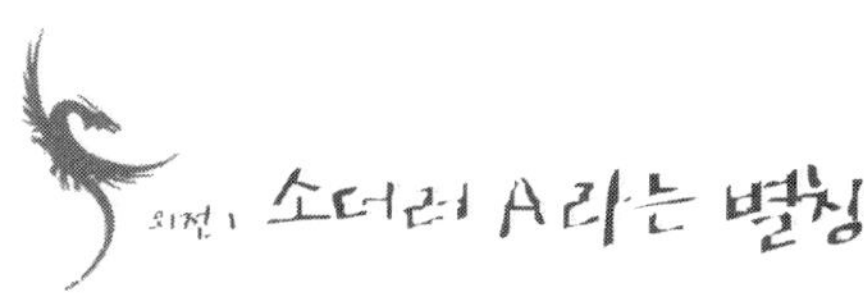

무엇인가를 만드는 것을 좋아한다. 부품과 부품을 합쳐 로봇을 만드는 것도 좋아하고, 재료와 재료를 섞어 요리하는 것도 좋아한다. 어렸을 적부터 손으로 뭔가 만드는 것을 좋아했던 나는 게임에서조차 검사나 마법사 같은 캐릭터가 아닌, 연금술사 캐릭터를 선호했다.

연금술사. 혹은 알케미스트라고 불리운다. 일단 일반적인 게임 가이드에는 기존의 물질을 새 물질로 재구축시키는 자, 라고 나와 있지만 실제 게임상의 알케미스트는 겉만 뺀지르르하다. 돌을 쥐고 스킬만 외치면 금덩이로 변하는 게 뭐가 매력있단 말인가? 결국 알케미스트만 하다 이 게임 접고, 저 게임 접길 여러 번, 15살이 되는 해, 카도라스를 접하게 되었다.

카도라스는 제법 뛰어난 그래픽과 수많은 이벤트, 그리고 밝혀지지 않은 무엇인가를 찾아 나가는 게임류다. 하지만 이런 것들을 제치고 가장 먼저 나의 호기심을 끈 것은 스킬이다. 이곳엔 연금술사라는 직업이 없고 조합 스킬이란 게 있는데, 스킬을 유저가 직접 창작하고 개발해 내는 시스템이 존재한다는 것이다. 그 즉시 게임 가이드를 독파해서 조합 스킬에 대해 몇 가지 자료를 더 얻을 수 있었는데, 기뻐하길 잠시, 실망감에 젖어들고 말았다. 조합 스킬을 개발하려면 최소한 레벨이 100이상은 되어야 한단다. 레벨 100이라면… 빠르면 1년 안에 도달할 수 있겠군. 사람들에게 뒤처지면 그 이상이 걸릴 것이다. 제길! 한번 해보자. 이 게임 저 게임 옮겨 다녔었지만 이번만은 포기할 수 없다!

그렇게 굳게 다짐하며 검사 직업을 택한 뒤, 소더러를 목표로 열심히 레벨업을 시작했다. 처음엔 도와주는 사람도 없고 굉장히 힘들었다. 레벨업을 차곡차곡 해 나가며 강해졌다는 걸 느끼긴 하는데, 내가 강해질수록 적도 더 강해진다. 요즘엔 워낙에 검사가 약세라지만 이건 좀 너무한 것 같다. 밸런스가 영 맞지 않는다.

그렇다고 길드를 만들자니 길드를 만들 능력도 안 되고, 길드에 들어가자니 맘에 드는 곳이 없고, 좋은 장비를 구입할 돈도 없고, 결국 생고생을 해야 한다는 건데. 이대로 가다간 정말 1년은 넘어야 레벨 100이 되겠다… 고 생각했더니 정말 1년 3개월이 되어서야 겨우 레벨 100에 도달했다. 레벨 100이 되고 3차 전직 소더러가 된 순간 날아갈 듯이 기뻤다. 꽤 많은 시간이 걸리긴 했지만 수많은 경쟁자들을 물리치고 이 정도의 경지에 올랐으니까.

남은 것은 조합 스킬에 모든 걸 투자하는 것뿐인데… 나는 지금까지 레벨업을 하면서 벌어왔던 돈으로 이라스 북쪽 민가촌에 집을 하나 얻어 연구실을 만들었다. 그리고 밤마다 현실상에서 카도라스에 대한 정보를 수집하고, 낮에는 몇몇 되지도 않는 소더러들을 만나기 위해 돌아다녔다. 그리고 그동안의 정보를 모아 스킬을 조합하는데…

스킬 조합이 되지 않는다!

스킬과의 상성을 미처 생각하지 못했던 것이다. 아무 스킬이든지 조합시켜서 발사하면 나가는 줄 알았는데, 그게 아니었다. 예를 들자면, A란 스킬과 B라는 스킬이 있다. 둘은 사이가 안 좋다. A와 B를 강제로 합체시키려고 하면, 개네들이 열받아서 터져 버린다! 완전히 화학 물질로 폭탄 만들기가 따로 없는 것이다. 이거 설마 운영자들이 소더러들을 매장시키려고 이러는 건지 의심되기도 한다. 내가 1년 동안 개고생한 게 얼만데 이런 결과가 나와 버리다니. 뭐, 좋다 그래. 오히려 피가 끓고 있으니까!

그렇게 소더러가 되고서 별의별 노력을 다 해봤다. 사람들은 만류했지만 나는 되는 데까지 포기하지 않았다. 연락하는 소더러 유저들이 조합 스킬에는 흥미없다며 떨어져 나가고, 스킬 조합에 아이템이 필요한 걸까, 생각해서 아이템도 사봤지만 돈만 왕창 깨졌다.

연구를 시작한 지 두 달쯤 되자 돈이 없어 파탄이 날 지경이 되었다. 돈만 대주는 사람이 있다면 계속 연구를 할 수 있을 텐데. 여기엔 주식 같은 거 없나? 주식이나 팔아봤으면 좋겠다.

그렇게 하루 이틀을 연구실에서 무의미하게 보내는 중, 집에 누군가 찾아왔다. 내 집에 사람이 찾아온 건 이 주일 만이다. 상대는 남자였다. 검은 망토를 두르고 있는데, 얼굴을 보아 나이는 나와 같아 보인다. 약간 굳센 인상이지만 일단은 호남아다.

"여기가 소더러 연구실이 맞습니까?"

"네, 그렇습니다만 무슨 일로 찾아오셨죠?"

"제대로 찾아왔네. 반가워, 같은 소더러끼리 만나서."

그게 나와 마듀라의 첫 만남이었다. 그는 홀연히 나에게 찾아와 스킬 비충돌 비기서를 내밀며, 그것으로 소더러 스킬을 조합하라고 했다. 나는 책 한 권 분량 되는 스킬 비충돌 비기서를 독파한 뒤, 당장 스킬 조합을 실행했다. 그러자 서로 상성을 가지던 스킬이 착 달라붙어 새로운 스킬을 만들어낸 것이 아닌가? 원리는 의외로 간단했다. 스킬이 충돌하지 않도록 하는 매개체를 만들어 조합 스킬을 만드는 것인데, 그 매개체가 바로 검광진이다.

이런 방법이 있었으면 진작에 좀 찾아와 알려줄 것이지!

"내가 할 땐 그렇게도 안 되더니만. 대체 이걸 어디서 구한 거지? 이런 문서가 있다고 들어본 적도 없는데."

"그건 묻지 말고 조용히 조합 스킬만 만들어줘. 그리고 그 만든 걸 문서로 보관해서 나에게 제출하면 돼. 내가 뒤에서 투자해 주지."

"이런 게 있다면 네가 직접해도 되잖아."

"난 뭘 만드는 데에 소질이 없단 말이야."

"……"

마듀라와 나는 그 후로 열심히 조합 스킬 개발에 나섰다. 여러 가지 스킬을 합치면서 더 강한 스킬이 만들어지기도, 아무짝에 쓸모없는 스킬이 만들어지기도 했다. 가끔 검광진을 잘못 그려 폭발해 버리는 불상사가 있었지만 일은 수월히 진척되었다.

이렇게 모인 스킬의 정보를 수많은 소더러들에게 팔아버리면 난 떼부자가 되는 거고 소더러들에게도 상당한 발전이 있으리라. 그 행복한 생각에 사로잡혀, 난 힘든 줄도 모르고 8개월 동안 게임만 했다.

그러던 어느 날.

"스킬만 개발하면 뭐 하냐. 상대에게 얼마만큼 타격을 주는지가 가장 중요하지."

"그래서 어떻게 하게?"

이런저런 우여곡절을 겪었던 8개월 동안 나와 마듀라는 친구가 되어 있었다.

"실제 유저들에게 실험을 해보는 거야. 스킬이 유저에게 얼마나 통할지."

"그렇다면 PK를 하잔 말이야?"

"그렇지."

"그러면 현상금이 걸려 버릴 거야. 심하면 계정도 압수될지 모른다고."

"안 잡히면 되는 거 아냐. 신원을 알 수 없도록 가면도 착용하면 되겠고, 닉네임도 바꾸자."

그렇게 해서 나의 가면엔 A라는 글자가 새겨지게 되었고, 녀석의 가면엔 B라는 글자가 새겨지게 되었다. 서로를 부르는 호칭은 A와 B다. 영화에 나오는 좀도둑같이 검은 망토도 두르고, 우린 실전 테스트에 들어갔다.

그리고 실전 테스트에 들어간 지 일주일도 안 되어 현상금이 붙어버렸다.

"미칠 듯한 스피드로 유명세를 타버렸네."

"아직 스킬은 반도 써보지 못했는데."

소더러 스킬이란 게 생각보다 강력해서 유저들에게 사용하니까 떼 거리로 죽는 경우가 상당히 많았다. 단체로 돌아다니는 마도 미궁 지역을 습격했는데, 지금 마도 미궁은 우리들 때문에 출입 금지가 되어버렸다.

그렇게 수많은 던전을 돌아다니며 스킬 실전에 들어가길 한 달째. 이쯤 되니 카도라스상에서 우린 소더러 2인조라 불리게 되었다. 현상금은 십만 골드까지 걸려 버렸고 현상금 사냥꾼들이 길드를 만들어 우리를 잡으려 하기에 이르렀다. 하지만 현상금 사냥꾼 길드도 다시 한 달 만에 우리에게 격파당했고, 우리의 현상금은 백만 골드로 뛰어버렸다. 이제 누구도 우릴 말릴 수 없었다. 우리 둘이 뭉치면 그 누구도 상대가 될 수 없었다. 우리가 만든 소더러 최고의 스킬은 누구도 상대치 못했다. 카도라스의 모든 유저가 덤벼도 이길 수 있을 것 같았다(느낌으로만).

그런데 정말 모든 유저가 덤벼든다는 소문이 퍼지자 덜컥하는 심정을 감출 수 없었다. 각종 카도라스 홈페이지에 우리들을 척살한다는 글이 돌았고, 여러 길드가 통합을 시도했으며, 일반 유저들과 심지어 NPC들까지 우릴 찾기 위해 칼을 갈고 있었다. 정말 무슨 일이 일어나긴 일어날 것 같다.

"일이 너무 커졌잖아! 이제 어떻게 할 거야! 카도라스의 모든 유저를 없애 버릴 만한 스킬은 세상에 없다고!"

"가소롭군. 덤벼보라지."

그런데도 이 녀석은 천하태평이다. 가끔 이놈의 정신 세계에는 어떤 폐인이 사는지 궁금할 정도다.

어쨌든 일은 그렇게 커져 버렸고, 나는 게임에 있는 동안 가시 방석에 앉은 듯한 기분에 지하 연구실에서 꼼짝도 안 하고 있었다. 이곳에서 혼자 조용히 연구하고 있으면 누구도 눈치 채지 못할 것이다. 이곳을 알고 있는 건 나와 마듀라, 그리고 그 외의 소수뿐이다.

연구실에서 한창 스킬 작업 도중, 누군가 연구실 안에 들어왔다.

"······?"

마듀라인가? 마듀라는 곧 마스터 레벨이 되기 때문에 이곳에 며칠 동안 오지 않았다. 그런데 상대는 마듀라가 아니었다. 현상금 사냥꾼… 어떻게 이곳을 알고 들이닥쳤지?!

연구실에 퇴로를 만들어놓지 않았던 난, 상대와 적당히 싸운 뒤에 도망치려고 했으나 결국 녀석에게 붙잡혔고, 운영자 재판에 들어가고 말았다.

아이디 정지 처분 5년이다. 너무나 순식간에 일어난 일이라 할 말이 없을 지경이었다. 거기에 마듀라가 날 신고했다니, 어떻게 이럴 수 있단 말인가?! 반은 자의였지만 반은 녀석을 위해서 1년간 일했는데, 이렇게 허무하게 토사구팽시켜 버리다니. 나는 한동안 충격에서 헤어 나오지 못했다. 이제 막 성공이 눈앞에 있는 시기에 배신을 때려 버린 마듀라를 어떻게 생각해야 할지 정신을 차리지 못했다.

이게 가상에서 받아야 할 죗값이라면 충분히 받아들이겠지만, 마듀라 너는……!

어째서 그렇게 떵떵거리며 가상에 남아 있는 거냐?!

나는 마듀라의 악행에 대해 폭로하려 사이트의 게시판 여기저기에 글을 올렸다. 마듀라를 만난 것부터 시작해, 사람들을 PK한 것, 그리고 지금의 나의 상황까지. A4용지 20장 분량은 될 글이다. 하지만 사람들은 내 말을 믿지 않았다. 이미 악명 높은 PK범인 내 말을 믿을 사람이 없는 것이다. 게다가 글을 올린 지 하루가 지나자 카마디 사이트의 접속이 차단되어 버렸다. 이것까지 운영자들이 손을 써놓을 줄이야.

이렇게 되고 나니 막상 아무것도 할 게 없었다. 결국 이렇게 카도라스와는 끝인가. 아쉽지만 지금의 나는 아무것도 변화시킬 수가 없다.

그 후로 게임할 생각이 완전히 사라져 버렸다. 게임기는 창고에 갖다 버렸고 컴퓨터 앞에 앉아 채팅이나 하는 무의미한 시간이 계속되던 중.

[메시지가 도착했습니다.]

메시지가 도착했다. 누가 보냈는지 보낸 이의 아이디가 보이지 않는 메시지였다. 제목 칸에도 점 세 개(…)만이 찍혀 있을 뿐이다. 혹시 바이러스가 들어 있는 건가, 의심이 들었지만 나의 호기심은 대뜸 메시지를 열고 말았다. 메시지의 내용은 충격적인 것이었다.

나와 마듀라가 그동안 카도라스에서 저질렀던 일에 대해 모두 적혀 있었다. 몇 월 몇 일에 누구를 PK한 것부터, 마듀라의 비밀까지. 놀라운 사실은 마듀라가 (주) 카마디 사 부장의 아들이란 것이다. 거기에 스킬 비충돌 비기서를 아버지에게서 받았단 것도 알게 되었다. 처음부터 날 이용해 먹을 목적으로 일을 벌였단 말인가? 날 실컷 이용해 먹고서 자신의 행적을 은폐하기 위해?

대체 누가 이걸 알아낸 거지? 누가, 어떻게, 왜 이걸 나에게 보낸 거야?!

[메시지가 도착했습니다.]

두 번째 메시지가 도착했다. 앞서와 같은 형식의 글이었고, 그곳엔 글을 보낸 자신의 정체가 쓰여 있었다. 그는 말도 안 되는 사람이었다.

인터넷 마피아.

외국 가상 현실 전산망을 공격한다는 해커 단체. 아니, 정확히는 크래커 단체라고 불러야 할 것이다. 그들은 1년간 날 지켜봤다는 소리로 나에게 인터넷 마피아에 입단할 것을 말했다. 그렇다. 복수다. 이건 그들이 나에게 복수를 권하고 있는 것이다.

복수를 통해 다시 모든 게 되돌아왔으면 좋겠다만, 게임을 없애 버린다는 이유의 인터넷 마피아와는 적이 될 수 있다.

나는 한동안 컴퓨터 앞에 앉아 고심에 고심을 이어갔고, 결국엔 금단의 영역에 발을 들여놓고 말았다.

"허억! 허억!"

좀 더 서두를 걸 그랬나? 한 시간도 안 돼서 놈들이 뒤쫓아올 줄이야. 지금 내가 도망치는 것을 놈들은 초소형 감시 로봇과 인공위성을 통해 샅샅이 알아보고 있을 것이다. 지금 나는 여관에서 최대한 멀리 떨어져 놈들의 포위망을 벗어나는 중이다. 하하! 완전히 미로 안에 갇힌 쥐새끼 꼴이 되어버리고 말았다. 쓸모없는 쥐새끼가 되어버렸지만, 그래도 아직은 죽고 싶지 않단 말이야.

달리다 보니 숨이 굉장히 차 오른다. 이럴 줄 알았으면 집에만 있지 말고 밖에서 운동이라도 좀 할걸. 후회되는데?

30분간을 죽도록 뛰었을 것이다. 옷가지를 담은 가방까지 내팽개치고 녀석들이 따라오기 힘든 골목으로 달렸다. 골목을 막은 쓰레기통을 박차고 달리길 수십 분. 골목을 빠져나오자 지하 터미널 입구가 나를 반겼다. 지하로 들어가면 놈들의 인공위성을 따돌릴 수 있다.

그런 생각으로 터미널 안으로 들어가자 을씨년스런 어둠이 날 반겼다. 기대했던 사람들은 보이지 않았다. 터미널의 양 옆으로 줄지어 있는 지하 가게들도 문을 닫았고, 쭈욱 이어진 복도 끝에 기계 소리만이 요란하게 들릴 뿐이다. 떨어져 나간 천장과 콘크리트 파편이 여기저기 널린 바닥. 그 근처를 둘러보자 어둠 속에 공사 중이란 팻말이 붙어 있다.

하필 사람이 없는 곳이라니…

나는 몸이라도 의지할 곳을 찾기 바빴다. 하지만 어느 그늘에 숨어도 다 들통날 것이다. 출구가 나올 때까지 뛰는 수밖에.

막 복도를 달리기 시작하는 때, 갑자기 내 뒤에서 인기척이 느껴졌다. 발자국 소리?! 그 순간 몸이 바짝 긴장하며 모든 털이 곤두서는 기분이었다. 쫓아왔구나!

"……."

죽고 싶지 않아. 죽고 싶지 않다고! 날 모르는 척 지나가 줘!

탕!

가슴에 심한 충격이 일어난 직후, 다리에 힘이 풀려 넘어졌다. 터널 안을 멍하게 울린 커다란 총성은 귓가에 기다란 여운을 남겼다.

차가운 땅바닥에 얼굴을 누인 나는 피가 빠져나가는 느낌을 멍하니 느낄 뿐이었다. 아직 눈을 감고 싶진 않아. 좀 더 살아 있고 싶어. 살아 있고 싶다고… 아직은.

"…사살했습니다."

내가 쓰러진 것을 확인한 암살자가 무전기를 통해 보고하는 소리가 얼핏 들렸다. 그리고 확인 사살도 하지 않은 채 터미널을 돌아 나갔다. 매정한 녀석.

"아… 억……."

손이 움직이지 않아. 몸이 굳는 것 같아. 몸이… 추워. 난 춥고 싶지 않은데, 죽고 싶지 않은데, 어째서 나는 이렇게 끝난 거냐? 대체 내가 왜 이렇게 됐는지 너는 알아, 마듀라? 시신성! 내가 이렇게 된 발단이 뭔지 아냐고, 시신성!

의식을 잃지 않아. 아직은 하고 싶은 게 많다고. 아직 널 괴롭힐 게 남았어. 아직 의식을 잃을 수 없어. 의식을 잃어버리면 난 죽어. 의식을 잃어버리면 난 죽어… 의식을 잃어버리면 난 죽어… 의식을 잃어버리면…….

　아버지와 어머니는 고등학교 때 처음 만나 게임상에서 연애를 해오다, 대학 때 결혼을 하셨다. 아르바이트와 공부를 동시에 하는 힘든 대학 생활을 마치고서 아버진 게임 회사에 취직했고, 그 후로 가정은 그럭저럭 안정적이 되었다.

　두 분이 대학을 졸업한 이후 곧바로 내가 태어났다. 그리고 내가 태어나면서부터 아버진 삐뚤어지셨다. 외박하는 경우가 많아졌고 매일 회사에서 일하기에만 바빠 어머니는 거들떠보지도 않게 되었다. 오죽하면 내가 아버지의 얼굴을 사진으로밖에 기억하지 못할 정도일까.

　1년에 한 번 겨우 나누는 아버지와의 통화, 아주 짧은 통화 후에 어머니가 매일 밤마다 눈물을 흘리던 것을 잊을 수 없다. 그런 어머니의 모습을 볼 때마다 나는 아버지에 대한 미움만이 커졌고, 반항심 많은 청소년기에도 어머니 앞에선 약해질 수밖에 없었다.

어머니는 매우 가녀리신 분이다. 중, 고등학교 때 외할아버지와 외할머니가 일찍 돌아가신 후로 실어증에 걸려 말을 하지 못했었다. 아버진 그런 어머니와 만나 여러 고난을 극복하며 결혼에 성공했고, 어머니는 힘든 일이 많았지만 아버지를 만난 것이 후회되지 않는다고 지금도 말씀하신다. 코빼기도 비추지 않는 아버지 따위를……

사람들은 아버지가 미쳤다고 했다. 같은 동네에 사는 용태 아저씨도, 태민 아저씨도, 대학 때까진 멀쩡했던 아버지가 갑자기 회사 일에 미쳐 버렸다고 했다. 왜 미쳤는지 그 이유는 아무도 모른다. 어머니도 모른다. 용태 아저씨와 태민 아저씨는 아버지와 어머니의 고등학교 동창이라 아버지를 매우 잘 알 텐데, 아버지가 그렇게 된 이유를 모른다. 다만, 조심스럽게 아버지가 무엇을 하는지 추측만 할 뿐이다.

제길! 아버지. 내 눈앞에 나타나면 어머니가 상처받은 것에 천 배, 만 배, 억 배 이상 갚아버린다!

탕! 탕! 탕!

사격 연습을 할 때마다 아버지가 떠오른다. 이유는 모르겠지만 아버지를 떠올리면 사격 연습이 잘된다. 저 과녁을 아버지라 생각하고, 머리를 향해 발사! 발사! 발사! 세상에 나만한 불효자도 없으리라.

총소리와 함께 제길과 젠장이 연속으로 터졌고 계속해서 방아쇠를 당기자, 어느새 총탄이 모두 소모되어 버렸다.

"후우~"

땀으로 흠뻑 젖어버린 이마를 옷소매로 훔치며 사격 연습한 총을 허리의 벨트 홀스터(Belt Holster)에 끼워 넣었다. 오늘 연습은 이걸로 끝내자. 더 했다간 아버지 생각으로 머리 속이 뒤집힐 것 같아.

아무도 없는 사격 연습실을 나서, 복도로 나오자 동료인 신야애와 마주쳤다. 야애가 사격 연습을 할 리는 없고, 날 보려고 복도에 있었던 건가?

그녀가 손에 들고 있던 음료수 캔을 나에게 건넸다.

"마셔."

"어. 고마워."

신야애는 나와 동갑인 21살에 조그만 얼굴과 적당히 큰 눈이 매력적인 여자다. 목 부분에서 끝을 살짝 올린 컷트 머린데, 오늘은 하얀색으로 브릿지 염색했다. 머리에 송충이가 기어다니는 것 같아. 저러고 다니면 창피하지 않나?

음료수를 들이키며 야애의 머리를 조용히 쳐다보고 있자, 야애가 자기 머리끝을 살짝 어루만졌다.

"오늘 머리는 예쁘게 잘됐지?"

"요즘엔 송충이 진액으로 염색하는 기술이 개발됐나 봐?"

"이거 최신 스타일이란 말야! 꼭 말을 해도 그렇게 하냐!"

농담 섞인 내 말에 신야애의 얼굴이 불끈 분노로 타오른다. 야애는 매일 머리 색을 바꾸면서 아침마다 나에게 물어본다. 오늘 머리는 예쁘게 잘됐지? 라고. 하지만 머리가 퍼렇든, 누렇든, 뻘겋든, 야애는 어떤 머리로 염색을 하든 다 어울리지 않는다. 자연 미인이라 그런지 내가 본 바로는 역시 검은 머리가 가장 예쁘다. 그래. 예쁘고 매력있는 건 인정하는데, 제발 생긴 대로 좀 놀아라.

"그 음료수 내놔! 내가 미쳤지! 너한테 음료수를 사주다니!"

"또 심통났지. 줬다 뺏는 게 세상에서 제일 치사하다는 거 모르냐?"

"몰라! 어서 내놔!"

"알아서 뺏어보셔."

"이이씨! 키 좀 크면 다야?!"

"다다!"

음료수를 높이 치켜들어 야애의 손이 안 닿게 하자 내 앞에서 폴짝 폴짝 뛰는 야애의 모습이 그리도 바보 같아 보일 수가 없다. 다 마셔 버리고 난 빈 깡통을 돌려받기 위해 내 앞에서 처절히 까불다니. 야애 의 단점이라면 너무 까불대는 성격이란 것이다. 성격만 어떻게 된다면 꼬셔볼 수도 있었을 텐데.

그런데 하이힐 신고 잘 뛴다. 저러다 넘어지는 거 아냐?

"꺄악!"

쿠당!

그러자 진짜로 넘어져서 엉덩방아를 찧고 마는 야애다. 덜렁대다 넘 어지는 것도 참 숙녀답지 못하게. 얼얼한 엉덩이를 쓰다듬는 그녀에게 손을 내밀자, 뾰로통한 표정을 지으며 내 손을 잡고 몸을 일으킨다. 나 는 한마디 약 올리는 것을 잊지 않았다.

"그래도 넌 여자라서 엉덩방아 찧어도 충격이 완화되겠다. 남자보단 빵빵하니까."

"그게 무슨 상관이야! 저질! 너 나 볼 때 매일 엉덩이 보고 있었지? 역시 남자란 다 늑대야!"

"얼마나 야하면 이름도 야한 야애야. 너에게 저질 늑대 소리 들을 이유는 없는데."

"또 내 이름 가지고 장난치지! 너… 씨익! 씨익!"

뜨거운 콧김을 내뿜으며 나에게 엄청난 포스를 내뿜는 그녀. 원래 야애는 야하다 할 때 쓰는 그 야애가 아니라 이끌 야, 사랑 애 자를 써서, 사랑을 이끌다… 뭐, 그런 뜻이다. 가끔 이런 식으로 야애를 놀리면 분을 삭이지 못해 씩씩거린다. 정신적으로 발육이 좀 부진한 탓인지 가끔 철없는 초등학생 같은 면을 보여주기도 한다.

한창 그녀를 놀리던 도중, 복도 스피커로 굵직한 남성의 목소리가 들렸다.

「어이~ 그림 좋은데? 부부 싸움이냐?」

"누가 부부 싸움이라는 거예요!"

"얘 남편 될 사람이 지구상에 존재할지 모르겠네요."

"너 맞는다!"

스피커로 들려온 목소리는 당연히 김 반장님이다. 복도에 카메라가 설치되어 있어서 우리가 싸웠던 걸 다 지켜봤을 것이다. 꼭 재밌을 때 끼어든다니까?

「부부 싸움은 그쯤 하고 내 방으로 와. 임무다.」

"이씽! 갈게요! 그리고 시은혁! 너 내가 음료수 값 받아내고 만다!"

"바보."

고등학교 졸업 후, 경찰 대학 입시에서 떨어져 집에서 폐인 같은 생활을 하길 2년. 고등학교 동창들이 다들 직장을 갖고 내 주위에서 떨어져 나가자 나도 모르게 철이 들어 직장 갖길 노력했다. 하지만 아버지, 어머니에게서 좋은 머리를 유전받지 못한 나는 저조한 학교 성적으로 좋은 직장을 갖기엔 글렀다. 그러던 중 내가 취직한 곳이 이곳, 넷피아단이다. 넷피아단이란 적게는 인터넷상에서 일어나는 현금 거래범을 응징하고, 크게는 가상 현실 게임의 프로그램을 해킹하는 크래커들을 잡는다. 한마디로 가상 현실 게임의 경찰이라 할 수 있다.

학력은 고졸 이상에 몸만 멀쩡하면 된다니 나 같은 놈이 취직하기엔 더없이 좋다. 하지만 그 이유로 꼭 이 직업에 취직한 것은 아니다. 나는 나름대로 잡고 싶은 놈들이 있다. 가상 현실 게임들을 공격하는 세계적인 단체, 인터넷 마피아를. 남자라면 화끈하게 큰 목표를 잡는 것도 좋지 않은가?

아직 창설된 지는 두 달, 내가 이곳에 취직한 지도 두 달, 신야애와 김 반장님을 만난 것도 두 달째지만 우리들은 날로 빠르게 번창하고 있었다.

김 반장님은 직원실에서 나와 야애를 불러놓고 오늘의 임무를 내렸다. 나를 포함한 이 셋이 우리 정예 멤버다.

"오늘도 게임 해킹 관련이다. 18세의 한 학생이 모 PX방에서 서X이벌 프X젝트라는 게임 프로그램을 해킹해 불법으로 프로그램을 유포시켰다고 한다. 그 게임사가 학생의 위치를 추적해 낸 결과 그의 간단한 사항과 주소를 보내왔으니 우린 용의자를 붙잡기만 하면 돼."

야애가 김 반장님이 내주는 용의자의 주소가 적힌 쪽지를 받았다.

"요즘엔 청소년 해킹 문제가 많이 일어나네요?"

"그러게 말이야. 이젠 이런 범죄가 줄어야 할 텐데."

범죄가 줄어들면 우린 뭐 먹고살라고 그런 소릴 하는지. 이 직업은 그리 안정된 직업이 아니다. 경찰들이 처리하기엔 조금 까다로운 가상 현실상의 범죄를 처리한다. 취지는 좋으나, 국가 기관 같은 것이 아니기 때문에 일을 못하면 보수가 없다. 도둑 못 잡아도 월급받는 경찰과는 다른 것이다.

"뭐, 고작 18살짜리 애송이 하나 잡아오는 거니 문제없겠지? 지금 당장 출발이다."

"네!"

내가 이 일에 뛰어든 두 달 동안 신야애와 콤비가 되어 잡아들인 용의자의 수가 41명. 야애는 면허증이 없는 나를 대신해서 차를 몰고, 도시락을 싸오며 여러 허드렛일을 도맡아서 한다. 그리고 나는 용의자가 나타났을 때 잡는다. 현재까지의 전적은 41전 41승 0패로 한 번도 임무에 실패해 본 적이 없다.

임무 성공률과 함께 게임 회사들 사이에서 우리의 명성이 자자하게 퍼졌는데, 우리에게 의뢰하는 게임 회사들이 우릴 크래커 느와르라고 부를 정도다. 안정적이지도 않고, 어쩌면 용의자와의 몸싸움이 위험할 때도 있지만 그 소릴 들으면 이 일에 자부심이 생긴다.

"어이! 다 왔어! 용의자가 다닌다는 학교야."

"으음~"

야애가 용의자가 다니는 학교에 도착했다고 한다. 도착했으면 내려야지. 야애의 20년이나 된 똥차에서 내려 넓은 학교 운동장에 발을 디뎠다. 왠지 학창 시절이 생각나는데? 선생님한테 아침에 머리 걸려 빠따 맞고, 수업 시간에 잠잔다고 빠따 맞고, 애들하고 싸워서 빠따 맞고, 공부 못한다고 빠따 맞고, 정말 야무지게도 맞았지. 그렇게 맞은 것밖에 기억 안 난다.

어쨌든 먼저 간 곳은 당연히 교장실이다. 교장에게 수사 허락을 맡은 뒤, 용의자의 담임에게 사정을 설명한다. 그리고 조용한 데로 불러내서 검거하면 오케이.

대충 이런 순서인데…

용의자를 부르러 갔던 반의 담임이 다시 우리에게 황급히 돌아오는 게 아닌가?

"불러내서 이리로 오는 도중 도망쳤습니다!"

고작 한다는 소리가 그거다. 아무래도 용의자가 이미 눈치를 챘나 보다. 그렇다는 것은 자신의 범행 사실을 자백하는 거라고 믿어도 되겠지? 담임이 용의자를 부른 시간까진 얼마 되지 않았으니 그리 멀리 도망치지 못했으리라.

나는 운동장이 보이는 교장실 창문으로 향했다. 때마침 운동장에 한 녀석이 달려가는 것을 볼 수 있었다. 용의자가 틀림없다!

"아직 늦지 않았어. 뛰어가서 잡자!"

가끔 용의자를 검거하는 도중 이런 도주가 발생한다. 나는 초등학교, 중학교 때 달리기 계주를 할 정도로 잘 뛰고, 야애도 조그만 게 야무지게 잘 달리기 때문에 아직 놓친 적은 없다. 평소에는 덜렁대는 면이 있지만 범인을 검거할 때면 무시무시한 괴력을 보여주는 야애다.

용의자를 많이 따라잡아 거의 8m 거리에 다 왔다. 아무리 뛰어도 이 대전바닥에서 내 손을 벗어날 순 없단다, 아가야!

"순순히 잡혀라! 도망쳐도 소용없어, 임마!"

"×발! 너 같으면 서겠냐?"

"나 같으면 선다!"

"즐이다!"

으윽! 고등학생의 탈을 쓴 초딩 녀석! 해보자는 거냐?!

열의를 불사르며 실컷 쫓던 중 용의자가 매우 좁은 건물 사이로 들어섰다. 바보 녀석. 외길로 가면 넌 이미 잡힌 목숨이나 다름없다! 용의자의 뒤를 이어 내가 건물 틈으로 들어섰고, 내 뒤를 야애가 따랐다. 둘이 같이 달리기엔 길이 너무 비좁았기 때문이다.

비좁은 건물 사이를 달린 지 얼마 되지 않아 이제 용의자를 다 따라 잡았다. 용의자가 길을 가로막고 있는 쓰레기통을 발로 차는 순간, 나는 용의자를 바로 눈앞에 두고서 점프했다. 그리고 그대로 용의자의 뒤를 덮쳐 같이 넘어졌다.

잡았다!

"요놈! 잡았다!"

"으끼악!"

순간, 뒤에서 쓰레기통 구르는 소리와 함께 야애의 비명 소리가 내 뒤통수를 때린다. 이어서 내 등에 무거운 야애의 몸뚱이가 떨어졌고, 용의자는 나와 야애에게, 나는 용의자와 야애의 사이에 깔려 샌드위치가 되어버리고 말았다. 뭘 먹어서 이렇게 무거운 거야, 이 기지배!

"으아야! 이건 나와 용의자를 두 번 죽이는 짓이야! 어서 내려와! 무거워!"

"으으! 내가 넘어지고 싶어서 넘어졌냐! 그리고 누가 무겁다는 거야!
나 오십… 밖에 안 된단 말이야!"

"59킬로?"

"51이야! 맞는다!"

야애의 몸무게가 51킬로였군. 새로운 사실을 알아냈다.

야애와의 약간의 실랑이 후, 어찌어찌 용의자의 팔에 수갑을 채웠
다. 이리하여 42번째 용의자가 내 손에 잡힌 것이다. 이번에 잡은 용의
자는 사지 멀쩡한 학생 맞았다. 이름은 진한군. 담임 선생이 학교에서
보여준 사진과 얼굴이 일치한다. 내 예감이 맞다면 범인이 틀림없었다,
이 녀석은. 자세한 사항은 좀 더 조사해 보면 나오겠지만.

"내 앞에서 도망이란 무의미한 삽질 댄스일 뿐이라고. 까불더니 콩
밥 먹게 생겼구나."

"너희들 나 잡은 거 후회하게 된다. 어서 수갑 푸는 게 좋을걸?"

"이 자식이 정신을 못 차리네? 니가 지금 남 걱정할 때냐?"

"……."

쓰러진 용의자를 땅바닥에서 일으켰다. 이제 얘는 경찰서와 게임사
사이에서 몇 가지 합의를 본 뒤, 소년원에 들어가든 다시 학교 생활을
하게 되든 결정이 날 것이다. 대부분은 소년원에서 한두 달 썩다가 나
오는 편이다. 아까운 청춘을 버리는 게 나로서도 안타깝지만, 자기가
자초한 일인 걸 어쩌겠는가? 인생 버렸다고 생각하지 말고 인생 경험
의 일부라고 생각해야지.

용의자를 야애에게 넘기고, 옷에 들러붙은 먼지를 터는 중.

"이봐, 내 말 무시하다가 너희 진짜 죽을 수도 있다고. 빨리 도망쳐."

"좀 얌전히 입 닥치고 있어."

"인터넷 마피아에 속해 있는 크래커의 주위로 감시 요원이 한 명씩 붙는 거 몰라? 그놈은 이미 알아차렸어. 금방 이곳으로 올 거다."

나와 야애는 인터넷 마피아란 소리에 잠깐 깜짝 놀랐다. 인터넷 마피아라면 범죄 조직 이름이 아닌가?

"내가 속을 것 같냐? 그런 세계적인 범죄 조직이 너 같은 애송이를 받아주겠어? 그놈들은 진짜 범죄자라고."

"맞아. 날 감시하는 놈도 경찰을 다섯 명이나 죽였지. 넌 이제 죽었다!"

"……?"

인기척에 고개를 뒤로 돌렸다. 좁은 길 틈으로 사람이 한 명 서 있었다. 나보다 머리가 하나 더 있는 큰 키의 검은색 사내다. 검은 선글라스, 검은 마스크, 검은 코트, 검은 장갑, 검은 부츠. 사내라는 것은 내 직감이다.

"5초만 더 빨리 튀었어도 살 수 있었을 텐데."

"재수없는 소리 하지 마!"

야애가 바짝 긴장하는 말투로 용의자에게 외친 뒤, 나에게 고개를 돌렸다.

"은혁아, 만약 저 검은 코트가 진짜 인터넷 마피아라면 크게 휘말릴지 몰라. 도망치는 게 낫지 않을까?"

"바보야. 넌 그 말을 믿어? 그리고 저자가 진짜 인터넷 마피아에 몸 담고 있는 자라면 더 잘됐네. 물어보고 싶은 게 있었어."

난 슬쩍 허리에 있는 총으로 손을 가져갔다. 허리엔 두 달 동안 내 손에 길들여진 357매그넘과 장정 하나쯤은 손쉽게 기절시킬 스턴 건이 있다. 내가 손을 가져간 건 357매그넘. 내가 이 직업에 뛰어들면서 하나 구입한 건데, 실전에 사용하는 건 이번이 처음이다. 물론 연습할 때 사용했던 실탄을 공포탄으로 바꾼 위협용이다.

곧 총을 꺼낼 폼을 잡자, 검은 코트가 입을 열었다. 탁한 기계 음성으로 보아 음성 변조가 확실했다.

"그는 우리들의 크래커 중 하나다. 목숨이 아깝거든 조용히 돌려줘라."

"내가 잡았으니 이제 우리 거다."

"돌려받기 위해 무력을 사용할 수 있다. 두 번 말하지 않겠다."

나는 상대방을 힘껏 노려보며 뒤에 있는 야애에게 말했다.

"용의자를 데리고 차에 가 있어. 곧 뒤따라갈게."

"설마 지는 건 아니지?"

"지금까지 내가 싸워서 진 적 있어?"

"아니. 먼저 가 있을게."

그래. 그렇게 순순히 말을 들어야지. 용의자를 데리고 골목을 빠져나가는 야애를 보며 검은 코트에게 손짓을 했다. 이런걸 Come on baby~ 사인이라고 하던가?

"더 할 말 있어? 와라!"

손짓과 함께 오라는 외침을 지르자마자, 검은 코트가 부리나케 내 앞으로 달려왔다. 거리가 10m 정도는 되었는데, 장난이 아닌 속도로 거리가 좁혀짐에 놀라 버렸다. 허리에서 총을 빼 들자마자 손목에 둔탁한 느낌이 일어나며, 쥐고 있던 총이 하늘로 날아가 버렸다. 검은 코트의 발차기에 손목을 가격당해서 총을 놓쳐 버린 것이다. 실전에서 처음 써보나 했는데 이 꼴이라니!

하지만 총에 한눈팔 새 없이 상대가 공격을 가했다. 저 발 동작과 주먹 공격으로 보아 복싱류의 공격이다. 상대의 공격을 읽어내며 그 공격을 두어 차례 연속으로 피하자마자 곧바로 상대의 얼굴을 향해 왼손 잽을 날렸다. 잽은 아슬아슬하게 상대의 코끝에 닿았다 떨어졌고, 곧장 파고들어 강력하게 스트레이트 펀치를 날렸다!

거리를 계산한 정확한 스트레이튼데, 상대는 내 스트레이트를 몸을 숙여 피하고는 내 왼쪽 옆구리에 그대로 주먹을 꽂아 넣었다. 심한 충격으로 몸이 오른쪽으로 넘어가며, 벽에 몸을 부딪치고 말았다. 제법 날쌘데?! 찌릿찌릿 고통을 호소하는 옆구리를 참아내며, 다시 공격을 시도하는 검은 코트의 주먹을 잽싸게 피했다. 벽이 양 옆으로 가로막혀 있어 우리들의 대결 구도는 3D가 아닌, 2D다. 움직임에 많은 제약이 있을 수밖에 없다.

가까스로 상대의 주먹을 피해내며 반격의 기회를 노리고 있을 때, 검은 코트가 코트 속에서 번쩍이는 칼 한 자루를 꺼냈다. 컴뱃 나이프다!

후웅.

공기 중에 칼 스치는 소리가 살벌하게 들려온다. 잘못 스치면 바로 염라대왕과 대면할 수 있겠는걸? 아니, 그 전에 저승사자부터 만나겠군. 하지만 팔팔한 나이에 아직 저승사자 얼굴을 볼 순 없다고!

칼이 내 목을 찔러 들어오는 걸 노려 상대의 칼을 든 팔을 잡아, 그대로 업어치기를 먹였다.

쿠당탕!

쓰레기통 위에 엎어져서 등짝이 꽤나 아플 거다!

어렸을 적에 어머니를 지키기 위해 배웠던 복싱과 유도를 얕보면 안 된다고! 마지막 한 방을 위해 녀석의 머리를 향해서 다리를 치켜들자, 쓰러졌던 검은 코트가 누운 자세에서 위로 튀어 오를 듯, 허리를 구부렸다. 그리고 팔과 몸의 반동으로 나의 가슴팍을 정확히 걷어차며 튀어 올랐다.

정통으로 공격당해 버린 나는 뒤로 쓰러져 심하게 기침을 토했다. 진짜, 정말로, 굉장히 아프다. 그래도 누워버리면 죽는 걸 알기에 고통을 뒤로하고 몸을 일으켰다. 그러자 곧장 머리를 향해 칼이 찔러 들어왔다. 그 일격에 깜짝 놀라 뒤로 물러서자마자 발에 미끄러운 것이 밟히며 뒤로 또다시 쓰러져 버리고 말았다. 다행히 공격은 피했지만 그 틈을 타, 검은 코트가 쥐고 있던 칼을 던졌다! 우악! 이렇게 가까이서 칼을 던지냐!

땅에 등을 대고 뒤로 몸을 구르자, 방금까지 내가 있던 자리의 땅바닥에 컴뱃 나이프가 정확히 박혔다.

스릉!

땅에 박힌 컴뱃 나이프를 빼 들고 검은 코트가 칼부림을 했다. 난 뒷걸음질치며 손에 잡히는 대로 검은 코트에게 던졌다. 땅에는 이런저런 쓰레기들이 널려 있었다. 돌, 깡통, 깨진 유리 파편, 고장난 시계, 무거운 사전 등등… 싸움에 뭐 있어? 일단 던지고 보는 거다!

검은 코트는 내가 던지는 것들을 피할 생각도 하지 않고 몸으로 다 받아내며, 나와의 거릴 좁혔다. 지금의 검은 코트는 마치 공포 영화의 살인귀라도 되는 것 같다. 나도 알아주는 강심장이라고 생각했는데, 지금 내 심장은 미쳐 버릴 듯이 요동 치고 있다. 이건 도장에서 대련하는 것과는 확실히 다르다. 예를 따질 게 아니란 말이다.

이제 좀만 더 와봐라. 한순간에 검은 코트를 탈색시켜 줄 테니까!

"죽어라!"

그동안 열지 않았던 입에 저주스런 의미를 담으며, 컴뱃 나이프를 반대로 쥐고, 내리찍을 듯 칼을 높이 치켜들었다. 미안하지만 마지막에 승리하는 자는 숨겨진 무기를 결정적인 순간에 빼내는 자다! 그동안 기회가 없어서 안 꺼냈을 뿐이라고!

"너나 뒈져!"

허리에서 빼낸 스턴 건의 총구를 검은 코트의 바로 1m 앞, 가슴팍에 들이대고 방아쇠를 당겼다. 아무 소리도 없이 스턴 건은 정확히 발동되었고, 스턴 건이 발동된 순간, 검은 코트와 나 사이에 잠시 정적이 흘렀다. 녀석의 검은 선글라스 속의 눈동자와 나의 눈이 마주쳤다고 생각되는 순간. 검은 코트의 손에 쥐어진 컴뱃 나이프의 날이 내 얼굴 앞에서 멈춘 것이 마치 기적같이 느껴졌다.

그런데 왜 안 쓰러지지?

"……."

3초의 시간 끝에 검은 코트의 몸이 내 위에 포개지듯 힘없이 쓰러졌다. 코끼리도 한 방에 쓰러뜨리는 걸 맞고 무사할 수 있을 리가 없지.

그제야 나는 멈췄던 숨을 한꺼번에 몰아쉴 수 있었다. 떨리는 가슴을 진정시키고 내 위에 엎어진 검은 코트를 옆으로 치웠다. 그리고 몸을 일으키자 가슴과 옆구리가 심하게 아파왔다. 아까 잘못 맞아서 그런가? 아프긴 더럽게 아프네, 제길. 몸을 일으킨 뒤, 잠시 벽에 기대어 숨을 몰아쉬었다. 그런데 막상 걱정이 앞섰다. 설마 이 녀석 옆에 또 다른 일당이 숨어 있는 건 아닐지. 그놈들을 상대하려면 이 스턴 건만으론 힘들다. 내 매그넘. 어디로 갔는지 찾아야 할 텐데.

아, 그보다 나 혼자 검은 코트를 업고 가긴 힘들 테니 야애를 부를까?

"제법 괜찮은 실력이군."

"……?"

그때, 들려오는 검은 코트의 기계 음성에 나는 순간 경직돼 버렸다. 깜짝 놀라 시선을 검은 코트에게 돌렸을 때, 이미 그는 쓰러진 그 위치에 없었다. 귀신이다! 없어질 리가 없는데?

뒤늦게 골목을 이리저리 둘러보아 검은 코트를 찾을 수 있었다. 어느새 골목 입구 끝에 서 있었다. 그걸 맞고도 곧바로 움직일 수 있다니, 사람도 아니야!

"외계 생명체라도 되는 거냐?"

그러자 검은 코트의 검은 마스크 속의 입이 슬쩍 미소 짓는 것 같아 보였다.

"소년, 한 가지만 묻겠다. 네 아버지의 이름이 어떻게 되나?"

"아버지 이름? 시, 신 자, 성 자 된다."

"역시 그런가. 그럼 네 이름은 시은… 시은혁이로군."

"……? 네가 그걸 어떻게 알지?!"

녀석이 내 이름을 맞춰 버려 깜짝 놀라 버렸다. 아버지와 관계가 있는 건가? 거기에 내 이름도 안다면 나에 대해 조사를 했다는 소리? 인터넷 마피아라면 한 사람의 정보 빼내는 거야 일도 아니겠지만, 나에 대해 조사를 했단 것은 어떻게 된 건지 모르겠다.

"시신성괴는 1년 전에 한번 마주친 적이 있었다. 그와 생김새가 비슷해서 알아봤지. 네 또래의 아들이 있다는 것도 알고 있었고."

"그렇다면 잘됐군! 인터넷 마피아를 만나면 내가 제일 먼저 묻고 싶은 말이 있었다! 내 아버지는 대체 뭘 하고 있는 거냐!"

"……."

안 말해? 아버지에 대해서 물었다! 어머니와 날 내팽개치고 뭘 하는지!

나는 쥐고 있던 스턴 건을 상대를 향해 겨눴다.

"말하지 않으면 쏜다! 아버지는 뭘 하길래 코빼기도 비치지 않는 거야!"

"이 코트는 전기 충격 용도의 스턴 건을 막을 수 있다. 소용없어."

"닥치고 묻는 말에 대답해!"

"……."

내가 알고 있는 것은 아버지가 모 게임 회사의 사장이라는 것뿐이다. 아버지에 대해선 어머니가 말한 것밖에 기억하지 못한다. 내가 묻고 있는 건 아버지가 미쳐서 뭘 하는지다. 내 생각이 맞다면, 아버진…

"네 아버지에 관해선 말할 수 없다. 궁금하면 직접 아버지를 찾으러 가보던가."

"아버지가 어디 있는지 알았으면 진작에 찾아갔어."

"과연 그럴까? 가까이 있음에도 물러난 경우가 대부분이었겠지. 그는 네가 생각한 그곳에 있고, 네가 생각하는 그 사람이야. 이 정도가 힌트지."

내가 생각한 그곳에 있고, 내가 생각하는 그 사람. 내가 생각한 그곳에 있고, 내가 생각하는 그 사람… 내가 생각한 곳에 아버지가 있고, 내가 생각하는 아버지란 사람은…

나는 문득 깨닫고 뒤통수를 얻어맞은 듯한 충격을 받았다.

"…그렇다면!"

"넌 속았다는 이야기지."

학교 앞에 있는 차로 돌아가자마자 야애가 날 환한 미소로 반겼다. 평소엔 잘 보이지 않는 환한 미소지만 지금 내 눈에 그런 것은 들어오지 않는다.

"역시 무사했구나! 멀쩡하네!"

"잔소리 말고 인천으로 간다. 밟아!"

"에? 인천? 거기까지 어느 세월에 가. 용의자를 잡았으니 경찰서로……."

"빨리 가!!"

"……."

내 윽박에 야애는 굉장히 불만스러운 눈으로 날 쳐다봤지만 아무 말 않고 차를 몰았다. 인천까진 약 2시간 정도 거리다. 2시간, 그 후엔 아버지를 만날 수 있어. 하루아침 만에 증거를 잡고 아버지를 만날 줄은 생각 못했지만 뭐 좋아. 이제 사진으로밖에 보지 못했던 아버지를 볼 수 있어.

좀 더… 좀 더 빨리 갈 수 없을까?

"좀 더 밟아봐!"

"지금 빨리 가고 있잖아! 하여간 지 맘대로야! 임무도 내팽개치고 왜 인천으로 내빼겠다는 거야! 김 반장님이 월급 깎아버리면 어쩌라구. 나한테까지 책임이 돌아가서 월급 삭감되면… 주절주절, 재잘재잘……."

아까 내가 윽박지른 거 때문인지 마치 복수하듯이 날 몰아세우는 야애다. 야애의 말을 한 귀로 듣고 한 귀로 흘리며 벨트 홀스터에 있던 357매그넘과 스턴 건을 꺼내 살폈다. 매그넘은 공포탄을 모조리 실탄으로 바꾸고, 스턴 건은 배터리를 교체했다.

2시간 후, 점심 시간이 약간 지나서야 우린 (주) 카마디 앞에 도착했다. 제법 커다란 검은색 건물은 여느 게임 회사 건물과 다를 바 없다.

망설일 거 없다. 오늘은 이곳에서 물러서지 않겠다!

"야애야."

"응?"

"나 기다리지 말고 먼저 대전으로 돌아가."

"대전으로? 여기까지 데려왔는데 그냥 돌려보낸단 말이야?"

"미안. 운 좋으면 또 보자."

"또 보자?"

곧장 차에서 내려 뛰는 걸음으로 건물 안으로 들어섰다. 건물 내부는 대낮임에도 불을 환하게 켜놓고 있었고, 사람들은 그리 많이 보이지 않는다. 전에도 몇 번 왔다가 돌아간 기억이 있는 곳이다.

사장실은 15층이다!

엘리베이터로 뛰어가려 하자마자 경비 셋이 내 앞을 가로막았다.

"무슨 일이십니까? 연락되지 않은 외부인은 출입할 수 없습니다."

"사장을 만나러 왔습니다."

"사장님은 회사에 계시지 않습니다."

"사장이란 작자는 1년 내내 회사에 없나!"

"……."

내가 생각한 곳에 아버지가 있다면 틀림없이 이곳에 있다고. 이곳에 있을 수밖에 없다고. 아버지는 12년간 이곳에 숨어서 나오지 않는단 말이야!

나는 서슴없이 권총을 빼 들어 경비원의 머리에 겨눴다.

"비켜!"

경비원들이 손을 들고 주춤주춤 물러서자, 나는 양쪽을 둘러보며 비상 계단을 찾았다. 그리고 위층으로 향하는 계단으로 뛰었다. 엘리베이터를 타면 잡힐 게 뻔하다. 기계실의 승강기 모터를 멈추면 꼼짝없이 갇히는 거니까.

세 사람 정도 드나들 수 있는 비상 계단을 3층까지 뛰고 있자, 불날 때 쓰는 시끄러운 사이렌이 울리며 방송이 계단 내 스피커를 통해 퍼졌다. 사장 한번 못 만나게 이러기냐!

5층 정도 계단에 오르자 계단 위로 누군가가 가로막았다. 검은 코트에 검은 마스크, 검은 선글라스… 인터넷 마피아다! 게임 회사 내부에도 저런 놈이 있다니?!

당황한 나머지 나도 모르게 권총을 조준해 방아쇠를 당겼다. 계단

전체를 울리는 시끄런 총성과 함께 검은 코트가 계단을 데굴데굴 굴렀다. 나도 몰라! 죽으면 죽었지!

검은 코트를 무시하고 다시 비상 계단을 뛰었다. 조금 전에 골목에서 검은 코트하고 싸우다가 입은 옆구리의 통증도 느껴지지 않는다. 숨도 차지 않는다. 아니, 내 몸이 그런 걸 느끼지 못하는 것일까.

몇 분 되지도 않아 비상 계단의 끝에 도달했다. 계단을 나오자 보이는 것은 회색의 먼지 쌓인 원형 복도다. 내가 마주 보는 편의 복도 벽면엔 네모 반듯한 문이 있다. 주위가 매우 조용한 것이 복도를 올라오는 동안의 경비 음성은 들리지 않는다.

이제 선택의 여지가 없었다.

쿠당탕!

문을 박차고 안으로 들어서며 혹시나 있을지 모를 인터넷 마피아 일당의 기습에 대비해 총구를 겨눴다. 적은 보이지 않는다. 아니, 아무도 보이지 않는다.

"……?"

예상외로 정말 안에는 아무도 없었다. 불 하나 켜지 않은 회색의 어둠 속에서 어렴풋이 보이는 것이라곤 책상이 전부일 뿐. 밖은 아직 낮인데 왜 이렇게 어두운지 알 수 없었다. 약간의 시각과 청각과 감으로 주변을 360도 확인하고 있는 중, 문득 들려오는 목소리가 내 귀에 잡혔다.

"은혁이냐?"

낯선 목소리지만 언제 한번 들어본 목소리. 하지만 잊을 수 없는 목소리다. 전화기 너머로 들어본 그 목소리를 어찌 잊을 수 있겠는가?

“아버지!”

“용케도 찾아왔구나.”

“어딨습니까?!”

총을 조용히 조준하고 도둑고양이 움츠려 있는 모습으로 소리가 나는 방향을 살폈다. 드디어 만났다. 아버지라 부르기도 부끄러운 아버지를. 인터넷 마피아의 그 아버지를!

“그동안 잘 있었니?”

“잘 있었겠습니까?”

“……”

내가 퉁명스럽게 대꾸하자 아버지는 잠시 말이 없으셨다. 목소리가 들려온 방향으로 보아 오른쪽이다. 방이 꺾어져 있는데, 그 꺾어진 모퉁이를 돌자 커튼이 쳐져 있었다. 이제 아버지와 나의 사이는 커튼 하나다. 저기에 있어!

나는 커튼의 가늠쇠와 가늠자를 조준했다.

“설마 하며 그 검은 코트의 말을 믿고 이곳까지 왔어도 의심 반이었는데, 이렇게 빨리 아버지를 찾을 줄 몰랐습니다. 회사 직원들 훈련 잘 시켰더군요. 아버지가 없다고 절 내쫓기 일쑤였으니까요.”

“다 이유가 있었다.”

“범죄 집단에 속했으니 일이 많았겠지요. 어머니와 나에겐 코빼기도 비치지 않고!”

“그건……”

“이유는 듣고 싶지 않아요. 이유야 어찌 됐든 간에 나와 어머니는 당신이 없는 동안 집 팔고 허리 꺾어지며 살았고, 당신과 나는 결국 이렇게 됐으니까."

아버지란 호칭이 당신으로 바뀌어 버렸다. 숨이 갑자기 거칠어졌다. 양손으로 총을 쥐었는데 양 어깨가 무게에 짓눌린 듯이 굉장히 아프다. 하지만 총구는 여전히 커튼을 주시하고 있었다.

"나는 예전부터 당신이 인터넷 마피아란 걸 알고 있었어. 당신을 잡기 위해, 경찰이 되려고 별 짓을 다 했어! 안 되다 안 되다 결국 이 지경까지 왔지만, 아무래도 좋아! 오늘이 왔으니까. 오늘 마주친 검은 코트의 말로 다 알게 되었지. 당신도 인터넷 마피아 중 하나라는 것을! 오늘이 바로 기다렸던 그날이야."

"……."

"당신을 죽이겠단 일념으로 이렇게 찾아왔다. 기회 따윈 구걸하지 마. 어머니가 받았던 고통, 당신에게 배로 돌려주는 거야. 이제 당신이 죽는 일만 남았어."

"미안하지만 난 아직 죽을 수 없다, 은혁아."

"인생이 죽지 않겠다고 안 죽는 게 가능해?"

"널 죽이면 내가 살 수 있지, 지금은."

"……."

마치 생사에 있어서는 아들도 필요없다는 말투다. 뭐, 좋아. 이미 당신이 그런 놈이란 건 알고 있었으니. 피차 서로를 죽이려는 거 아닌가?

"후회하지 마라!"

"후회는 없다. 그건 세희와 마찬가지로."

"어머니 이름, 함부로 부르지 마라!"

난 커튼을 잡았다. 목소리만으론 커튼 밖에 있는 아버지를 찾아낼 수 없었다. 이 커튼을 젖히고 아버지를 찾아 쏘기는 충분해!

"세희에겐 안부 전해주지."

"안부?!"

누구에게 안부를 전해?!

나는 흥분을 감추지 못하고 커튼을 열어젖혔다. 커튼의 고리 부분이 두두둑 뜯겨 나가며 안의 모습이 드러났다. 과녁을 확인할 새 없이 총을 들어…

타앙!

총소리가 귓가에 들려오는 것과 가슴에 탄두가 박히는 것은 별 차이가 없이 동시에 이루어졌다. 눈에 비치는 칠흑의 암흑이 눈앞에서 빙글빙글 돈다. 가슴부터 타오르는 이 찌릿한 고통. 이런 어이없는 상황이라니. 무의식적으로 다리와 어깨에 힘이 풀려 버림을 느꼈다. 총을 쥔 손이 의지를 잃고 땅으로 차츰 흘러내리고 있었다.

말도… 안 돼.

"……."

나는 힘없이 땅바닥에 쓰러졌다. 가슴이… 가슴에 구멍이 뚫려 버렸다. 다름 아닌 내가. 아버지에게 벌어졌어야 할 일을 내가 당하다니! 다 잡은 아버지를 놓치다니! 이럴 순 없어! 말도 안 돼. 아직 죽을 수 없어… 총을 당겨야 해… 아버지를 찾아야…

"우리가 이렇게 오랫동안 말한 건 처음이구나. 잘 가거라, 은혁아."

순간, 쓰러진 내 눈에 비쳐진 건 아버지가 아니라 의자 위에 놓인 구식 스피커였다.

다음날 나는 내 방 침대에서 깨어났다. 본능적으로 잡은 가슴은 구멍 대신 축축한 땀만이 배어 있었고, 막 꿈에서 깨어났다는 몽롱한 공허함만이 머리 속에 자리 잡고 있을 뿐이었다.

—지금까지 러/판 어드벤처를 사랑해 주신 독자 여러분들께 감사의 말씀 드립니다. http://sori.er.ro/에서 새로운 모습으로 찾아뵙겠습니다!